中国作家协会网络文学研究院（杭州）重点学术扶持项目

中国网络文学研究名家论丛　｜　夏　烈　主编

人类神话
网络文学神话学研究

▷ 王　祥　著

宁波出版社
杭州出版社

收入此辑的9种研究专著，撰写者都是国内多年坚持网络文学研究，并为业界所广泛认可的专家学者。长期以来，他们跟踪中国网络文学的发展流变，直面网络文学现场，将自己的目光聚焦于网络文学和网络作家，从而清晰地勾勒出中国网络文学发展的历史与态势；他们将中国网络文学放到新世界、新世纪、新时代、新文坛、新媒体、新技术的大格局中，加以观察、比较、互鉴，得出关于中国网络文学性质、特质、价值、意义、成因的判断，认定中国网络文学是新型的人民文学，或许可使中国网络文学扬名立万；他们剖析千百部网络文学作品和千百名网络作家，从历史文化传统、神话知识谱系、外国魔幻奇幻因素影响、当下中国读者阅读审美习惯诸方面，梳理出中国网络文学的类型化、男频女频世界、超长文本、金手指和异能、网络文学共同体等的合理性、可持续性，为业界注入信心与动能。

需要说明的是，上述研究专著，并不是中国作家协会网络文学研究院研究成果的全部，还有几位被聘专家的专著，因各种原因而未被列入；它们更不是全国网络文学研究成果的集大成，而只是网络文学理论评论大海中几朵绚丽的浪花，是网络文学理论评论森林里几束翠绿的枝叶。但笔者依然认为，这些成果对于中国作家协会网络文学研究院乃至中国网络文学界，仍是一个可喜的收获，对于当前网络文学创作与研究亦有所裨益。

笔者并不认为我国网络文学的研究状况已令人满意。恰恰相反，笔者曾在多个场合反复阐述网络文学理论评论滞后于网络文学创作实践的观点，竭力呼吁加强网络文学研究队伍建设，强化网络文学研究工作，继续充分发挥中国作家协会网络文学研究院及其他研究基地、研究中心的作用。尤其要探索网络文学的网上评论，开辟"网来网去"的路径。研究者要"下海冲浪"，在创作现场与作者、网民互动,积极扮演"战地记者",尝试进行"现场直播"。也许,那样的网络文学评论与研究,更接"地气""人气""网气",更有可能受到网络作家和网民读者的欢迎。

我们有理由期待,并祝贺"中国网络文学研究名家论丛"的编辑出版。

2022 年 5 月

(本文作者为中国作家协会网络文学委员会主任、中国作家协会网络文学研究院院务委员会主任,中国作家协会书记处原书记、副主席。)

序 二

集结与开放
序"中国网络文学研究名家论丛"

夏 烈

"中国网络文学研究名家论丛"是位于杭州的中国作家协会网络文学研究院立项扶持的重点学术项目。2020年启动,历时两年,第一批成果9种即将付梓。作为丛书主编,照例要写几句。

首先,是关于这一丛书的起心动念。作为中国网络文学二十余年场域内的一分子,除了与广大的网络作家、产业平台乃至粉丝受众时相交流、共同成长以外,我更多的时间是在与网络文学研究、评论界的同道们聚首、开会、评审、撰稿。可以说,面对网络文学这个"一时代之文学"的大势新潮,高校文科、作协、文联以及相关文化单位的文学研究者、批评家逐渐从三三两两到小股的轻骑兵,再到今时今日蔚然生动的集团军——中南大学欧阳友权教授领衔的湘派,北京大学邵燕君教授领衔的京派,山东大学黄发有教授领衔的鲁派,安徽大学周志雄教授领衔的徽派,南京师范大学何平教授或者苏州大学汤哲声教授领衔的苏派，自然还有杭州师范大学的我和单小曦教授领衔的浙派。其余如厦门大学黄鸣奋教授，中国社会科学院陈定家教授，中国作家协会网络文学中心何弘主任、肖惊鸿研究员，鲁迅文学院王祥研究员，中国作家协会网络文学研究院马季研究员，首都师范大学许苗苗教授，等等。在时代的波澜涌起和文科知识分子的勇毅开拓中，网络文学的研究评论渐成声势，结成一片绚烂的花果园，此既可谓顺势而为、终有小成，亦可谓念念不忘、必有回响。而如果按照我所提出的中国网络文学"场域理论"讲，文科知识分子由此也基本构成了一种力量，在网络文学的发展矩阵中多少占有一股博弈与合作的话语权，他们从理解、参与入手，贯注着所主张的人文价值和审美价值，提倡网络文学的精品化和经典化。对于这些因时而起，富有学术敏感力和打破舒适区、主动迎接挑战的奠基者，我一直就想策划那么一人一册的一套丛书。

是宁波出版社的总编辑袁志坚兄主动找了我。在他之前，也有一些意向合作方，但或因我的怠懒，或因合作条件过于亏欠作者而作罢。袁兄以现当代文学专业的当行本色来劝服我合作一把，我才觉得应鼓足勇气落实实施。之后申报给中国作家协会网络文学研究院，获批了重点项目。这些成了我邀请各位师友的背景、靠山。所以，感谢这些合作方的领导，更感谢第一辑送来书稿的作者，以及那些当下虽无成稿却答应俟之将来的作者们。我深深觉得，网络文学研究评论在学界文坛走来不易，同行者之间的互相鼓励支撑是最可宝贵的财富，这一时代赋予的新的学术共同体还有待我们之间的大力合作、建设、砥砺、珍惜。

其次，是想说说"研究名家"的命名。这对于网络文学研究评论来讲还算新鲜。除了上述讲到的二十余年来渐成声势的一批代表人物,这个"研究名家"的命名,还跟当下网络文学研究评论界已然涌现的"三代"学人群体有关。也就是说,在网络文学研究评论现场,大致形成了具有传帮带传统的三个年龄代际学人的在场,他们共同构建起研究队伍的金字塔结构,从客观上、体制上完成着长幼有序、渐成学统规模的"名家"体系。比如黄鸣奋、欧阳友权从文艺理论学科介入,白烨从现当代文学史、文学评论介入,汤哲声延续前辈范伯群先生从通俗文学介入,等等,他们都是"50后"学人,构成了第一代网络文学研究队伍;陈定家、邵燕君、马季、王祥、黄发有、肖惊鸿、何平等是"60后",夏烈、周志雄、许苗苗、庄庸、单小曦、禹建湘、杪椤、房伟、黎杨全、乔焕江等是"70后",黄平、丛治辰等是"80后"(80初),他们基本构成了第二代网络文学研究队伍;吉云飞、肖映萱、李强、王玉玊、高寒凝等是"90后",是正在迅速崛起的第三代网络文学研究队伍——正是这样的"三代"学人的构成与建设,为我们及时、必要地推动中国网络文学研究名家论丛做了时间上、思想上、结构上的准备。也是在这个意义上,我们希望这套丛书是开放性的,逐渐加入和整合"三代"甚至未来的网络文学学人队伍,包括海外网络文学研究(汉学界)以及网生网络文学评论家的名家之作。

目前第一辑的 9 种,分别是白烨的《新世纪文坛与新媒体文学》、黄鸣奋的《人工智能与网络文艺》、王祥的《人类神话:网络文学神话学研究》、周志雄的《直面网络文学现场》、夏烈的《故事与场域:以网络文艺为中心》、陈定家的《有无之间:网络文学与超文本研究》、马季的《中国网络文学简史》、肖惊鸿的《网络文学的两个世界:男频和女频名作比较》、庄庸的《网络文学青创爆款方法论》。他们运用了各种理论武器,并将视野扩及网络文学的内部研究和外部研究乃至更广泛的网络文艺、人类文学艺术的生态研究——只有这样，才能更好地认识、理解和发展、建构不断变化中的"一时代之文学"，但他们的共同点也是明确的：扎根网络文学场域，从网络文学的文本、现象、特点出发讲话，将网络文学放诸传统——当下——未来的三维、四维、多维结构中交流构想，力求不空论、不强制、不故陋，展卷阅读之中能够感受到研究者、评论家们丰富的学术兴奋点和饱满的思想乐趣。此外，这也可以看作是一次当下学院派（含协会派）网络文学研究代表人物的集结。

中国网络文学是有文化根的当代创作，也是充满民间性、未来性和国际性的文化厚壤。二十余年的创作长廊至今依然拥有巨大的创作活力、市场活力、传播活力和阐释活力，容得下更多的研究者、评论家如蜂子般勤奋采集与酿蜜，这是时代文学气象赐予时代学人的崭新乐土，可圈可点、可赞可弹、可庄可谐，更可以出名家而卓然为峰——"海到尽头天是岸，山至高处人为峰"。习近平总书记对哲学社会科学界讲，要"真正把做人、做事、做学问统一起来"[1]，坚持做好一个时代的文学工作，相信也能实现山高人为峰的理想境界。此与同行共勉！

是为序。

2022年6月

（本文作者为中国作家协会网络文学研究院副院长，杭州师范大学文化创意与传媒学院教授、博士生导师。）

---

[1]《习近平在哲学社会科学工作座谈会上的讲话》，《中国教育报》2016年5月19日，第1版。

目　录

绪　言 ……………………………………………………………… 001

第一章　神话知识谱系的创造和应用场景 …………………… 007
　第一节　神话观念辨正 ………………………………………… 009
　第二节　神话叙事简述：从古代神话到人类神话 …………… 013
　第三节　神话创作的历史进程和体裁 ………………………… 021
　第四节　神话的应用场景与两个知识谱系的效能 …………… 026

第二章　神话叙事的构成要素 ………………………………… 037
　第一节　世界架构 ……………………………………………… 039
　第二节　神话叙事的人物与人物关系创设 …………………… 058
　第三节　神话叙事的故事构造与创新 ………………………… 072

第三章　神话叙事的创作动机 ………………………………… 087
　第一节　情感探索 — 体验动机 ……………………………… 089
　第二节　创造动机 ……………………………………………… 101
　第三节　神话叙事的职业动机 ………………………………… 109

第四章　神话叙事的创作思维　117
第一节　神话思维的情感统一性与兼容性　119
第二节　神话思维的观念内核——超自然力与灵魂　125
第三节　神力的流通与变形思维　133
第四节　绝对力量决定论思维　141

第五章　神话叙事的创作方法与策略　149
第一节　人类的一般愿望与神话叙事的愿望主题　151
第二节　神话叙事的愿望达成创作方法　160
第三节　愿望情感共同体与主角中心地位　170

第六章　神话叙事的精神建构效能（上）　179
第一节　想象、体验与娱乐功能的达成　181
第二节　情感建构效能　191
第三节　想象、创造、认知、思考能力建构　197

第七章　神话叙事的精神建构效能（下）　209
第一节　灵魂神话和人格神话：建构和变迁　211
第二节　现代神话叙事如何重建灵魂　218
第三节　人类社会建构效能　227
第四节　观念世界与想象的异邦建构　234

第八章　人间传奇小说中的神话叙事　243
第一节　人间传奇小说的基本观念　245

第二节　明清人间传奇小说中的神与神意 ………… 261
第三节　明清人间传奇小说的造神方法与造神的历史进程
　　　　　………………………………………………… 266
第四节　"三国""水浒"亲族网络小说的神话叙事 ……… 275

第九章　中国百年新文学中的神话叙事 ………………… 283
第一节　鲁迅与中国作家的神话叙事之路 …………… 286
第二节　新武侠小说的拟神话形态 …………………… 293
第三节　两种神意与两种精神建构状态 ……………… 295
第四节　美神、爱神、情圣和爱情神话 ……………… 301

第十章　中国三大英雄史诗的神话再造与传播 ………… 311
第一节　《格萨尔王传》故事、人物关系、神话思维 … 314
第二节　《江格尔》的故事、人物与世界架构 ………… 320
第三节　《玛纳斯》故事与角色谱系 …………………… 325
第四节　三大英雄史诗的创作特点与改编传播 ……… 328

参考文献 ………………………………………………………… 336
后　记 ………………………………………………………… 341

绪　言

中国网络文学是以互联网为传播载体，以大众志趣为依归，在世界大众文艺的源流中发生发展的大众文学。经过二十多年高速发展，网络文学已经向整个世界洇染其影响，网络文学的研究也已经成为重要的学术领域。但人们对网络文学价值的认知和判断，尚未触及其本源地带。

若问过去一百多年，人类社会发生了什么，人们可能会列数许多重大的历史性事件，如社会制度变迁引发世界各地的历史动荡，世界性战争，重大科技进展引发的社会进步、社会问题和对人类文明的挑战，世界各地人类平均寿命陆续从二三十岁攀升至六七十岁，从而彻底地改变了人类个体生命的发展节奏，重构了社会功能，如是等等。

但人们可能意识不到，相比上述惊天动地的社会变迁，有一件显得不声不响的文化事件，也同样影响了人类进程并将更高程度地影响人类进程，这就是"人类神话"的发生发展。

我们简述一下人类神话的基本发展线索和基本面貌。文学艺术是人类文明发展的先兆,过去数千年人类文学艺术的主流都是神话叙事,为人类古代社会提供了精神指引。在文艺复兴之后,科学理性思维逐渐占据统治地位,伴随着工业化社会进程,神话叙事不断式微,写实文学逐渐成为主流,到十九世纪,现实主义文学理论主导了文学创作和研究。但在二十世纪初,历史再次发生转折,以乔伊斯《尤利西斯》为开端,现代主义文学开始重构、再造古代神话,以托尔金《魔戒》等作品为开端,世界大众文艺重新创造神话。之后,好莱坞电影开创了各种新型神话,中国网络文学作为后来者,更是狂飙突进地大规模创造新的神话。世界大众文艺已经形成了新的神话叙事潮流,出现了具有新型文明意义的"人类神话"。

从广义来说,人类创造的神话,当然都会表现一定的人类意识,古代神话也都可以被称为"人类神话",但这里所说的人类神话,是指以人类自身为信仰,人类独立自主、自立为神的神话,它们的主角通常是普通人类,经过自身觉醒、修炼、战斗、自我完善,成为造福于人类的"神",表现了现代人对"更好人类"的想象和向往,表现了进入民权社会后的自由平等意识,表现了进入科学主义时代之后,人类进行人文精神平衡建构的意图。这些人类神话的创作意识,在好莱坞电影和中国网络文学的神话叙事中,是普遍存在的。

好莱坞电影、中国网络小说等现代大众文艺中的神话叙事,融合了世界各地的神话、历史文化的创作资源,超越了古代神话的地域文化局限性,以整个世界、整个宇宙为舞台,顺应了人类建构命运共同体的历史趋势,具有面向未来的发展态势,走向了科学思维与神话思维相互阐释、相互融合的高水准状态,所以与古代神话相比,是新型的神话叙事。

网络文学以奇幻、玄幻、修真、仙侠小说,以及都市异能小说和架空历史小说、重生小说等幻想类型为主流形态,我们把其中的奇幻、玄幻、修真、仙侠、都市异能等类型小说统称为神幻小说,因为它们都具有同样的创作思维——神话思维,都具有超现实神奇故事的叙事形态。

我们还可以明确判断,在自发产生的网络文学中,神话传统一直表现为显性基因,除了神幻小说,其他如历史、都市、言情类网络小说,同样具有显见的神话底蕴,具有人类神话叙事元素的呈现。

人类神话的发生发展究竟意味着什么?我们又应当如何进行研究工作呢?我们将以网络文学的神话叙事研究为牵引,呈现人类神话对人类文明建构的意义。

各类表现了人类神话的意识、具有神话叙事元素的网络小说作品,以及与之相关的古代神话,具有神话叙事内容的古今文学、电影电视剧、电子游戏作品,都是本书的研究对象,我们关注"神话叙事"的视野、经纬度,对它们进行研究,同时我们极力举起人类神话的旗帜,描画未来神话叙事的发展路线与未来人类文明的可能面貌。

对网络文学和大众文艺源流进行神话学研究,是必要的基础工作,只有神话学这把钥匙才能真正打开网络文学—大众文艺之门。我们要把人类的神话叙事作为一个整体,并且放在整个想象—体验知识谱系中进行研究。孤立解剖某个时代的文学艺术,一般意义上的作家作品研究,都解不开网络文学—大众文艺的发生学课题和形态、功能课题。

神话叙事与想象—体验知识谱系的其他各个部分,在人类精神领域是同源同构、共生共长的。真正创造出"人类神话"的不是哪一个孤立的天才,也不是某个时代因素,而是神话叙事传统与现代意识、现代传播载体交汇融合所整合形成的现代大众文艺、网络文学整体生态，是一大群作家、艺术家在全世界的神话——文学艺术的森林中，互相启发，互相促进，并发挥出各自的独创性，共同创造了庞大的神灵系统，是许多人一起完善了每一棵神话树。

对这个神话森林的共生关系进行研究，网络文学的形态、效能、创作思维、创作方法、文化资源等基因信息及种属特征才会更加清晰，才能烛照其肌理，把握其脉搏，洞察网络文学的现实面貌与人类神话创作、大众文艺发展的可能性。

既往的神话学研究兴趣在于文明的化石——原始神话，神话学者们把神话的诸多特质看作是原始人独有的精神产物，他们认为神话只是原始人创作的，充满无知愚昧意味的奇思妙想，而现代人的思维与原始人的原始思维、巫术思维是截然不同的，这些偏颇的充满现代人自大精神的看法，至今还是神话学界的主流意见，与人类精神实践严重脱节。他们忽视了人类对神话的普遍需要，忽视了神话思维对人类的重要作用，并对人类精神领域实际发生的情况视而不见。

我们要特别重视神话叙事——人类神话的精神建构效能的研究，我们要关注以下问题：神话的使命是什么？充斥着神话思维的人类文明有什么用处？现代人类和未来人类如何创作神话为自己服务？

未来人类既面临着整个未知宇宙的挑战，也面临着自己创造的复杂社会结构失序、科技恶魔发威的挑战，必须有更周密、均衡、灵活，更有创造力的思维方式，更有弹性的灵魂观念，更好的人类合作方式，才能让人们拥有充足的应变能力和稳定的精神结构，人类会更加需要在神话思维与科学思维的混搭、抗衡、融合的进程中，重塑精神结构。科学技术越发达，人类就越是需要强大的神话思维、灵

绪　言

性思维。

人类重新开始大规模地创作神话，这件攸关人类文明整体性进程的文化事件，究竟会如何发展下去，究竟会如何帮助人类应对未来的各种危机和挑战，尚不得全知。但是我们可以从考察人类的神话创造与人类文明建构的关系入手，想定人类神话与未来文明建构的互动关系。神话灵性思维与科学理性思维的对抗纠缠、共生共融的过程，其实遍布整个人类精神建构史。

一万多年前，人类开始创造神话，先后拥有了苏美尔神话、希腊神话、印度神话、圣经神话、北欧神话和华夏神话等诸多神话体系之后，人类以此为精神基础，构造了人类精神结构和人类文明形态，构造了历史变迁的方向。从古代神话以降的人类文明进程来看，新型的"人类神话"，也必将帮助我们重构人类文明，我们将通过神话叙事，重新建构对人类自身的"人类神圣"的信念，阻止人类任意玩弄人类自己，避免人类被自己的科技雄心玩死。

我们的研究兴趣在于人类不停息地创造着的、"活着"的神话，也重视神话的发展脉络，所以在观念和方法上，必然与既往的神话学有许多不同。在必要时，我们可以与百年来的神话学结论"对质"，但是更多时候，只能自说自话，不能与遍布神话学、文艺学领域的似是而非的结论纠缠不休，以避免被各种岔道拐走注意力，也避免行文的臃肿不堪。我们的目的是让网络文学乃至整个文学艺术中真正的核心问题，在我们的研究视野中得到展开，努力疏通一条河流，让后来者顺畅前进，而不是梳理前人的错误，展现我们的博学深思。

我们要不断创新神话学研究方法，并与其他可用的研究方法相结合，揭示出网络文学——人类神话的种种学术意义。我们需要对神话观念、文学观念乃至文明意识进行一番鼎革，以因应人类数千年未有之变局。

这本书若看作是人类文学艺术整体研究的著作也无不可，因为所涉及的学术问题和研究方法是普适于人类诸多文学艺术领域的，但最终的研究兴趣又并不止步于文学艺术。自一万多年前人类开始创作神话，直至今天创作现代文学艺术，真正的驱动力是人的精神需求。是人类根深蒂固的自我服务、自我建构需求，推动了艺术想象和艺术创造，创造了我们的诸神。我们通过文学艺术这个窗口可以看见人类这个最终的造物主容貌，看人类是如何兴致勃勃地造神与渎神，看他们是如何通过造神来构造自身。人类的文学艺术景象万千，然而精神根源从未变异。

我们最终的研究对象是人，是创造神的凡人。凡人兴致所在，即研究兴趣所在。若把这本书看作是文学人类学著作，同样意念通达。

本书主体部分十章，研究十个神话叙事专题，可看作是"人类神话"研究的十块基石，也可看作是横躺在泥水中的十块地砖，供后来者踏脚上岸。本书并未追求各章节篇幅的一致，而是按照各个专题研究的需要，任其篇幅长短。

希望二十年内，喜欢这本书的人会越来越多，也希望二百年后，喜欢它的人仍然很多。

第 一 章

神话知识谱系的创造和应用场景

本章辨正神话叙事的一些基本观念，阐释神话知识谱系的创造历程和应用场景。

第一节　神话观念辨正

我们首先要梳理和辨正一些神话学观念，回答以下问题：神话是什么？只有原始人才创作神话吗？现代人能够创作神话吗？

神话创作源于远古，而神话学学科的建立却是近现代的事情。现存的神话观念中，十九世纪后期至二十世纪上半叶的神话学、人类学家的神话阐释最有代表性，影响最大。他们所言及的神话就是远古神话或原始神话，在他们看来，只有原始人类才会创作神话。

爱德华·泰勒在《原始文化：神话、哲学、宗教、语言、艺术和习俗发展之研究》中认为，神话是原始社会的主要文化遗留物，"神话发生在全人类于遥远的世纪里所经历过的蒙昧时期。它在现代那些几乎没有离开原始条件的非文明部落中仍然无甚变化"。[1] 马林

---

[1] ［英］爱德华·泰勒《原始文化：神话、哲学、宗教、语言、艺术和习俗发展之研究》，连树声译，广西师范大学出版社，2005年版，第232页。

诺夫斯基在《巫术科学宗教与神话》中说："存在蛮野社会里的神话，以原始的活的形式而出现的神话……那不是我们在近代小说中所见到的虚构，乃是认为在荒古的时候发生过的实事，而在那以后便继续影响世界影响人类命运的。"[1] J.H.布鲁范德在《美国民俗学》中论述说："神话可以定义为……'被当作远古发生的事件的真实记录而加以讲述的散文故事'。"[2] 茅盾论述说："据最近的神话研究的结论，各民族的神话是各民族在上古时代（或原始时代）的生活和思想的产物。"[3]

在《中国大百科全书·外国文学·Ⅱ》"神话"条目中，神话被表述为：神话是生活在原始公社时期的人们，通过他们的原始思维不自觉地把自然界和社会生活加以形象化、人格化而形成的，与原始信仰相关联的一种特殊的幻想神奇的语言艺术创作。[4]

十九世纪以来直至今天，将神话思维看作一种原始思维，是普遍的主流性看法。列维-布留尔在《原始思维》中论述了与现代人思维完全不同的原始人的"原始思维"，即相信万物有灵，灵魂不灭，准此，灵魂外寄予灵魂转世的观念，就应该是不属于现代人的"原始思维"；弗雷泽在人类学巨著《金枝：巫术与宗教之研究》中说，人类思维的发展划分为三个阶段，即巫术—宗教—科学，这样的阶段论

---

[1] ［英］马林诺夫斯基《巫术科学宗教与神话》，李安宅译，中国民间文艺出版社，1986年版，第85页。

[2] ［美］J.H.布鲁范德《美国民俗学》，李扬译，汕头大学出版社，1993年版，第75页。

[3] 茅盾《神话研究》，百花文艺出版社，1981年版，第129页。

[4] 中国大百科全书总编辑委员会《外国文学》编辑委员会《中国大百科全书·外国文学卷·Ⅱ》，中国大百科全书出版社，1982年版，第913页。

代表着十九世纪以来的扬扬得意的科学主义思维,在现代科学思维阶段,神话与宗教思维(宗教的核心教义是神统治人类的精神秩序)就过时了,只是一些远古思维的残余物了;皮亚杰在《儿童的心理发展》中说原始人类如人的童年,他们的思维在本质上是被神化了的形象思维。

对于神话的产生源头,爱德华·泰勒在《原始文化》中说,神话源于原始宗教。克劳德·列维-斯特劳斯在《结构人类学——巫术·宗教·艺术·神话》中说,神话与仪式之间存在一种有序的一致性,也就是说,它们是同源的,神话存在于概念层次,仪式存在于行动层次。[1] 马林诺夫斯基在《巫术科学宗教与神话》中说,每一个信仰都会产生它的神话,因为没有信仰是没有奇迹的,而主要的神话不过是叙说巫术的荒古奇迹罢了。伊利亚德认为,神话是关于起源、开端、创造的故事,它们通过叙述人类起源、开端、创造的、神圣的、外部的事件,为人类提供存在和本体意义上的定向功能。[2]

概而言之,神话学者的主流意见是把神话看成原始社会的文化产物,是人类认知能力低下时期对世界的一些认识和解释,反映了原始人类的原始思维特性和思维水平。原始人相信那些荒诞的神话故事是真的,用它们来解释世界,并且把它们当作原始宗教—巫术的信仰内核。

在这些神话学、人类学学者的眼中,现代人不会相信那些荒诞的

---

[1] [法]克劳德·列维-斯特劳斯《结构人类学——巫术·宗教·艺术·神话》,陆晓禾、黄锡光等译,文化艺术出版社,1989年版,第70页。

[2] [美]伊万·斯特伦斯基《二十世纪的四种神话理论——卡希尔、伊利亚德、列维-斯特劳斯与马林诺夫斯基》,李创同、张经纬译,生活·读书·新知三联书店,2012年版,第110页。

世界观，不会相信神灵。原始人是在一些错误的认知基础上发展出神话、巫术和宗教的。当人们掌握了科学技术知识，足以解释那些自然现象和世界起源之后，原始神话、宗教与巫术也就失去了功能，讲述怪力乱神的文艺作品和封建迷信一样，失去了继续创作的合理性。

因此，神话学研究对象只能是原始社会时期产生的神话。这些观念已经排除了皇权社会的人类与现代人类创造神话的可能性，因为神话产生的外部条件（原始氏族社会）、内在动机（解释世界、创造原始宗教）、思维状态（混沌荒诞的神话 — 巫术思维）已经不复存在；也排除了数千年间古代文学对神话创作的意义，并认为神话的载体只能是散文，是古代文献中的一些零散记载，讲述神话故事的史诗或其他文体的文学，都不是神话，都不是神话学研究对象。

这就有几个问题需要讨论厘清，否则我们无法解释最近两三千年的神话创作与文学创作。其一，神话是否只能是原始社会的产物，皇权国家社会、近现代社会的人们就不可能再创造神话？其二，神话在形态上是故事，是怎样的故事？神话故事如何构成？其三，神话只能存在于散文形态中吗？史诗、小说、戏剧、电影承载的神话就不算是神话吗？

我们可以先给出明确的答案。

其一，任何时代的人类包括现代人类，都需要而且能够创作神话。事实上，任何时代的人类都确实在创造神话，只是影响大小不同而已。

其二，神话是拥有超自然力的神灵的故事，是描述神灵角色追求愿望达成的行动过程与结果的叙事作品，无论出现在哪个时代，这样的神灵故事都是神话。盘古开天地是创世神话，神幻小说主角成神之后创造自己的世界也是创世神话。

其三，神话的载体可以是散文，也可以是叙事诗，可以是口头吟唱的史诗、演出的诗剧，可以是小说、戏剧、电影、电视剧、游戏、动漫等各类体裁，重要的是，只要它讲述的是神灵的故事，那就是神话。对普通人类个体精神世界发生作用的主要是神话故事，作品的体裁因素则影响较小。

自然，网络文学创造的神灵故事就是神话。

第二节　神话叙事简述：从古代神话到人类神话

从人类走出非洲，到有文字记载的两河文明，直至互联网时代，人类造就了神话叙事源源不绝的传统。我们不知道人类创造神话故事的全部原因、全部底蕴，但是我们知道人类热爱神话世界的创造。

数千年前，人类的神话创作渐成规模，并有了书面记载。神话思维、叙事模式影响了人类的诸多精神领域，逐渐形成了想象—体验知识谱系，包括原始神话、史诗、民间故事、宗教、巫术、古代文学、部分近现代文学、具有灵性思维的哲学、多种类型的现代大众文艺。

我们列举的这些知识门类，都包含着来自想象的知识，并通过人类的体验活动而发挥其作用，且都与神话思维有勾连。而其中多数具有叙事性的门类，拥有相同的核心观念，即世界上存在着某些超自然力，它们通过一定渠道、方法和仪式创造了世界，并作用于现存世界。其角色如神、佛、仙、灵、鬼、妖怪、魔、精灵、矮人、巫师、术士、侠客、魔法师等，拥有超自然力并凭借超自然力创造不凡事迹，其中至高神、创世神又是超自然力的最高体现者，能够凭意志创造某些物质，拥有至高裁决权，在其所在的世界里具有决定性的作用。

这种叙事内容构成的故事，如果主角是神，或凡人最终成长为神，那当然就是神话，如印度神话、希腊神话、圣经神话、北欧神话，其故事主干就是神的事迹，可以算是神话的经典形态。

在一些英雄史诗中，主角是神与人类通婚的后代，或是天生具有半神神格，又或者是神的转世，如两河英雄史诗《吉尔伽美什》、英格兰史诗《贝奥武甫》、中国藏族史诗《格萨尔王传》的主角，他们用神力在人间创造奇迹。当然这些神迹故事也是神话，因为都是神话思维在主宰着故事情节发展，可以算是神话向文学艺术领域生长出自己的藤蔓，其主角半人半神状态，可以方便演绎人的欲望故事，能寄托凡人的渴望，更能得到凡人的共情。

在世界各地的民间故事中，在有神存在的世界里，如果主角或主要人物不是神，是仙人、魔法师、妖怪等，与凡人和普通动物相比，他们已经具有不同的生命形态，他们天生拥有超自然力，或者经过修炼拥有了超自然力，使用超自然力解决问题。这同样应该被看作是神话，因为这也是神话思维在驱动故事的发展，若以现实生活的逻辑情理来称量故事的合理性，故事就没有立足之地。如《八仙过海》等道士修仙故事，如俄罗斯民间故事中，青年主角获得魔法，战胜恶魔，立下功勋，娶公主做国王的故事，等等，皆为这种叙事形态，它们与神话具有同样的发生学原理，是民间自发、口耳相传的神奇故事。

这三种神话叙事形态具有共性，主要角色都是非自然生命体，与遵循生物规律、物理规律的凡人和普通动物生命体不同，他们可以统称为神灵，他们的故事就是神灵的故事，都是人类超现实世界想象的一部分,是神话叙事。

这些古代神话叙事是人类叙事艺术的源头,也是宗教的叙事内核,为古代文学、现代大众文学、大众电影、大众电视剧建立了基本的叙事范式。

在古代小说、戏剧、诗歌中,神话传统一直表现为显性基因,它们以幻想、超现实神奇故事为主流形态。有些作品按照神话思维展开故事,呈现神话叙事形态,如古希腊悲剧《俄狄浦斯王》,中国明清神魔小说《西游记》《封神演义》,都是文人个体创作的文学形态的神话故事。

而有些作品是具有神话背景的传奇故事,如《水浒传》《红楼梦》。其主要人物不是神灵,而是普通人类形态,可能拥有超自然力,或者来历不凡,主要人物的出场、行为、结局,有着神、天命等超自然力在起作用,然而作品又不能算是神话,因为主要人物具有凡人禀赋,在人间并未使用或者很少使用超自然力解决问题,故事情节发展受到人间的规定性制约,所以这些传奇故事可以归结为神奇人物在人间的不凡事迹,它是人类的飞翔欲望与现实世界做了妥协的产物。

这种传奇故事虽然不是神话,但存在神话叙事因素,其中超自然力与人间力量在情节发展中的各种互动作用,其故事构成对神话叙事的模拟形态,其神话叙事因素对现代传奇故事的影响,等等,都是很重要的神话叙事研究课题。

十九世纪初,一些作家、学者提出现实主义文学理论主张,强调文学应该按照现实生活的逻辑情理来发展故事情节,应去除超自然力因素,提倡文学反映现实、干预现实,发挥文学的社会作用。这种文学思维影响了世界各地的文学,直至今天,它在某些地区仍然是主流的文学主张。但相比漫长的神话传奇叙事发展史,现实主义文学仍然是短暂的文学现象。

二十世纪初,以托尔金《魔戒》、乔伊斯《尤利西斯》等作品为起点,世界大众文学和现代主义文学经历了重返神话—传奇叙事传统的历程,与现实主义文学平行发展,共同创造了二十世纪至今的人类文学艺术。

托尔金的《魔戒》是现代大众文学的神话再造潮流的鼻祖,它以北欧神话与圣经神话为原型,创造了自己的创世神话和英雄神话,再造了创世神、巫师、精灵、矮人、魔兽、中土世界、魔法等神话元素,开创了现代奇幻文艺的传统,它超越民族意识,站在人类的立场上,关注整个人类命运和人类基本伦理,成为"人类神话"的先声。

百年来,在好莱坞电影、美剧、英剧、韩剧、日本动漫、日美电子游戏中,新老神灵全面降临。其中,以好莱坞电影、美剧、美国电子游戏再造神话的成就最为显著。迄今为止,世界电影票房前五十名全部是好莱坞电影,其中四十九部是奇幻、科幻、都市异能等类作品,或者是这几种类型与其他类型的组合形态,只有一部《泰坦尼克号》是历史、言情和灾难片的融合形态的作品。这些通行着超自然力量的神话叙事深合人类需要,既显示了人类神话传统的力量,也显示了人类的一种精神渴望。

好莱坞电影、美剧中的神话叙事作品如《复仇者联盟》《正义联盟》《魔戒》《哈利·波特》《权力的游戏》《阿凡达》等等,美国暴雪公司的多款游戏经典作品如《魔兽争霸》《星际争霸》《暗黑破坏神》系列,以及神话思维笼罩的科幻剧《星球大战》《星际迷航》等,它们以人类为神奇故事的叙事主体,以全世界或全宇宙为人类主角舞台,以超自然力或者是科学逻辑能够解释的超现实的强大力量,作为问题的来源和解决问题的方法,宣告了"人类神话"的成型。这些创作

第一章 神话知识谱系的创造和应用场景

势态直接刺激了中国网络小说的创作,它们在超现实世界架构、超自然力想象和神灵角色创设方面,给予神幻小说创作诸多启发。

网络文学全面复兴了神话叙事,它以神话传奇思维主导的神奇故事为主流形态,其中的奇幻、玄幻、修真、仙侠、都市异能,以及科幻与玄幻元素融合的类型小说,可以统称为神幻小说,因为它们都是东、西方神话的后裔,具有同样的创作思维——神话思维,都具有超现实的世界架构、掌握超自然力的角色、各色超自然力修炼等级体系,它们有基本相同的情感体验模式,对人类社会的建构有着同样的效能,可与古代神话,明清神魔小说,好莱坞奇幻、异能等类型电影对照呈现,形成互文。

而网络文学中的历史小说、都市小说、言情小说同样或隐或现地贯穿着神话意识,呈现着传奇故事形态,与神幻小说一样都是神灵所居住的森林里充满灵性的孩子,它们与《红楼梦》《水浒传》《三国演义》及"三言二拍"等是近亲。

网络文学正在与好莱坞电影一起,重新为人类创造神话,其神幻小说创世造神的热情和能力,显著高于好莱坞电影,高于今天任何国家和地区的任何文艺形态。神幻小说创造的新神话,已经远远超过过去几千年人类创造的神话的总和,对整个人类文明来说,这都是一个重大事件。

我们要认识网络文学发生与发展的脉络,就要把它放在神话和数千年大众文艺的源流中,运用神话学研究方法,把神幻小说多个类别作为一个整体,寻觅神幻小说和部分历史、都市、言情小说中的神迹,把这个时代的"神的故事"——新型神话与古代神话的共性,以及它的特性,呈现出来。

原始神话常见分类有创世神话、自然神话、氏族先祖神话、图腾神话、英雄传奇神话、文化起源神话、历史传说性神话等,是许多人接力完成的神话叙事作品。而许多神幻小说既有借鉴原始神话的世界架构、故事模型而再造的神话,也有彻底原创的神话,它们比原始神话和古代神话文艺的世界架构更宏大,细部创设更真切,神灵角色种类更丰富、性格更鲜明,神通法力的来源更清楚,修炼过程更明确可感,故事情节更精彩,受众的代入感更强。而这样的神话都来自一个个青年作家在短暂时间里的创造,这其实是非常令人震惊的事实。

这样的神话叙事不应该单纯被视为消遣之作。尤其是有一部分神幻小说反映了人类的整体意识,是特征鲜明的新型神话——人类神话,对于重构人类文明,其深远影响难以估量。

如网络神幻小说《飘邈之旅》《间客》《择天记》《佣兵天下》《星辰变》《盘龙》《神墓》《兽血沸腾》《恶魔法则》《完美世界》《凡人修仙传》《放开那个女巫》《修真四万年》《天道图书馆》《诡秘之主》《牧神记》等,都可以看作是人类神话的代表性作品。我们还可以列举出数百部优秀之作,它们在艺术成就上可与明清小说、好莱坞电影同类神话叙事相媲美,让人类的神话叙事整体上进入了一个高潮期,它们具有人类神话的形态,或在某个神话元素的创新上,对人类神话的形成具有重要意义。

网络文学中的人类神话具有如下特征和优势。

其一,人类神话中凡人自立为神,颠覆了原有主宰神和人类的关系。在网络神幻小说中,不仅古代神话、明清小说、好莱坞电影中的神仙鬼怪的传统角色经过再造,正面登场,而且诞生了许多新的凡人出身的神灵。人类神话的主要功绩是创造了许多"凡人神"。

这些作品的主角通常是普通人类,经过修炼—战斗—自我完善,成为创造宇宙、主宰宇宙、造福于人类的"神",人类不再由古代神话中的"造物主""救世主"摆布。作品以人类自身为信仰,宣示人人皆可经过努力而成长为神、人类可为自己制定秩序的信念,是对原始神创论的颠覆、解构,重构了世界和灵魂想象,这种想象激励着人们不断追求精神自由,努力拓展精神世界的宽度。

其二,人类神话是人类走向团结的象征。它们融合世界各地的神话、历史文化的创作资源,超越了古代神话的地域文化局限性,各种异教、异质神话传统的融合,拓宽了人类对于世界的想象,使得网络文学在"世界"架构、角色创设方面,具有超越好莱坞电影的可能。好莱坞电影对非西方神话元素的吸纳,尚不如中国网络文学的拿来主义之视野开阔。

人类神话顺应了人类命运共同体意识,创造了人类各种族神灵和英雄团结战斗的故事,切合现代人类向宇宙开拓的需求,对于人类消弭冲突、加强合作、加强团结带来了积极影响,对重塑世界格局具有显见的推动作用。

其三,人类神话是多神多元神话,创造了多元神话对一神教主宰神话的强势地位。在人类神话的创作潮流中,华夏神话多神传统得到了新生。相比希腊神话、印度神话、圣经神话,华夏神话形成体系的时间比较晚,在明清神魔小说中世界架构才比较完整,而在网络文学时代,多神多中心的华夏神话之树继续生长,并且与外来神话基因相嫁接,形成了现代时空的、含有华夏文化意识的多元神话。

这就帮助人类神话创作脱离西方中心论,脱离一神教的精神宰制,达到人类神话的多元和平衡,这是构建人类神话题中应有之义。当然在具体的作品里,不同的神话原型处于竞争关系之中,亦是神话创作中会自然发生的,但是我们应该认识到,人类神话在整体上,应该是去民族化和去地域中心化的,既反对西方中心论,也反对东方中心论。

其四,人类神话对科技发展、对未来社会具有兼容性。古代创世神话的世界来源、世界架构、超自然力想象,很容易被现代科学知识,特别是被天文知识、地理知识和生物知识所证伪,因此它们所能发挥的效用正在降低。人类在太空时代,需要新的神话来养育人类文明的整体意识,帮助人类把神话思维与科学思维相互融合,形成更有弹性、更有创造性的人类精神架构。

神幻小说的人类神话借鉴了好莱坞科幻和奇幻电影的经验,具有面向未来、兼容科学思维的发展态势,如《间客》《奥术神座》《修真四万年》《放开那个女巫》《诡秘之主》等作品,努力与人类的科技发展和宇宙探索成果相协调,营造科学思维与神话思维走向相互阐释、相互融合的状态,创造出具有时代性的神奇故事,展现了非凡的创造性和复杂思维的把控能力。

其五,人类神话是一种"修炼文明"。它们在修炼—战斗的故事情节中,对人类生命的各种可能性进行了全方位的想象与体验,人类身体各个部位与整体的锤炼,身体与灵魂的各种修炼感受,人类对身体自主控制的意识,比古代神话要细致入微得多,也更加靠近现代医学知识、现代体育知识。这就丰富了人类的生命感受,为人类生命进化的各种可能性进行了精神准备。

这些生命想象—体验知识,会为其他想象—体验知识门类的发展提供资源,共同促成一种新的文明意识的产生。如果说在一神主宰神话中,人对主宰神的崇拜关系、人作为神创之物的观念,构成了基督教等文明的核心,孔孟家天下伦理构成了儒教文明的核心,那么现代人通过对佛教神话、道教神话、北欧神话、凯尔特神话等想象资源的借鉴,通过对生命修炼的想象,可以促成人类向生命内部寻求信念,形成以生命觉悟、自主修炼成长为核心观念的"修炼文明"。

当然,并不是每部人类神话作品都具有上述全部特征和优势,人类神话最主要的特征是具备凡人成神的信念和跨种族跨民族文化的人类整体意识,神不再是外在于凡人的主宰,而是全人类的代表,是人类自己的"神"。具有上述全部特征的神幻小说是典型的人类神话,而具有部分特征,如第五条所说,主要是表现凡人修炼成神的身心发展轨迹、探索个体生命发展可能性的作品,也应该视为研究人类个体生命想象的经典案例,如《凡人修仙传》,同样可以看作是人类神话。

当然,人类神话并未定型于一端,还处于快速发展之中,具有无限的可能性,也会面临一些误解和障碍,但未来总归会来的。

第三节　神话创作的历史进程和体裁

我们在此探讨神话创作的历史进程和体裁问题。

原始社会以来,人类的神话创作从未终止,世界主要神话体系的创作完成都经历了漫长的过程,有些神话兴起于原始部落社会,但并未随着原始社会的结束而停止生长。相反,人类社会进入国家时代之后,随着城市的形成、人群集聚的增多、传播载体与途径的发展,神话的创作才真正兴旺起来,才会把简单短小的神话故事,变成架构复杂意义丰富的神话叙事。

希腊神话一般认为是在史诗《伊利亚特》和《奥德赛》与赫西俄德的《神谱》中成型的，尚不知它在原始社会的创作传播情形，而人们所知的希腊神话，许多是后期的希腊戏剧家如埃斯库罗斯、索福克勒斯和欧里庇得斯笔下"英雄悲剧"的再创作，此时城邦社会与航海技术已经十分发达，人们对神话故事的兴趣更加浓厚，在剧场观看神话戏剧的受众比原始社会更多，神话叙事的创作有了显著回报，能够养得起专业的神话剧创作者，因此神话事业更加兴旺。且受到戏剧体裁的影响，神话叙事更趋向于营造神灵之间、神与人类之间面对面的冲突剧情，神灵"说话"更多，造型更有视觉效果。

圣经神话（存在于《圣经》中的神话）历经一千六百多年创作，是在原始神话的基础上，按照宗教伦理的"惩恶扬善"原则，不断进行改造完善的，是以神、天使、魔鬼与人的角色出演的故事，训谕民众知道敬畏、团结互爱、诚实守信。

希腊神话中，神为了自己的欲望，胡作非为地毁灭天地人的故事，给人以强烈的炫耀力量的感觉，而圣经神话中天使灭世，一夜杀尽十几万凡人，却只是为了惩罚混杂于人群中的一些罪人，显示出宗教需求对原始神话炫耀力量和杀戮故事的改造痕迹。

当圣经神话在信徒那里成为真理的显现，对圣经神话的解释就更加严肃，就不允许在文艺作品中进行过多的再创作了，某些宗教组织甚至不允许人们把它称为神话，所以圣经神话创作应该是基本止步于《圣经》新约的定本，之后在细部伦理问题上有进一步的修正，但是对于整体框架、主要的神迹就很难改动了。

北欧神话成型于公元七世纪，传播范围长期局限于北欧一地，但却是在二十世纪才真正成为世界性神话体系的。得益于奇幻文艺的发展，北欧神话在小说、电影、电视剧中得以再造和重生。现在

第一章 神话知识谱系的创造和应用场景

人们所知的北欧神话，已经很难分清哪些是七世纪的神话故事与角色定义，哪些是小说、电影中再造重生的神话故事与角色定义。北欧神话宗教性质较轻淡，它向世界大众文艺敞开了大门，可以被任意再创作，在电子游戏、好莱坞电影与中国网络小说中，北欧神话的种子已经生长出茂盛的神话森林。

中国华夏神话初见于周秦时期的记述，在直至汉代才完本的《山海经》等书籍之中，都只是散碎的短小故事，不成体系。汉代以后，道教在发展过程中，需要架构自己的世界与神灵体系，所以不断收编地方性神灵故事，又融入佛教神话故事，这之后，华夏神话才见其轮廓，经过明清神魔小说如《西游记》《封神演义》，以及许多笔记体短篇小说集如《聊斋志异》的补白，其世界架构、神仙等级体系、各种角色类型、故事形态、宗教伦理奖惩系统才真正成型。人们所知的华夏神话中的三清祖师、玉皇大帝、老子，佛教神话中的如来佛祖、观世音菩萨、阎王，民间故事中的唐僧、孙悟空、猪八戒等角色形象，都是明清神魔小说和民间道教、民间佛教传播的结果，所以华夏神话生长史同样是漫长的。

所有成体系的古代神话的创作都是一个历史性、进行性的过程，且通过多种文类体裁的不断再创作才成型，无法截取哪一段形态作为神话定义的基础，大多数古代神话都在现代社会继续再造重生。可以说，神话的秉性之一就是会一直生长下去。若放眼未来一万年的文艺史，今天大众文艺的神话再造活动，也只是"古代神话生长史"的一部分。因此，最好的神话定义其实是：神话是不断生长的神灵的故事。

而一个神话故事的内核如"一个大神创造了世界"，只要它足够特殊，那么就可能会在许多时代的传播过程中，经过许多人之手，成长为一个成体系的神话。古代典籍记载的华夏神话，如盘古开天地、女娲抟土为人等短小的片段记载，在民间故事、明清神魔小说中获得了再创作，在网络小说如《佛本是道》《我师兄实在太稳健了》等作品中，都生长出大量故事情节，并与其他神话原型交织在一起，繁衍出一个完整的神话体系。

而一个网络作家开创了一个新的神话元素，如《飘邈之旅》开创出通过能量石进行修道的方法，以及借鉴道家文化开创的修炼升级体系，被同辈繁衍出各种自成体系的神话故事，这在网络文学中也非常多见，就如同一个生命力旺盛的种子播落在森林中，慢慢就长出一棵树，然后就繁衍出一片新的森林。

在古今神话创作和传播过程中，曾经兴起过许多文艺体裁，与神话的发展相互促动。人们不能为了捍卫"神话属于原始社会"这个观念，要把神话摁在远古时期，就认为远古典籍记载的短小散文体神话故事才是神话，而其他的神话叙事体裁都不是神话。当然，某些神话首先出现在散文体的记载中也是有的，但是人们所熟知的神话故事从来都是通过各种体裁创作传播的，其中用于吟唱的韵文史诗，对于古代神话是最为重要的创作传播的体裁。

神话体裁只能是散文的观念，是不符合历史逻辑的。即使是在原始人类中，也不可能只用散文创作神话，原始神话的一般创作者甚至不会写字。原始人类只有口耳相传的简单的神话脚本，没有训练有素的专业文字记录人员。最初的神话讲述者如祭祀人员，经常在群众性的仪式上、与超自然力量相联系的过程中，吟唱神话故事，并且与舞蹈、音乐和祭祀仪式相结合，表现其意义，在此过程中，不断改编和扩充神话故事。不妨把这些各部落自行其是的仪式活动，没有统一过的神话脚本，看成是远古神话产生与传播的主要途径，而在仪式中吟唱的故事必然具有韵文的特点。

而行吟诗人把这种祭祀传统发扬光大了，他们也部分履行着祭司的功能，我们可以把他们看作是流动的祭司、没有固定仪式场所的祭司，他们用史诗吟唱为那些缺少精神生活的部落、村镇、街巷居民提供服务。他们自由发挥的史诗更是古代神话的主要载体之一，神话故事借着各路史诗表演者枝枝蔓蔓的创作和表演不断自由生长。

在古代社会，在大城市形成前，史诗吟唱应该是神话创作和传播的最便捷的载体，世界主要古代神话体系，都主要存在于史诗中，也就不奇怪了。如荷马史诗是希腊神话最初的主要载体之一，《埃达》史诗更是北欧神话的主要载体，散文体《埃达》是根据诗歌体《埃达》整理而来，史诗《梨俱吠陀》是印度神话的主要载体。一千多年来直至今天，中国的三大英雄史诗《格萨尔王传》《江格尔》《玛纳斯》更是在吟唱诗人的表演中不断创作传播，其中的世界架构、神灵角色、故事情节至今还在不断生长变化。若是抛开上述这些史诗，很多神话就不存在，至少是不完整了。

在古代社会，若没有行吟诗人的创作和吟唱，没有城市戏剧家的创作，神话就不会得到发展和传播，就只能存在于一些典籍的散碎记载中。有用的、能够服务于公众的文化产品，才会获得成长的机会。人们不能把史诗、神话剧与神话切割开，它们显然都是神话故事的载体，都是神话叙事作品。

而印刷技术的发展，令识字、阅读群体扩大，使小说体裁获得了发展的机会，通过小说创作、传播，欣赏神话就成为事实，这就有了明清神魔小说或西方神秘主义文学的兴起，神话故事就烙上了小说载体的痕迹。小说挣脱了韵文对语言的叙说和描写的限制，挣脱了戏剧表演的剧场对场面描写的限制，神话人物的表现就更加生活化，角色行为描写就更加细致，而神话世界架构就可以更加宏大。而到了网络文学，挣脱了印刷出版形态对篇幅和传播途径的限制，神话叙事迎来了更为宽广的发展空间。

与原始人、古代人以史诗、散文、戏剧、小说创作传播神话一样，现代人通过电影、电视剧、电子游戏创作神话，也许将来还会有新的艺术载体出现，这些艺术体裁并未动摇神话叙事的基本构成要素——神灵的故事，而又通过各具特色的叙事艺术，丰富神话的形态和韵味。

如果现代人创造的神话也是"神话"，则很多"经典"的神话定义、观念就会被推翻。换言之，要认定现代人如网络神幻小说作者也在创造神话，就必须推翻某些陈陈相因的神话观念。

第四节　神话的应用场景与两个知识谱系的效能

人们为何要创作神话？创作神话有什么用呢？

关于神话的功能和创作动机，我们需要打破一种刻板认知：原始人认知能力低下，所以会创造出荒诞的原始神话来解释世界，而进入文明社会的现代人已经不再需要创作神话来解释世界，所以无创作神话的必要。

这类说法几乎是神话学研究的共识，但它在整体上是不成立的。人们忽略了一个至关重要的问题：神话—宗教—巫术和文学艺术，是在超现实情境和心理状态中发挥作用的，人们在面临日常工作任务的现实情境中,就会切换至经验知识系统。

人类创造的知识主要有两个谱系:想象—体验知识谱系与经验—实证知识谱系,分别作用于不同的场景。

想象—体验知识谱系源于想象—虚构,以原始神话为典型源头,其主要形态是带有具体情境的故事,作用于人类的体验活动,形成一个一个想象—体验—认知—伦理的精神模式,成为人类行为的模本和创造精神世界的蓝图。它鼓励独创性和体验理解的个性化,所有个性化的想象、体验和认知成果,都可能对发展这个知识谱系起到意料不到的作用。

而经验—实证知识谱系源于自然认知,通过抽象思辨和实证手段,产生可以重复的规律性成果,知识创造的成果目标是成为公理,成为物质生产的标准和对社会运行的原理性解释。它们主要是自然学科和部分社会学科的知识,这个知识谱系的创造也期许独到见解,但是其成果应该在现实生活中得到反复验证,证明其真实性和可行性。

这两个知识谱系互相冲突又互相渗透、互相促进,都对现实世界的塑造产生了影响,两者在人类历史中各有发展线索,各有丰硕成果。

神话是在自己的应用场景中发挥作用的,当脱离其应用场景,人们对神话与世界的关系就另有看法。说古代人因为认知水平低下才创作神话用来解释世界,是对复杂精神现象的直观性误解,等同于说好莱坞电影和中国网络文学创造新的神话是为了解释世界一样。古代神话与好莱坞电影、神幻小说都是在人类想象与体验活动中发挥自己的作用,而不是用于对世界进行实证活动,超自然力或元婴显然并不存在于现实生活场景中。

我们可以说神话创作是对现实世界的有意识的背离，古今皆然。正是因为在现实世界中，人类很多愿望无法实现，才在超自然、超现实的想象世界里，在神话故事中，肆意地达成所有的愿望：人类短寿，所以神长生；人类多病，所以神永远健旺；人力有限，所以神无所不能。

神话创作者尽最大可能用神的故事达成人类愿望，尽可能地让人类精神超越现实局限性。神话的最大特征就是与现实不同，也正是因为与现实不同，才会有用。古代人类通过把拥有神力的神灵他者化，建构一个外在于自身的力量源泉，悬置于自身头顶，通过一定仪式，连接这种神力源泉，给予自己以精神支持。而创造和传播神话的人，最能知道现实与理想的区别。一般人即使是原始人，也能分清现实生活与神话故事的区别、现实和理想的区别。

创造一个与现实世界迥异的神话世界，用来解释现实世界，显然不合逻辑，神话不能胜任解释世界的任务。人类世界中普遍存在的某种创造物，一定是对人类有明确的用处，才会被创造出来，如果真正的用处与人们所知不同，那人们所知的就不是问题的真正答案。

十九世纪以来，科学主义时代的神话学家、人类学家们以及受其影响的各类人文学者，最愚蠢之处，就是认为古代人类会愚蠢到这样的地步，会背离本能和日常经验去创造解释世界的知识。如果神话是世界的主要或唯一解释系统，那生活根本就不能持续，现实世界的经验知识就不能传授，也就不会有后来的科技文明。

现代社会科技昌明，而人们依然需要神话并创造神话，大约五分之四的人类在需要时向他们信仰的神祈祷，说明对于人类来说，神话知识系统与实证知识系统都是不可或缺的。欧洲各地教会在漫长的历史中传授神学知识,但是支持、庇护科学实证研究也时有发生,在近代教会所办高校中,系统进行科学研究更是对科学发展起到了重要作用。这就说明某些神学机构也很清楚,两类知识谱系对人类有着不同的用处,而且可以共存。

原始人类亦然。古代的想象 — 体验知识谱系与实证 — 科学知识谱系,都是在人类实践中产生和创造的。原始神话与宗教、巫术活动密切相关,神话与宗教、巫术仪式在思维上是同源的,神话 — 神灵及其神迹的想象——故事创作,应该是早于原始宗教、巫术仪式的,因为有了故事中的设想与观念,并为一个群体的人们所熟知,人们才能知道如何进行相应的宗教 — 巫术活动,这种活动才能发挥作用,并且在精神活动与娱乐活动的推动下,继续完善神话故事。

但是,这不是原始人类的全部生活,甚至不是主要的生活。人先要活着,先要努力取得生活资料和生产资料,然后才能为了更好地活着,去不断想象生活之外的世界。在神话产生之前很久,人类就已经努力发展另一套知识系统 —— 真正有益于解释自然世界、可用于现实生活的经验 — 实证知识。

人类生命体是进化而来的自组织系统,人类的感知觉如视觉、听觉、触觉、味觉、身体位置觉、运动觉的觉知能力,信息加工能力,以及思考推理能力,是在长期的对现实世界的感知和思考中得到进化的。人类进化是自然选择的结果,只有进化的结果让人类更加适应环境,有益于生存和繁衍,进化才是可能的。

原始人类的感知觉接收了物质世界的各种信息,比如视觉、听觉感知了物体的形状、颜色、运行状态和规律,经过思考与描述,在人类社会网络中相互交流、印证、融合,成为现实认知,在此基础上经过推理归纳，形成系统的、有一定实证性的自然知识。这就是说，原始人类对自身存在和所处世界的认知，必然具有自然规律的属性，是可以互相沟通传授的、经验性实证性的知识，即使他们的经验知识是幼稚的，也一定是具有实证性的。

在神话产生之前和同时代，人们就已经开始遵从自然规律进行狩猎、农耕、采矿、冶金、制造工具与房屋建造活动，人类就不断用实证活动发展出知识系统，就已经有科学的萌芽，并用之解释现实世界和服务现实生活。人们用实证知识来进行金属冶炼，制造祭祀器具如钟鼎，如三星堆的铜人铜树，然后用它和超自然力沟通。这就说明若是没有发达的实证知识，人类甚至无法进行豪华奢侈的祭祀活动。

而关于生殖，人类更是具有本能和直观的知识。人类在数百万年前就能够通过男欢女爱稳定繁衍后代。从数万年前走出非洲的智人，到能够创造神话的原始人，其生命形态与功能就已经与现代人类相同。交配、怀孕、生育，早就是人类的本能，也是人类繁殖的日常经验，人们会在本能驱使下做正确的事情以繁衍后代。

所以，如果把女娲抟土为人的故事，或者把希腊神话中普罗米修斯根据自身形象用泥土制造人类的故事，当成是古代人类对人类起源或者人类生殖的解释，显然那是与人类的认识能力、繁殖知识、日常经验相悖的。女娲抟土为人、上帝用亚当肋骨塑造了夏娃，在开始"虚构"时，创作者显然知道那是与生活知识迥然不同的。

如果人类在任何时候都相信是神创造了人，决定了世界上的一切，那么人类就不会努力利用自然力量战胜自然，人类就不会钻木取火，不会采集植物的种子去发展农业，不会有大禹治水，不会发明语言文字，不会发明医学，甚至于人类都不会去创造一个完整的神

第一章 神话知识谱系的创造和应用场景

话系统,因为那不是人类有资格做到、能够做到的。

因此,不能从单一思维出发,认定原始人、古代人在任何时刻都崇信神灵,只会以神灵观念解释世界。原始人的生活中并行着自然认知与神灵想象这两个知识系统,并行着求真务实思维与神灵崇信思维两套思维系统。在日常生活中,人们遵循自然认知和生活经验,在需要神灵帮忙时,进入超现实思维和故事情境体验"神的意志",在祭司等职业人士带领下,与神灵进行精神会合。

在某些特定场景,神灵想象与自然认知两种知识系统混合运行,但是一般人都能够在两种知识谱系及两种心理场景之间自由切换,上一刻在神话情境中,想象神的伟力,求神帮忙,下一刻进入现实生活,求真务实。——现代人同样如此。

原始人、古代人砍伐森林时,也许会举行仪式,希望得到树神保佑,此时是相信万物有灵的。但他砍树的时候,仍然要按照树木的纹理、质地及山势走向做准备,并且要把砍树的物理性经验传授给后辈,这就是切换为实证思维。

狩猎之前,人们可能会举行祭祀仪式,希望与兽神等相关神灵沟通,人们是相信万物有灵的。但是在组织人手围猎野兽时,人们要按照对特定动物的认识,进行人力部署,前辈猎手要把战斗技巧与经验传授给后辈,因此猎人部落需要两种知识传授:打猎的生物性的物理性的知识,与神灵沟通的想象性知识。

古代人会把亵渎河神的狂徒扔到河里,甚至于会把童男童女献给河神,但他们在治理河道与洪水的时候,一定会努力搞清楚河道的走势与土质,否则就不会成功。他们在河面上行船,可能会供奉河神,但是更会努力掌握水性,掌握船的性能,否则就会翻船。

所以,神的事情归于神,人的努力、现实生活经验归于人类自己。两个系统的知识并行,人类的生活才能正常进行,而人类又根据不同场景使用这些知识经验,根据自身需要不断发展两个知识系统。它们在自己的应用场景中,都具有不容置疑的合理性。

法国社会学家迪尔凯姆在《宗教生活的基本形式》中说,迄今所知的宗教信仰,都把现实和理想分为两个领域:世俗的和神圣的。[1]

其实,所有的想象——体验知识谱系,都是在现实世界之上架构理想世界。它主要作用于人类情感体验,补偿想象和情感的缺失,繁育创造力,安置精神秩序,建构适用的精神结构,也被用于人类社会建构的精神指引。而人类生活在地面之上,经验——实证系统的知识才是人类真正用来认知世界和解释世界的知识,并为人类改造和利用物质世界带来指引。

现代人在原始人、古代人类的神话知识谱系的源流中,发展现代神话知识,在原始人、古代人的实证知识谱系的源流中发展科学技术,而原始神话对于现代人类的宗教生活与文艺创作的作用,远远大于古代技术对于现代科技发展的作用。现代的人们已经不需要在古代的坩埚中炼钢,但却在古代的神像前祭拜——神像越古老,积累的信仰越多,就越有神力,越可能"显灵"。

我们只有认清这些事实,才能真正理解人类的生活与神话——文艺创作:只要有需要,人类就能创造神灵,只要需要主宰神,就能创造主宰神话,而他们可能满脑袋都装着科学知识。

在二十一世纪的河北易县,乾陵旅游区附近的山沟里,有一些承包经营的庙宇,很多设施是新造的,简陋如同建筑工地的工人宿

---

[1] 迪尔凯姆(Émile Durkheim)(1858—1917),又译涂尔干。法国社会学家,社会学的学科奠基人之一。参见其代表作之一《宗教生活的基本形式》,商务印书馆,2011年版。

舍。然而据说这里每年有游客四千万人次，超过临近的乾陵旅游区，因为这里新老神灵众多，人们可以各取所需。比如这里供奉着一个手持汽车方向盘的中年男性形象的"车神"，这很可能是世界上最为新奇的新生的神，据说可以保佑人们的行车安全，于是颇享受了一些香火。我们可以相信那些给"车神"烧香礼拜的人们，既可能相信新晋的"车神"，也会学习汽车驾驶知识，会用技术语言去解释汽车这种物体，会按照说明书去维修汽车。

现代人灵活运用神话知识谱系和科学知识谱系，在生物实验室相信进化论，在教堂相信神创论，但人们的精神出路更多了，有心事可以找宗教人员，也可以找心理医生，更可以寻找合适的能够提供精神支持的文艺作品。人们普遍学习现代科学知识，按照科学常识生活，上网寻求有用信息如同动物捕食，按照说明书吃生物化学药物。显然，什么有用，人类就用什么：在需要相信神话为真的时候，就相信神话是真的，并创造神话；在需要相信科学为真的时候，就会相信科学是真的，并发展科学。

这样，似乎岁月静好、现世安宁，无须烦恼，然而我们应该认识到，在神话与神话之间是存在冲突的，在神话知识谱系与科学知识谱系之间也是存在冲突的。这两种知识的运用，并不总是能够带来积极的效果，两种知识系统跨领域、跨地区的混用会给人类带来冲突，带来无数困扰。

这些冲突在现代社会有所缓解，但也未完全解决，在未来，不排除还会发生与神话叙事有关的大规模的文明冲突。人类既往经验中，这些冲突表现为如下几种状况。

其一，神与信仰有关，由于人类精神虔信的作用，不同的神之间天然具有故事模式的冲突，特别是一神教信仰之间，具有显见的排他性，异教神话进入某种对立的神话管辖地区之中，会成为人类冲突乃至于宗教战争的观念源头。一神教产生之后，创世神话阐释世界成为主流的宗教知识，这对于"神话是原始人对自然世界的解释"这种神话起源观念的形成，起到了推波助澜的作用。在此背景下，人类一直把自己信的神话当成是真实的，而把别人相信的神话当成是荒诞的，形成文明的偏见。

神的排他性在网络小说中，也具有显著表现，可见于一些以华夏神话为世界架构体系的小说中，如《佛本是道》《我师兄实在太稳健了》，继承了《封神演义》的世界架构，把本土神灵（道教神灵为主）与"西方"教神灵（佛教、印度教），以及其他信仰体系的神灵，设置为对立关系，反映了中世纪信仰排他性思维的遗留。这是需要改进的。

其二，在古代或某些现代社会，一些宗教组织垄断世界解释权，用神话—想象—体验性知识来代替实证性知识，在应该运用科学思维的社会实践中，运用神话意识与方法，把社会治理宗教化，否定凡人对自我独立性的需求，否定人类对社会治理的主体性要求，禁锢创造性，阻碍科学技术的发展，导致社会发展停滞，或因为宗教狂热，带来社会灾难。

其三，在科学主义时代，某些时期，人们也会用实证—科学知识谱系，改造甚至取代想象—体验知识谱系，这就会导致人类思维僵化、创造力缺失、情感失衡、精神失范的症状，为单一的极端文化独霸人类思想领域创造了条件。

人世间有两种固执的愚人，一种是用科学思维来解释神话—文学艺术的人，如认为神话是原始人认知能力低下时编造出来用以解释世界的，或认为文学艺术应该用来反映客观生活事实，文学是一个装载生活真实的筐,文学是一种传播科学知识的道具。另一种愚人,是把人类幻想——神话叙事当成是现实世界中的实存事迹,认为某些人能够用意念控制他人。但更愚蠢的是一些妄人,是那些认为能够改造人类的人,他们认为人类可以不需要科学,只需要信仰神,或者认为人类不需要神话,只需要信仰科学。

人类应该具有平衡两种知识系统的能力,两轮均衡运动,人类会平稳向前,若打压两轮中的一轮,就会形成偏颇,走向灾难。所谓文明,有时候就是平衡两种知识系统的能力。现代人类能够继续创造神话,就是人类文明精神平衡能力的体现。

在二十世纪中期之后,世界各地逐渐进入对异教神话的宽容期,神话与科学两个知识系统也能够相对协调发展,这很大程度上是因为文学艺术对所有的神话系统兼收并蓄,对科学思维与神话思维进行了调和。文学艺术代替了宗教的许多功能,或者脱离了宗教的宰制,继续发展想象——体验知识,使得异教徒神话被更多人类接受,比如无论基督徒还是佛教徒,都可以享受北欧神话架构基础上发展起来的奇幻文艺,而并不觉得奥丁大神创造并主宰世界是一种冒犯。同时,科学和幻想也日渐拉起手来,在科幻文艺领域翩翩起舞。

这就显示出人类神话以全人类为叙事主体,包容各种神灵体系、神话叙事模式的特性,是多么有价值,它对于未来人类消弭文明的冲突提供了精神指引,提供了跨文明合作的行为预案。它既能涵养人类创造力,也能够帮助人类行稳致远。

每当人类想要实际的便利,就会追求科技进步,每当人类想要重塑文明,就会回到神话叙事——因为神话是文明的源头。

第 二 章

神话叙事的构成要素

本章论述神话叙事作品共有的世界架构、角色谱系、故事等要素，展示神幻小说的原型再造与新创神话的成绩[1]，这对于认识什么是神话叙事非常重要。

如前所说，神话形成的过程是历史性、进行性的，是不断由后人重构再造的过程，神话叙事有着源远流长的传统。网络神幻小说作品构成中，不管是原型再造，还是自创元素，都是在人类神话叙事传统这锅老汤里诞生的。神话元素的溯源比较研究对于想象—体验知识谱系流变研究、对于网络文学的创作和研究都是必要的工作。

第一节　世界架构

古代神话、奇幻电影、神幻小说等神话叙事中的"世界"，是人类超能力、灵魂想象和人类情感的凝聚物，神话世界必然显著不同于经验世界。

---

[1] 本章简略论述神话叙事作品构成要素，在拙著《网络文学创作原理》中，对神话叙事的世界架构、角色创设、故事情节创造有详细论述。两者引用的资料有部分相同。

一、世界的功能、类型与架构原则

神话叙事的灵魂是人们追求拥有超自然能力，达成超现实愿望的自由创造的精神，需要为主角追求超能力、长生、成神成仙的目标，提供合适的世界来源、创世神、世界运行的规则、世界的自然和社会形态、主要种族势力分布、修炼功法及其等级、修炼的各种资源等世界架构要素。

神话叙事的世界是人物特别是主人公实现梦想、获得成功的舞台，世界架构应该与主人公实现愿望的行动任务相契合，向主角愿望—动机—行动线索靠拢，并遵循某些作品类型的规定性。神话叙事作品以显著不同于现实生活的逻辑情理来驱动故事进展，因此需要一个完整的、自成体系的、能为故事发展提供支撑的世界架构。

网络神幻小说的世界架构，有着两个显著不同的类型传统源流。

玄幻、修真、仙侠类小说的世界架构，其时代背景以东方古代社会为常见，以华夏远古神话、道教神话、佛教神话为世界架构源头，又以明清神魔小说为显著的模本，有着东方神话的创世神话、神灵系统、修炼门派、各种非人类种族设定传统。

而奇幻文学世界架构是以北欧神话、希腊神话、圣经神话、凯尔特神话等为源头，以托尔金《魔戒》等作品开创的现代神话叙事为显著模本，以奇幻电影、游戏、动漫为直接的想象资源库。

神幻小说类型中常见的超自然力想象、灵魂想象元素与现代社会背景相结合，则构成了都市异能、都市灵异等类小说世界观。

神幻小说世界元素也与某些科幻元素相结合，成为科幻或神幻小说的新形态。同为幻想小说，神幻小说与科幻小说也各有自己的规定性，修炼成神与科技工业发展，遵循着显著不同的逻辑情理体系。在幻想小说创作中，需要可靠的设定依据，才能把各种神功与科技可信地结合起来，这种工作很容易自相矛盾。

人类欲望是无边界的，创造性也是无边界的，科幻元素与神幻元素相融合而成新篇者，亦不少见。在好莱坞电影《复仇者联盟》中，北欧神话的雷神索尔手持他特有的神锤（由矮人工匠打造，具有奇异力量），现代工业家、发明家斯塔克穿着高科技产品钢铁侠战甲（能飞行、能防护自身、能发射小型导弹攻击敌人），神魔之力与科技力量共同作用，神话人物与科幻人物并肩作战，人们也能欣然接受。网络奇幻小说《放开那个女巫》是女巫角色、魔法与科技元素相融合而成的作品，科技与超自然力奇妙地焊接在了一起，一起发展出一个工业化的世界，也让人觉得合乎情理。

是的，科学力量和神魔之力能够融合在一起，主要归功于人类的愿望和情理驱动的、一些巧妙的设定创造出来的巫术——艺术假定性，它们支撑着人们的心理场景，是人们用超能力达成人生目标的愿望，驱策自己悬置了对世界架构逻辑的责疑。

都市异能小说、妖异小说，与古代志怪小说及《超人》《蝙蝠侠》《钢铁侠》等好莱坞电影具有相同的志趣，在这些作品的世界里，现实社会运转与异能神通相融合，或在现实世界与异世界之间有一个通道，两个世界的人们可以相互来往。如在《哈利·波特》中，经过特许的魔法界人士可以在伦敦火车站，撞进九又四分之三站台的巨柱，进入异时空，乘专列去魔法学校，进入魔法主导的世界。

凡此种种，构成了现实世界与异世界共生的世界，两重世界中的景象相映成趣，人物来回穿梭，故事在通道两边展开，拓宽了想象边界，让读者体验了更广阔的精神领域。

世界设定的核心关切，还是为人物实现愿望服务，类型的规定性要体贴人性、人的欲望。幻想文学始终有跨类别发展的冲动，它们总是跟随人类愿望的指引，不断突破文学世界的边界。

我们要注意到，神话叙事的世界架构，看起来可以随心所欲，不受人间法则限制，但其实神话叙事的世界离现实越远，就越需要自身的内在同一性，因为它没有现实情境来掩护或者依托，世界架构的整体与每一个局部，都更容易受到读者的推敲与质疑。

神话叙事的世界架构，只能用一个满足内在同一性要求的体系，在与其创世规则不存在冲突的情况下，吸收运用其他神话体系的各种世界元素，它应该具有统一连贯的法则，造物主与他创造的神是其中的主角，主宰着那个世界的产生与运行，而难以允许其他神话世界的创造者进入。

圣经神话中，是上帝凭自己的意志在虚空中创造了世界和各种族。北欧神话中，是奥丁用死去的巨人的身体制造了世界架构。上帝与奥丁创造并主宰各自的世界，他们的存在显然是相互否定、颠覆的，有他无我的。两套造物主及其神明队伍，不能出现在同一个世界中，否则就意味着这个世界体系的解构，除非是有意为之的颠覆活动，或者在此之上另有整体架构，否则就是违背了内在同一性的要求，就颠覆了自身存在的基础，那会与我们对神话世界的想象传统相冲突，也会令读者、观众疑窦丛生。

在《复仇者联盟》中，之所以北欧神话的神灵与现代社会神力觉醒的人类可以共处一个故事，是因为在两个"世界"之上有一个统一的宇宙时空架构。在网络小说《盘龙》中，也是依靠"位面""平行世界"等新的时空观念，建构了一个新的大世界，把原有的多种神话系统包裹在一起，形成了世界的同一性。

我们还要强调的是,"人类神话"的主要属性是要反映现代人的人文精神,反映人类的整体观,在人类命运共同体和人类文明共同体意识的关照下,在世界架构同一性的基础上,人类神话可以运用任何神话传统的世界元素,创设世界架构。现代人类的神话叙事,也仍然需要发展各个神话传统的独特叙事元素,如天使、精灵,代表着我们对美好事物的向往,自然应该有着更多以其为原型的再造成果,继续为人类的精神建构服务,最终在现代神话叙事的整体意义上,形成人类大合唱。

那些渲染民族对立、区域神话文明对立的神话世界架构,则不应该受到鼓励,它们显然不符合人类文明前进的方向,对人类合作形成精神干扰,也让它们自身与现在和将来的世界大众文艺不兼容。

二、奇幻小说的世界架构谱系

北欧神话、希腊神话、圣经神话、凯尔特神话是西方奇幻文学的主要源头,又常以北欧神话为架构主干,这种传统迭经世界文学、电影、电视剧、游戏的传播影响,成为网络奇幻小说世界架构的主要资源。

1. 北欧神话中的创世与诸神、诸种族

北欧神话的世界架构、种族、角色对后世的奇幻文学世界设定影响最大,无数奇幻作家在此基础上加以借鉴改造,以搭建自己的世界。今天人们所熟知的许多神话世界元素,已经与《埃达》所记载的原型有很多不同,构成了北欧神话再造的独有谱系。显然,北欧神话的世界架构、神明队伍比一神主宰神话的世界,更有弹性和包容性。

(1) 创世与世界架构

亘古巨人伊米尔的后代奥丁与几个兄弟，把伊米尔杀死，用他的身体创造了大地、海洋、山脉、苍穹、云彩。奥丁兄弟创造完善的宇宙由三层九个世界构成：最上面一层中有"诸神国度"，奥丁与诸神以及精灵居住其中；第二层则是人类居住的"中庭"，它被大海所环绕，可以经由三色虹桥通往"诸神国度"，巨人族、矮人族也住在这里；底部第三层是死人之国，是一个冰冷多雾、永夜的场所，是亡者归宿之地。而贯穿连接三层世界的是"世界之树"（伊格德拉希尔），它是从巨人伊米尔尸体上生长出来的，其巨大的树身伸向三层世界，树根之旁有泉水涌出，滋养着神树，众多神灵负伤力竭，也在此获取神力滋养。

这个具有整体性、游戏性的立体世界架构，对奇幻文艺非常具有示范性，很符合现代人的益智需求。

(2) 主要神明

北欧神话神明以奥丁与洛基兄弟为核心人物，他们与各自的妻子、情人、子女、部属构成了正邪双方，相互冲突的故事最为丰富。

奥丁是众神之王，形象高大威武，坐骑为八足天马，肩上栖息着两只神鸦，名为"思想"和"记忆"，脚下蹲着两只狼，名为"贪婪"与"欲念"，承担警卫之责。

洛基是火神，奥丁同母兄弟，为人乖戾，神通广大，有许多厉害的怪物后代，如芬里尔狼、耶梦加得之蛇和死神海拉，也能在一瞬间把自己变成无数的怪物。

(3) 人类起源

奥丁兄弟在海岸边发现两根树枝，就用其中的梣树枝造出男人，用榆树枝造出女人，并赐给他们灵魂，于是这对男女就成为人类的始祖。

(4)巨人族

神族的世代仇人,主要敌对势力,通常很邪恶很固执。

巨人在奇幻小说中的形象逐渐转变为蠢萌形象,如在《哈利·波特》中巨人后裔成为主角的保护者,善良可爱。

(5)精灵与矮人

伊米尔的尸体长出蛆虫,受光一面生长出来的蛆虫变成了精灵,通体发亮,美丽、温良、开朗,能和万物沟通。从尸体背光一面生出来的则成了矮人,因为品性欠佳,众神令他们居住在大地的下面,不得被阳光照射到,否则就会变成石头或者熔化掉。

精灵与矮人是奇幻文学的标配,通常扮演人类的盟友、伙伴的角色。

(6)龙

在北欧神话中,龙具有负面形象,会残害人类,邪恶,不可控,是威胁力量的象征。

在网络奇幻小说中,龙的形象具有多面性,一般而言龙是高傲强大的巨型生物,物理与魔法能力都是超群的,有时候也能变幻为人类。在《亵渎》中,龙是主角的敌人、垫脚石,它们拥有的财富、力量为主角吸收利用。在《佣兵天下》中,世界上的龙已经为数不多,高傲而强大,却因为莫名其妙的理由发下誓言,成为人类的坐骑兼同伴,具备人类的幽默感,形象十分正面。

而在美剧《权力的游戏》中,龙是"龙母"丹妮莉丝的坐骑、伙伴和忠诚杀手,拥有该剧中最高武力值,经常帮助龙母一方取得战场优势。

2. 希腊神话中的主要角色

希腊神话为奇幻文学提供了系列角色和情节原型。希腊神话的神祇、半人半神的英雄、妖怪队伍非常庞大,成为奇幻文学中常见的角色原型。

(1)众神

希腊神话有黄金时代、白银时代、青铜时代三代泰坦神,其中青铜时代的神祇故事最多,最为著名,如任性而为、子嗣众多的主神宙斯,创造并保护人类的普罗米修斯,智慧、战争、艺术、工艺之神雅典娜,人类的保护神、光明之神、迁徙和航海者的保护神、最英俊的男神阿波罗,等等。

(2)众妖

妖怪事迹繁多,如女妖美杜莎,是有双翼的蛇发女人,两眼闪着骇人的光,看任何人一眼,对方就会立刻石化;斯芬克斯,有翼,长着美女的头和狮子的身子,在忒拜为害人间;塞壬众妖,她们住在一个海岛上,以歌声诱惑并杀死水手。

这些角色的"后裔"在奇幻电影与奇幻小说中都非常活跃。在现代大众文艺中,女妖角色更容易向着美艳、神秘、情感丰富、性格多变的方向进化,因为现代人更需要神奇化的视觉想象和体验。比如女妖美杜莎在网络奇幻小说《恶魔法则》《斗破苍穹》等作品中都有花样翻新的形象,令人立刻石化的功能还在,只是女妖美杜莎变成了美艳敏感的女人,她令人胆寒的神力和她的美貌,都有助于故事情节发展,创造神奇效应。

3.《圣经》中的创世

圣经神话影响了全人类的世界想象与道德判断,对奇幻文艺的世界架构、故事冲突营造、思想伦理主题表达具有重要影响。

(1)上帝耶和华创造了世界

他在空虚混沌中发出创造命令,先后创造了光、大气、旱地、植物、天体和动物。到了第六天，耶和华按自己的形象创造了亚当和他的妻子夏娃，将他们安置在伊甸园。第七日，耶和华停歇了工作。

（2）原罪

亚当与夏娃在伊甸园中违逆上帝出于爱的命令，偷吃禁果，从此与上帝的生命源头隔绝，致使罪恶与魔鬼缠身，陷入病痛与死亡的结局。后世人类皆为两人后裔，生而具有原罪，难免犯下同样的错，走上灭亡之路。

在现代电影和文学作品中，亚当、夏娃的形象和男欢女爱的隐喻意义，发挥着伦理教谕的作用，但也有许多作品颠覆了原罪观念。

（3）天使

上帝耶和华用他的话创造了这些天上的灵体——天使，天使是永生的，七大天使与对应的堕天使、恶魔撒旦，构成正反、善恶的两极。

天使是众多文学影视作品中影响最为广泛的人物形象类型，在依据《圣经》改编的电影和小说中，他们履行着各自原初的功能，但在形象细节上变得更为炫目，更有视觉神奇效应。

在奇幻小说《亵渎》和《盘龙》等作品中，天使形象偏于负面，成为宗教组织压迫修炼者的工具。总体而言，一神教神话的神灵角色形象，在网络小说中经常被颠覆。网络神幻小说新创神话，弘扬人人皆可为神的信念，万物皆有神灵的想象生态，与一神主宰世界的观念必然有冲突，与某些神幻小说主角自为世界主宰的欲念也必然有冲突。

4. 凯尔特神话中的主要角色与魔法、巫术

（1）德鲁伊与巫师

凯尔特神话中的角色德鲁伊、巫师，是预言家和先知，也是生灵

和亡灵、"彼世"和"现世"之间的桥梁。许多德鲁伊、巫师也是各部族首领的军师,如亚瑟王的导师梅林,他的辅佐使亚瑟王建立了丰功伟绩。

(2)魔法与巫术

德鲁伊、巫师、人间吟游诗人和一些大英雄拥有魔法和巫术,施展起来可以令敌人烦躁不安、昏睡不醒,可以将自己或别人变成动物或植物,也可以呼风唤雨、召唤异兽。

魔法师及其魔法、巫师及其巫术,是奇幻小说世界创设中不可缺少的要素,是人物谱系和故事构成的标配。

5. 托尔金神话对欧洲神话的变形再造

托尔金是古代神话与现代奇幻文学之间承上启下的经典奇幻作家。他在《精灵宝钻》与《霍比特人》《魔戒》等作品中,借鉴北欧神话、圣经神话、凯尔特神话的世界和角色体系,创设了一个结构复杂、内容丰富的神话,成为一个艺术传统的源头,启发了世界范围内的神幻性文艺创作。

(1)世界架构

众生万物之父埃汝·伊露维塔的思想中诞生了埃努(诸神),并与他们一起在乐曲颂唱中创造了宇宙"一亚",故事发生的"阿尔达世界"就在其中。"中土世界"是阿尔达的一部分,是故事的主要场景,形似一个大岛,如同砍去俄罗斯、北欧、西班牙、意大利的欧洲大陆。在后来的奇幻文学中,"中土世界"变身为名目不同的大陆,但"世界"的功能相同:容纳种族、国家分布的框架和故事发生的自然社会环境,成为欧洲的精神象征。

(2)众神与种族

诸神中以曼威·苏利缪等为首的十四位主神维拉(男神)和维

丽（女神），与恶神米尔寇·魔苟斯·包格力尔及其魔兽大军，构成了对立的双方势力，米尔寇部下炎魔巴龙格、魔王索伦·戈索尔最为著名。

这个世界的主要种族和生物中，精灵和人类是埃汝先后创造的，霍比特人是人类的分支，巫师与德鲁伊的真实身份是主神的学生迈亚们，主神限制了他们的功能，以免他们过度干涉世界运转，他们只能以肉身形态出现于世人面前。而矮人则是维拉创造的，龙是米尔寇创造的，半兽人和妖精是追随米尔寇的堕落、退化的精灵。是精灵唤醒了树人。其他种族还有维拉们与米尔寇创造的食人妖、巨人、狼人、树妖、美人鱼等。

（3）统御魔戒

共有二十只，其中十九只是精灵铸造的，魔王索伦暗中以魔多的末日火山之焰，铸造第二十只至尊魔戒，它可以支配其他魔戒，从而支配世界，是《魔戒》故事中正邪双方争夺的焦点。

（4）变形再造

托尔金的创世神埃汝·伊露维塔可以算是北欧神话与圣经神话两个造物主的融合，其主神曼威与北欧神话中的奥丁一样，是统治世界的君主；扮演反派的米尔寇是主神曼威的兄弟，与北欧神话中奥丁的兄弟火神洛基的地位功能相同，都具有承担这个角色该有的能力、品性，并且各自制造了大量厉害的怪物；托尔金笔下的精灵和矮人的形态、脾性与北欧神话中的精灵和矮人基本相同，但北欧神话中矮人不能见太阳的毛病转移到了巨人身上，这就解放了矮人，他们在托尔金和其他奇幻作家那里成为更加活跃的角色；而德鲁伊和巫师的形象、功能及其魔法源于凯尔特神话，巫师甘道夫是故事中主角的导师和正派势力的主心骨。

北欧神话中，主神奥丁的魔戒给予奥丁无尽的法力，奥丁的魔戒是两个矮人兄弟的作品。而统御魔戒与至尊魔戒是托尔金《魔戒》中的核心构成要素，至尊魔戒这个关键道具，能够支配整个世界，对于故事发展，比原型更有统摄力。

北欧神话中，神树伊格德拉希尔是巨人尸体变化而成的，连接三界，支撑整个世界。在托尔金的世界里，维拉以歌声缔造了双圣树，发出金光的圣树罗瑞林和发出银光的圣树泰尔佩瑞安，是光明与生命力的来源。

这些对原型的变形置换，保持了各种元素的功能，改进了原始思维的局限性，为奇幻电影与网络奇幻小说的神话再造工作提供了创造性的方法与思路。

在北欧神话和托尔金遗产基础上，产生了许多包含创世、正邪大战和异大陆元素的小说和游戏作品，小说如日本作家水野良的《罗德斯岛战记》、说不得大师的网络小说《佣兵天下》，游戏如《被遗忘的国度》系列、《龙枪》系列等，其世界架构、角色创设、故事构成，都能找到北欧神话和托尔金遗产的显著基因。

三、华夏神话的世界架构

中国上古华夏神话、道教与佛教神话、明清神魔小说，为玄幻、修真、仙侠等神幻小说的世界架构、超自然力角色创作，提供了想象基础。

1. 中国上古神话

中国上古神话缺乏系统性，没有鸿篇巨制和曲折生动的情节，散见于《山海经》《水经注》《尚书》《史记》《吕氏春秋》《淮南子》

《风俗通义》等古代著作中,经常是数百字、数十字的故事小品,且神话与历史传说混杂在一起,但提供了许多神话叙事的创意,可以说华夏神话是晚熟的体系,为后来者留下了巨大空间。

其主要创世神话有盘古开天地、女娲造人与补天等。

其他创世神话有伏羲演八卦,神农(炎帝)尝百草,黄帝(轩辕氏)主导农业发展,嫘祖(黄帝之妻)教人养蚕,仓颉造字,尧舜禅让,大禹治水,共工怒触不周山,后羿射日,嫦娥奔月,等等。

其他神话人物如天帝、后土、姑射仙子、西王母、广成子、鸿蒙、刑天、雷公、河伯等也各有独特神迹。

神兽和神怪有鹏、青鸟、青龙、白虎、朱雀、玄武、龙王、哮天犬、精卫。灵地与神仙界有玄圃、瑶池、扶桑、鹊桥、蓬莱、瀛洲、方丈、广寒宫、天庭、琅嬛。

这些神话世界元素,成为后世的宗教、文艺的世界构想的重要源头,在网络神幻小说中更是得到了发扬光大,特别是在玄幻小说、仙侠小说中,华夏远古神话又重新生长,几乎每一个神话元素都繁衍出许多独特的神话故事。

2. 道教的世界、神仙谱系与修炼观

道教是诞生于中国本土的宗教,主要创始人张道陵等人把原始神话、阴阳术数、黄老思潮加以融合而立教,神明队伍一直在四下蔓延,直至宋元明时期,还在大量吸纳民间信仰与佛教的元素,民间道教更是对各种来源的神灵兼收并蓄。

道教奉老子的《道德经》、庄子的《南华经》以及《易经》等为最重要的经典。《正统道藏》等经典记载了道教符箓、斋醮、科仪、修炼方法。《周易参同契》《抱朴子》是道教丹鼎派的基本经典。玄幻、仙侠、修真等修炼小说的基本观念根源于这些著作。

道教神话中的创世故事源于"道"这个观念,它是宇宙万物的本原和主宰,万物都是从"道"演化而来的。

神仙谱系则纷繁不能尽数,主要神明如下:

玉帝——玉皇赦罪天尊,存在于始劫之先,本体是三清祖气所化,统御所有神仙人兽、妖魔鬼怪,总管世界的兴衰成败、吉凶祸福。玉帝也是儒教的最高神——昊天上帝,还是中国民间信仰的最高神——上天、苍天、老天爷等。

琼台女神——王母娘娘,碧霞元君,妈祖娘娘,九天玄女,百花仙子,送子娘娘,骊山老母。

战神——真武大帝,关圣帝君,雷公,电母,风伯,雨师,水神,火神。

财神——正财神赵公明,文财神比干,武财神关羽。

幽冥鬼神——太乙天尊,酆都大帝,东岳大帝,十殿阎王,天师钟馗。

其他更有民间生活气息的著名神仙有八仙、福禄寿三星、和合二仙、喜神、月老、彭祖、麻姑、灶王、门神、床神、厕神、井神等。

道教与其说是信仰,不如说是修炼的观念与阶梯。道教追求得道成仙,认为"我命在我不在天",人类与动物都可以通过修炼达到长生不死;相信万物有灵,甚至人体的各种器官都有自主神灵。在世界各地的原始神话中也有类似观念,在这样的观念驱使下,产生了许多神灵、妖魔鬼怪、道术巫术,而这些都是网络神幻小说的创作思想的精髓。

道士的修行道术,包括内丹、外丹、服食、房中等内容。外丹是指烧炼丹、砂、铅、汞等矿物以及动物、植物药物,制作能够使人长生不老、增长神力的丹丸。内丹则是把人体作为烧炼丹丸的"炉鼎",

通过行气、导引、呼吸吐纳,在身体里"炼丹"以达到长生不老的目的,并由此产生了"男女双修,互为鼎炉"的修炼想象,企图把性欲、爱欲与长生不老、成神成仙目标统一起来,如同佛教把禁欲与成佛想象结合起来,恐怕都难以如愿。

道教神灵队伍的扩展和修炼观念、修炼法门,为明清神魔小说以及网络修真、仙侠、玄幻小说,留下了修炼成神的观念、途径,也留下了庞大的神仙队伍、法宝、丹药等原型。没有道教这个源头,就不会有网络玄幻、修真、仙侠小说的发生发展。

3. 神魔小说的世界观与神仙谱系

明清神魔小说主要代表作《西游记》与《封神演义》的世界中,佛道世界体系、神仙队伍庞大混杂,基本涵括了华夏神话、佛教神话的神话叙事成果,但世界架构的同一性较弱。

(1)《西游记》的世界

作品以主角孙悟空的行动为线索,构造了一个佛教体系的世界地图。悟空由花果山一块仙石孕育而生,前往西天寻师,路线是:花果山 — 傲来国 — 东胜神洲 — 南赡部洲 — 两个大海 — 西牛贺洲 — 灵台方寸山三星洞。后来孙悟空、唐僧师徒取经的线路是:长安洪福寺 — 两界山 — 西牛贺洲 — 灵山大雷音寺。

同时,《西游记》里还有一个立体的佛道相杂的世界,上方有以玉皇大帝为首的天庭神明体系,海是各位龙王的领地,四处名山名水是仙、魔的地盘,凡人生活在中间世界,下方是阴曹地府。而西天是佛祖系统所在,主要角色经常来东边天庭或凡间办事。这样,佛教与道教的世界架构、神仙谱系,就合并在一起了。然而佛教、道教两家的世界起源、世界架构是不同的,是彼此冲突的,这个佛道共存的大一统世界是如何形成的呢?对此一直并未有可信的说法。

（2）《封神演义》的神仙谱系与世界架构

《封神演义》以武王伐纣历史事件为故事背景，阐、截、人道三教应劫运而介入凡间，演绎了为国家天下而争、为神仙道统气运而争的故事。

《封神演义》中的三界架构和仙山洞府，三界是玉皇大帝统治的天庭，商、周两朝帝王统治的人间，女娲统治的妖界；仙山洞府是仙道组成的昆仑山阐教，以及由海外仙士、方外术士、得道禽兽组成的截教所在。

《封神演义》主要功绩是赓续了神仙谱系，把虚构人物鸿钧老祖设定为元始天尊、太上老君等人的老师，因这个人物的设定，华夏境内的各路神仙们就有统一传承了，但是中国创世神话的面貌与神仙队伍的关系就更为混乱了，鸿钧老祖、元始天尊、太上老君诸多神祇又是哪里来的呢？究竟是谁，又是如何创造了世界？

《西游记》和《封神演义》庞杂的世界观，迷惑了许多网络神幻小说作者，但是也弘扬了一种自我修炼成神、对原有世界主宰毫不畏惧的精神，同时也极大地鼓舞了神幻小说作者：原来创造一个世界并不难，只要胆大就行。这是再造神话世界架构的重要前提。

4. 神幻小说对东方神话世界的继承与整理

许多网络玄幻、修真、仙侠、都市异能等类小说作品，继承了中国上古神话、佛教、道教与神魔小说的世界基本架构，以及修炼成神成仙的观念、途径与方法，也继承了神魔小说的一些神棍作风。

开创玄幻小说洪荒流的《佛本是道》很有代表性，它广泛容纳了《西游记》《封神演义》《山海经》以及民间传说中的神仙灵魔，也延续了神魔小说用道教收编佛教的传统，各路神仙人马，都以鸿钧道人为首。鸿钧经常召集众弟子开讲大道，开创佛教的接引、准提二位教主都是他的学生,把"老子化胡说"落到实处。[1]

仙侠小说《我师兄实在太稳健了》对这个华夏上古神话、道教神话、佛教神话混杂的世界和神仙系统进行了整理再造,创世过程、世界运行程序和神仙谱系显然更有条理一些,但还是因循了老子化胡说,为其世界架构留下了隐患。

四、新创、通用的世界元素

神幻小说吸收东西方神话资源,另辟新天地,再造神话新篇章者亦不少见,它们对于新型人类神话世界的形成和发展,有着更为直接的作用。

萧潜的《飘邈之旅》借鉴了道教和神魔小说的修炼传统,建立了自己的修真体系和修真世界,被多种小说类型所沿用,且作者开创的星际修真的类型、人类整体意识和人类基本伦理,对许多作者具有启发意义,可以说《飘邈之旅》是较早具备人类神话形态和价值观的作品。

作品在横跨宇宙的广阔世界中,演绎了神奇的修真、战斗故事,借鉴了古老的道教丹道观念和古典仙侠小说神话叙事成果,改造、创设了元婴、渡劫、法宝、符咒、黑魔界、灵鬼界、古修神等修真、仙侠概念,开创了旋照、开光、融合、心动、灵寂、元婴、出窍、分神、合体、

---

[1] 《老子化胡经》是西晋道士王浮所作,说老子骑青牛西去,点化了"胡人",因而创立了佛教。此说当然是为了把道教架在佛教之上而伪造,强行合并了佛教世界和道教世界,在佛教、道教信众中屡屡引起巨大波澜。但是在《西游记》与《封神演义》以及某些网络小说中,"老子化胡说"被当作事实,殊为不智,此事很容易被证伪。

渡劫、大乘、元婴期以及之后的渡劫飞升上界等修真等级境界。还开创了能量修炼的模式，修真者所需要的"精劲能量"主要存在于矿石里，后来其他修真、玄幻小说借此演化出晶石、修真石、筑基石、灵石、神石等名目。

这个修炼观念和体系，影响遍及修真、仙侠、玄幻、奇幻等小说领域。

辰东的《长生界》借鉴了西方奇幻小说和游戏中"位面"与神魔小说"三界"的概念，设定了一个浩大的世界：附属世界、普通世界、高等世界、唯一真界（其他各个世界都是真界中的帝、皇级强者创造的）。这也是世界创设的可行思路。其又借鉴了华夏神话、印度神话、神魔小说的神兵宝物异兽原型，创设了法宝如黄铜八卦图（伏羲氏祖神的神器，可以吸收其他神兵灵识，有自主的兵魂，威力无穷）、太极图（老子的本命法宝，攻守平衡，威力超绝）。异兽如独角兽、白虎、玄龟、黄金狮子王、凤凰、鲲鹏、麒麟、火乌鸦，皆形态鲜活，神完气足。这些神兵、宝物、异兽都与故事情节密切相关，为作品增加了强烈的神幻效果。

在网络神幻小说创作中，亦有许多通用世界架构元素和角色原型在发挥作用。如位面和平行世界观念，在各类神幻小说世界架构中，可算是独立、通用的世界元器件，帮助人们建构弹性十足的神话世界。

"位面"概念主要来自《龙与地下城》等游戏[1]，其世界主要分为三大部分：主物质位面、内层位面、外层位面。主物质位面类似于我

---

[1] 参见［美］玛格丽特·魏丝、［美］崔西·西克曼《龙枪编年史》三部曲，朱学恒译，译林出版社，2012年版。这是作者为角色扮演游戏《龙与地下城》创作的背景性奇幻小说，其中的世界设定广泛影响到后来的小说、游戏和影视剧创作。

们常见的经验世界；内层位面是火、空气、水、土、正能量、负能量等各种元素的所在地；外层位面是精神和信仰的投影，这里也是神明和恶魔、魔鬼的居住地，在外层位面，信念就是力量，众生的信仰之力通常被所信仰的神拥有。位面概念与古代神话的世界架构差异较大，为游戏服务的功能更为显著。

"平行世界"概念源于现代物理学：宇宙中存在着无数个平行世界，且人们的行为会影响到平行世界的产生，但平行世界产生之后，其运行就各不相干。如果时间旅行者回到过去改变历史后，时间线便出现分岔，分岔的时间线产生了另一个时空中的另一段历史。

这两个概念为幻想文艺的世界架构松开了缰绳，它们更能够满足现代人类创造虚拟世界的需要，也更能够把各种相互冲突的神话资源有序安排在同一个整体架构中，无数神幻叙事世界架构的合理性问题借此得以解决。可以说，位面与平行世界架构的观念是现代人类神话的重要构件。

如我吃西红柿的《盘龙》借鉴了奇幻小说和游戏的位面观和平行世界观，建构了一个宏大框架，把各主要神话体系的世界设定元素涵括在内。魔法、法则、境界、神器、等级设定，与位面，火、空气、水、土元素，信仰之力这些概念融合，充实了一个独特的世界。整个世界分为鸿蒙空间、宇宙（主宇宙和副宇宙）、位面，而主角林雷所在的宇宙有四大至高位面、七大神位面、无数物质位面。最终，主角林雷与鸿蒙（东方神话中的创世神）、秦羽（同一作者的《星辰变》主角）一起成为各宇宙的主宰，成为凌驾于欧洲宗教神话与东方宗教神话之上的最高神，世界架构也以此具有同一性。

第二节　神话叙事的人物与人物关系创设

创设角色功能、行为特征、神异秉性和人物关系,是神话叙事人物创造的基本任务。

一、作为故事发展驱力的主角

主角的主要叙事功能是带动故事情节发展,在每一个冲突、每一个情节转折中发挥主导作用。

主角的愿望、动机、行动决定了故事的基本方向,主角的行动带动其他人物的行动,一起推动情节发展。超长篇幅的神话叙事作品的主角,通常应具有强烈的欲望、高度敏感的情绪反应,倾向于以行动解决问题,甚至于有点爱"惹事",好斗,喜欢以战斗"证道",积极主动与各类人物形成复杂互动。这样,故事就更容易具有动感,战斗情节才会合情合理地发生。而且因为主角好动好斗,也更容易以主角为枢纽构建人物关系网络。

如北欧神话主角奥丁大神、希腊神话主神宙斯就是这样欲望强烈、惹是生非的主角,修炼—战斗小说主角的祖先们,如孙悟空、武松之流,同样都有寻衅滋事的爱好。可以说,人物的好斗性格就是神话叙事战斗情节的发生缘由。

在现代社会的创作情境下,神幻小说的主角应具有更明确的目标感和伦理意识,随时寻求为正义而修炼与战斗的机遇,以引发具有连贯性的战斗故事情节。主角的目标越明确,故事情节发展的方向也就越明确,对读者预期的引导也越明确。神幻小说主角不宜性格犹疑,不宜长期处于动机和目标不明的状态,这会给故事情节发展带来无端的不确定、不明朗状态,令读者感到困惑。

古今神话叙事的主角都会带着获得超能、长生、成神成仙的愿望去修炼战斗,会与修炼相关的人物成为盟友或者敌人,所有的人物都不是无缘无故地出现在作品中的,他们一定与主要角色的愿望及行为密切相关。

二、人物的神话角色特征

神话叙事中的多数人物,必然拥有超自然力,具有神话职业性特征。在神话叙事作品中,人物一出场,就能看出当前的作品是神话故事:人物具有与超自然力和灵魂想象有关的"职业"身份及行为特征。

每一部神幻小说创作,都要对以下几种职业性角色胸有成竹,设想其创新之处,想定他们的职业技能与性格塑造、与故事情节发展的关系。我们对主要几种神话角色的特征、功能及其流变进行简要分析。

1. 人间职业身份

常见的有武士、剑士、骑士、魔法师、道士、修仙者、先知、巫师等等,他们原本是凡人,体内的超能力被奇特机遇唤醒,或通过职业传承和修炼,获得自己的超能力和职业技能,并通过超能力解决故事中提出的问题,完成给定的任务,实现自己的人生愿望。而这些人物的职业属性也应该能够强化人物的某种特质,呈现作品的类型特征。

比如魔法师是奇幻小说中的代表性人物,他们在自己的职业序列中不断升级,通过他们的魔法技能达成人生目标。魔法比斗是解决矛盾冲突的主要方法,是奇幻小说情节构成的核心。

掌握魔法需要特殊的天赋,以精神之力调动世界各种元素,形成玄奥的魔法能量。在西方奇幻文艺中,魔法师被设定为精神之力强大而身体力量较弱,需要与物理攻击力强大的武士配合作战,这似乎是一种生命平衡观念的显影,也对瘦弱的少男少女有着一种安慰作用:你可以在精神上比别人强大。

而在网络小说中,主角通常会被设定为魔武兼修,身体与精神力量都会变得强横,以更大化地实现梦想。如奇幻小说《亵渎》的主角罗格,精通魔界黑暗魔法,身心力量都极为强悍。同时他的职业技能与他的性格都由于这种职业特质而偏向于暗黑色彩,影响他的行为特征,他本就厚黑,成为强大的死灵法师后,更加无所顾忌,但求自己获利,不问是否道德。

神幻小说的创新常常体现在职业体系的创新上,如果一个作者创造了一个新的职业类型,或者在某个职业类型上进行了显著创新,那就是制造了创世的神迹,他就是全人类幻想世界的大神,将会对人类神话叙事产生重要影响。

在网络小说《放开那个女巫》中,女巫角色是最主要的人物群体,是凯尔特女巫、北欧神话女战神、道家女仙、许多奇幻电影以及游戏作品女性神灵角色混合重组的结果。作品构成中,最令人惊艳的就是一百多个形态、功能各异的女巫职业形象,以及她们职业技能的升级体系的创造。《放开那个女巫》是女巫形象集大成者,是世界上女巫形象最多、人物创设最为成功的作品之一,以此奠定了该书在世界神话叙事中的艺术地位。

《诡秘之主》继承、发扬光大了克苏鲁神话、蒸汽朋克文艺、西方神秘主义文学的想象传统,在神话叙事的职业体系方面开辟了新的天地,在情节发展中逐次展开二十余种人间超能力职业角色体系,各有技能等级、升级途径。这些神话技能的展开,创造了很多新型的情节发展方式、新的体验心境,对于热望超能力创新的全球读者,那真是一场令人心花怒放的盛宴。

2. 神灵角色

在神话叙事中,神、仙、天使等角色也是必有的存在,他们是"超人类"的角色,具有超越人类的各种属性、能力、意志品质、生命形态。在神幻小说中,主角及其伙伴们通常原本是凡人,经过修炼—战斗—升级而脱离了凡人的生命范畴,成仙成神。

希腊神话中的神,对于后世的神话叙事角色创造影响最为显著,他们具有人类的外貌,具有完美的肉体,不会为疾病所困,拥有永恒的生命和绝大的神通,但又具有人类的各种情感和人性弱点,而这些人性因素是推动人物行动与故事进展的重要动力。

如宙斯就是这种神的特异性与人性相结合的典范。他是古希腊神话中的第三代众神之王、宇宙之王,以雷电为武器,维持着天地间的秩序,公牛和鹰是他的标志。宙斯的许多神迹都成为后来神话叙事的故事原型。他有一串放肆的情史,其欢爱故事比战争故事更为有名,奥林匹斯的许多神祇和许多希腊英雄,都是他和不同女人生下的子女,他们后来成为许多英雄神话的主角。

圣经神话与众多文学影视作品中的天使,也是影响广泛的职业角色形象类型,他们涵括了人性的深度与广度,分布在人类欲望、道德观、职业能力的不同频谱上,具有各自的故事功能、各自的性格。

而中国神话中的神仙,与西方的神、天使有所不同,他们永生、自由逍遥，偶尔游戏人间，表现出人们艳羡的神通，不像希腊神话、北欧神话的主角们那样私欲膨胀，纵情声色，但也不像一神教主宰神那样刻板，因为那都是不符合神仙人设的行为。

网络神幻小说的神仙角色塑造，继承了中国传统神话与神魔小说的修炼成神的观念，主角因修炼而成神，同时也接受了希腊神话、北欧神话与奇幻文艺的神明人物传统，也可以像宙斯、奥丁那样妻子、情人、子女成群，是具备人性弱点的神灵，其神的属性既是人性的超拔，也是某些人性的强化。

3. 非人类的智慧种族

如东方神话与幻想文艺中的妖怪、妖精、灵兽，西方神话与幻想文艺中的精灵、矮人、龙、魔兽、幻兽，通常是人形、人性与动物形态、属性的结合体，已经形成各自的深厚角色传统。

在东方神话、神魔小说、志怪小说如《西游记》《聊斋志异》中，各类拥有超自然力和灵智的动物、植物，因为仰慕人类的形态与能力，经过修炼而能够变身为人，这种情形被称为妖精或者妖怪，他们已经具备人类的属性，但也还保留部分动、植物属性。在《西游记》主角们的取经路上，各种妖精为了唐僧肉而来，经常变身为美女来引诱猪八戒。《聊斋志异》中的各种女性妖精，经常在深夜与孤寂的书生幽会，甚至与人类生下孩子。显然，妖精有着各种不同的功能。

而各种动物都可能修炼进化为神佛，《西游记》主要人物中，孙悟空是一个神猴，猪八戒本体是猪，沙僧的本体是鱼，他们的形态是动物本体与人类的结合，最后都因功成佛。作品赋予他们人类的愿望、情感、个性和缺陷，并与情节发展密切相关。

幻想王国的边界总是为最有创造性的人打开，人与兽的混合体可以创造出无数的变体，比蒙、兽人、妖怪都是人兽合体的想象结果。

静官的网络奇幻小说《兽血沸腾》,主要人物群体"比蒙"这种角色,融合了北欧神话谱系的兽人元素,也融入了东方神话的妖怪元素,可以看作是人、妖、兽角色融合的经典案例。虽然称为比蒙,但与圣经神话中"比蒙"角色原型距离较远。

《兽血沸腾》的比蒙,是具有各自种族特征的长期进化而来的人形生命——如果猴子可以进化为人,那么其他动物也可以。他们有着自己的语言、自己的智慧文明,如归顺于主角的各族比蒙"美女",与《聊斋志异》中的美丽女妖更为相似。

主要比蒙美女角色如下所述。

海伦:主角的初恋、原配夫人,精明的狐狸比蒙古族祭司;凝玉:东方海族比蒙;艾薇儿:海国的公主,海族;歌坦妮与歌莉妮姐妹花:博尔德(天鹅)比蒙,神殿守护骑士;茜茜:契肯(鸡)族比蒙,天赋祭司;两个仙女龙(黛丝和若尔娜):龙族比蒙;费雯丽:具有希腊神话女妖美杜莎的特性,蛇族比蒙;艾莉婕:精灵族,当代花后,沉睡了万年,被主角唤醒。

这些角色把仙、妖、兽设定的各种可能性发挥到了极致,鲜活、惊艳,使作品独树一帜,不可替代。

4. 鬼灵

世界各地的神话、幻想文艺中都有灵肉分离的想象传统,若肉体生命死去,鬼魂脱离了肉体,就可以逾越物理障碍而独自存在,也可以附体于其他生命。死去人类或动物的灵魂、肉体、骨骼,以鬼、亡灵、骨灵、僵尸这些令人诧异、恐怖的方式存在着,在神话叙事中发挥着复杂的作用。

在奇幻小说中,灵魂或鬼灵发展出各种存在方式。如《盘龙》中的戒灵德林柯沃特,将自己的灵魂藏于盘龙戒指中,后来通过灵魂交流,指导主角成长,呈现着正面形象。

《亵渎》主角罗格利用光天使的神之本源与一具骷髅相结合,创造出一个拥有吞噬技能的"骨灵"——风月,并且在死亡世界吸纳各种灵魂之力与骨骼不断成长。一般骨灵具有吞噬本能而智慧不足的特性,显得又坏又蠢又非常执着,风月却由骨灵进化为兼有智慧美貌的女神。

《佣兵天下》中的池傲天是一个死神龙骑士,面庞俊美,身着黑色披风,行为恐怖邪恶,是对西方神话世界的死神形象的改造。他乘坐的龙兽"要离"由洁白的龙骨架构成,与人类骨灵相似,是亡灵骨龙,能对魔法攻击免疫,能够喷射毒气攻击敌手。

在东方幻想世界,因为佛教、道教的影响,人类灵魂离开身体远游别处,是修炼活动中的常见现象。而人死去,鬼魂脱离了肉体,可以在暗夜行动,但通常不能见阳光,需在一定时期内,经过一定的程序去投胎某地,并被强行喝下孟婆汤以抹去记忆。那些因为各种原因没有去投胎的鬼魂,会在夜间与人纠缠,通常具有反人类的属性,他们会吸取人类的阳气而壮大自己,被吸者轻则生病重则送命,所以美丽善良的女鬼爱上书生之后,尽可能不与他交合。

玄幻小说《参天》中,作者将东方、西方的鬼魂、骨灵、亡灵、僵尸的想象资源互相嫁接,创造出几种特殊的鬼灵形态,其形态恐怖、战斗机能强大,且难以防范,是对这个角色谱系的最新贡献。

5. 恶魔、魔鬼

恶魔的角色原型,主要来自基督教撒旦、北欧神话中的洛基,他们具有反人类的邪恶属性,恶魔的形态与人类相似而趋向于怪异丑恶。在现代奇幻文艺与游戏中逐渐发展起来的魔族,邪恶属性逐渐消退,而成为一个更加靠近人类的怪异种族,比如头发和眼睛是彩色的。某些魔族能够幻化为人形,如果隐藏在人类世界中,外貌就会与人类相同,只是头上可能具有难以发现的肉角。当然各种文艺作品中,魔族的外形、行为特征并不相同。

魔族一般拥有自己的世界——魔界,通过一些特殊的空间通道与人世间相连,一旦侵入人的世界,就意味着大规模战争。他们因为其怪异属性而成为合适的敌人。

在奇幻小说《盘龙》中,恶魔这个种族住在地狱中,行为还保持着邪恶属性,但是也有自己的修炼等级,也可以成神。《亵渎》中,魔族住在魔界,他们的社会与人类古代社会组织结构相似,多人与主角罗格发生爱恨情仇的纠葛。《兽血沸腾》中,魔界势力打通了空间屏障,进攻主角所在的比蒙世界,主角反攻进入魔界,与魔界女巫王发生爱情。

而在许多玄幻、修真、仙侠类小说中,恶魔与魔界的某些形态、秉性、功能,嫁接到了妖族、妖界的身上,只是名称不同而已。

现代神话叙事对恶魔与魔鬼的想象,还在不断生长,难以穷尽其形态、功能的可能性。虽然这些鬼怪、魔族与人类种族不同,但其实人类主角们对他们并没有真正的心理阻隔——他们其实是敌人或情人的一个类型,是人类心灵某个角落的自身投影。

以上各种角色类型会部分或全部出现在某个类型的神幻小说中,神幻小说创作越来越打破神话角色原型的界限,而把各种超能力角色当作神话叙事的元器件,创造性组装自己的角色谱系。

三、以主角为中心建构人物关系

希腊神话在整体上,是有着统一"神谱"的多主角并行的叙事作品，有很多独立的神话故事，并围绕这些故事主角建构其人物关系。这种结构特点和人物关系，便于神话故事的自由生长。在民间自发创作传播的史诗型神话中，这种模式较为多见。

在《复仇者联盟》《正义联盟》等系列奇幻电影中，这种结构形态也发挥了自己的灵活性，如《复仇者联盟》的主要人物钢铁侠、美国队长、雷神，既以共同主角身份同时出现在几部作品中，也有各自为主角的系列作品，有自己的人物关系谱系，这就使得整个神话叙事充满弹性，能够发挥各个英雄的可能性。这种结构有益于众多创作者分头行动进行创作，彼此受到的干扰、限制较少。

而神幻小说通常都是单一作者创作的单一主角的超长篇故事，围绕主角这个中心而创设人物关系，大多数人物的功能地位，由他和主角的关系来决定，这样对于认可主角的粉丝体验感更好。在这种结构中，主角、其情感对手或者情欲对象、敌人或者竞争对手，此三类主要人物形成三角框架，再加上依附于主要人物的功能性人物，共同构建起人物关系网络。

他们履行各自的功能。主角是故事的主要驱动者，在自己的愿望动机支配下，结识志同道合的同伴去行动，与所爱所欲的对象发生情感纠葛，有时候情欲对象或者情感对手进一步发挥作用，协助主角去完成其他任务，而他们必然遇到敌人或者竞争对手及其同伙的阻拦，敌人的主要功能是考验主角克服阻力、达成目标的能力与意志力，创造冲突，引发读者的情感波澜，这就是各类人物在故事中的主要作用。

人物的性格塑造、功能和价值都与整个人物关系网络密切相关，比如主角的多位情人，其外在形态特征、神话职业色彩、性格、社会角色、与主角情感关系、对情节发展的作用，都应该有所不同，他们之间也显然存在竞争关系,这显然对于故事情节也会产生影响。

再如主角的敌人,其特征也要各不相同,但是又要履行其基本功能——与主角作对,给主角制造实现愿望的障碍。敌人这个角色不能缺位,有些是长期的敌人,有些是阶段性的敌人,应该随着主角的神力成长壮大,敌人也不断变得厉害,或者出现新的更加厉害的敌人。敌人消失,则故事冲突消失,故事停止前进。

《亵渎》的角色、人物关系创设在神幻小说中非常具有代表性,在三角框架基础上,囊括了欧洲神话所有的世界元素、角色元素和职业体系,是放大版的北欧神话奥丁大神人物关系网,或者是放大版的希腊神话主神宙斯的人物关系网,然而万变不离其宗,其重要人物都对主角的愿望达成产生重要影响,都在故事情节发展中起到了自己的作用。

《亵渎》的人物关系

主角

罗格·奥塔·里弗斯:魔武兼修,是一切人类欲望的代言者,好色、贪婪,做事不择手段,而又非常执着地追求自己的目标。他是现存世界秩序的反抗者,在各种族的导师、情人、伙伴的帮助下,战胜了各个空间的敌人,但还是在至高神的威力显现中灭亡,最终在自己的绝对领域中复活,成为制定规则的绝对领域之主。

他是人类神话的亵渎旧神、凡人自立为神精神的体现者,其终极愿望就是颠覆至高神的规则,成为世界规则的制定者,这个愿望在整体上驱动了故事的发展。

主角的情感对手

风月:第一女主角,最初是罗德里格斯利用光天使威娜的神之本源创造出来的骨灵宠物，拥有造物与吞噬技能。后来成为死亡世界第八位君王，是智慧之眼女神、冰雪女神，是罗格的守护神，和罗格彼此心灵相通，不惜为对方牺牲一切。审判日被毁灭，后来在主角的绝对领域内复活。

主角丰富多彩的情人角色

威娜：创造之主提拉特弥斯亲自创造出来的光天使，精通各种战斗艺术。是主角的保护者和得力打手。

凯瑟琳：王都第一美女，精明冷酷而风华绝代，与主角生了一个儿子。

芙萝娅：高傲的莱茵同盟公主，拥有倾城之貌，是强大的魔法师，精于使用魔法道具、用药炼毒。为主角而死。

安德罗妮：最有天赋的剑士，与芙萝娅是恋人关系，后深爱风月，因怀有罗格的孩子而被凯瑟琳暗杀。为主角提供了复杂的情感体验。

埃丽西斯：冷艳高傲的魔族公主，是罗格内心深处的挚爱，死于圣焰之中，罗格为此背叛光明教会。

风蝶：精灵族战士，被迫与主角签下灵魂契约，成为主角最有用的美丽奴仆。

阿佳妮：精灵族武士，外表坚强内心柔弱的精灵女孩，为了成全风蝶而接近罗格，而后爱上罗格。

艾菲儿：神秘的精灵女孩，擅长预言术，为罗格生了一个儿子，在位面毁灭时把儿子送入乱流空间，死于审判日。

主角导师、保护者、同伴

导师：罗德里格斯，史上最伟大的死灵法师，灵魂与罗格融为一体，带给罗格强大的精神力，指引罗格掌握力量的本质。

修斯：神秘的精灵族长老，秘密组织的首领，是为主角指点迷津的人，实际年龄一千岁上下，拥有数百个分身，实力深不可测，与罗德里格斯、教皇并驾齐驱。

保护者死神班：著名杀手，曾经受人委托杀过罗格，又为完成一个约定而保护罗格。

伙伴："贵族败类五人众"，包括主角与同伴凯特、埃特、弗朗哥、伦斯。

助手部属：查理，正直、勇敢的骑士，帮助罗格管理阿雷公国；罗伯斯基，罗格收服的土匪首领，马屁精，精于政治；温拿，擅长炼金、机械研究及制造魔偶，为罗格制造武器机械。

主角的敌人

至高神：天界与十二主神的创造者，亿万位面之上的至高存在，规则的制定者，以纯粹、强大的光的形式存在，最后毁灭了主角所在位面。

四大德鲁伊：天空之怒、无尽之洋、火焰暴君、大地先知，四个各有所长的强敌，各有自己的部属，都要消灭罗格，但都被罗格消灭。

魔皇：魔界最强者，拥有"创造"的能力，罗格为取得神格、解救风月，与魔皇大战，最终魔皇死于罗格之手。

主角的垫脚石

尼古拉斯：银龙族的最强者，被罗格反复欺辱，最后龙魂被封于龙魂战枪内，成为威娜的武器；弗雷，天空之怒之子，高大英俊的男同性恋者，主要功能是提供喜剧效果；雷洛，杀手，刺杀罗格未成，被罗格反复欺辱。

女主角风月的同伴、垫脚石

格利高里：原是魔界魔龙，死后变成骨龙，被风月改造成"神圣巨龙",搞笑巨星;第九骑士海因里希,死亡世界君王,用罗格的坐标威胁逼迫风月,被风月击败并吸收力量。

《亵渎》的各种角色功能完善,给读者带来丰富而层次鲜明的阅读感受,对于后来的奇幻小说人物创设具有显见的影响。

当一个神话叙事作品从主角童年开始时,导师、保护者以及同伴角色,通常会处于更为突出的地位,给予主角一种浓郁的爱与友谊的情感支撑。如《哈利·波特》的主要角色创设中,就体现了这种满足少年读者需求的作用——同伴代替了情感对手与情欲对象的位置,保护者是主要人物。

《哈利·波特》的人物关系

主角

哈利·波特:有天赋的魔法师,有着黑发绿眼,头上有一道很酷的闪电形伤疤。他与主要敌人伏地魔具有共同的祖先。在老师与伙伴们的帮助下,最终打败了伏地魔。

主要伙伴

赫敏·格兰杰:喜好钻研学术,霍格沃茨魔法学校最聪明的学生,聪慧、机敏、富于行动能力。主角的贴心伙伴,互为情感依靠,最终却奇怪地和主角的好友罗恩·韦斯莱成为夫妻。

罗恩·韦斯莱:韦斯莱家族是古老的纯魔法血统家族成员,与主角是铁哥们,最后和赫敏结婚,并和哈利在魔法部成为同事。

宠物伙伴

有灵性的家养小精灵:多比,闪闪,郝琪。

第二章　神话叙事的构成要素

主角的导师、保护者

阿不思·邓布利多：魔法学校校长，当代最伟大的魔法师。

西弗勒斯·斯内普：魔药课、黑魔法防御术教授，邓布利多死后升为校长，因为深爱着主角死去的母亲而暗中保护支持哈利·波特。

鲁伯·海格：生物课教授，猎场看守，混血巨人，主角的保护者。

主要敌人

伏地魔：被称为"史上最危险的黑巫师"，是杀害哈利父母的凶手。

德拉科·马尔福：主角的同学，是主角的死对头。

在这个人物关系网中，主角母亲的爱恋者，后来成为主角的保护者。主角父母早逝，在故事的主线中不在场，但是却通过母亲的爱恋者、伙伴，给予主角很多的保护和指导，体现了父母这对角色的存在价值。

在某些作品中，主角之外，还有些人物起到了对故事的支撑作用，作者为了防止他们喧宾夺主，妨碍读者情感立场的稳定性，就采取了一些非常手段，让人物提前"退场"。如《间客》的主角是许乐，是全书故事的中心，然而还有传奇英雄角色施清海，超出了一般配角、伙伴型角色的地位，在某些连续的情节段落中几乎可以算是主角，有着独立的愿望动机行为线索，有着自己的人物关系网络，对于全书来说，也可以算作是主导性人物。但是他们两个人又有共同的愿望和行为动机，都在为公平正义而战，所以故事情节总是交织在一起而并不显得分散。最重要的是，施清海的行为始终是符合主角许乐和读者的愿望的，他的伟大垫高了主角的伟大，主角遭遇了更考验英雄本色的危机和压力，做出了更为耀眼的事迹，构成了伟大和更加伟大的比较关系，所以施清海是有尊严的独立人物，却不会动摇主角许乐的地位。但施清海后来为了自己的理想壮烈而华丽地死去了,并且他的死亡成为主角许乐疯狂报复对手、死战不休的理由。如此,他又尽到了配角的责任。

构建复杂的人物关系,对于神话叙事作者无疑是具有挑战性的工作,但如果能够在神话环境中成功驾驭各种复杂的人物关系,带来丰富的情感体验效应,无疑会增厚作品的艺术成就。

第三节　神话叙事的故事构造与创新

神话故事是人类世界的象征,是人类内在精神结构的显现,也是文艺作品的故事范式。人们在接受文艺作品时,内心已经具有了神话故事构成的一般范式,期待与作品进行印证,并希望得到不同的故事元素,得到新鲜的精神效应。

中国神幻小说在全世界风行无阻,为各种文化背景的读者所接受,是因为世界各地的人类内心,都存在着神话——人类个体愿望达成的基本故事范式,故事很新鲜,但是人类愿望很熟悉,是"他乡来的故知"。

一、神话叙事的一般故事范式

故事是人物的活动史,故事是主要人物在自身愿望——动机驱策下,在设定世界中的行动及其结果,是主要人物履行自身功能的过程。

第二章　神话叙事的构成要素

自古代神话至今天的神幻小说,无论文体、文艺主张如何改变,故事都具备这种一般性范式:主角在自己的愿望动机驱使下开始行动 — 得到伙伴的帮助 — 遇到了敌人及其帮凶的阻碍 — 最终战胜了困难,凭借超自然力达到了自己的目标。这个古老而常新的故事范式一直在繁衍后代,因为它反映了神话 — 大众文艺实现自身基本功能的要求。

虽然这种故事一般范式的结局并不都是大团圆,有些故事的结局中会有悲剧性因素,但是在神话叙事 — 大众文艺的故事中,主角愿望的达成确实是必要的方向和结局。故事最核心的要素是,主角通过行动,战胜了困难险阻,实现了自己的愿望。

圣经神话中,上帝创造世界与人类,并对人类发挥主宰作用,规范管理着人间,一切意志都得到了实现。希腊神话中,普罗米修斯在雅典娜的帮助下,创造人类并给予人类火种与智慧,虽然受到宙斯的阻挠和惩罚,但是他的愿望达成了,经历无数考验折磨的他最终也被解放。北欧神话中,奥丁兄弟创造并完善世界,被敌对势力所阻碍破坏,但创世目标还是达成了,诸神的黄昏之战时,主神奥丁一伙与敌人洛基一伙同归于尽,但是新的世界产生了,奥丁的儿子成为新的世界主宰,这是对一般范式的延伸。

虽然在数千年的故事发展史中,故事构成的各种元素是不断变化的,故事也倾向于复杂,但是故事的一般范式一直在起作用,因为生活是平凡的,人们最期待于故事的,仍然是从主角愿望达成的历程中得到情感体验与快感补偿,获得有益的人生教诲,掌握正确的行为模式。

这种故事范式在世界各地英雄史诗、民间长篇神奇故事以及今天的神幻小说中都起着作用,都是主角经历几个阶段的挑战,用超自然力和智慧解决危机,并最终达成愿望,主要人物中的主角、敌人、目标人物及其各自的附属人物,履行了各自的功能,并得到自己该得的结局,故事就完成了。

各种史诗、民间神奇故事的基本构成,常见的几个主要环节是:主角外出救助亲人、寻宝或者寻求掌握特殊能力(如魔法、神通、巫术),结识了伙伴,与敌人搏斗,战胜了敌人,消除了敌人带来的灾难或者危机,获得了目标物,但是敌对势力继续与主角冲突,主角继续与之战斗,达成了目标,这个过程可以变幻故事情景重复多次。

有时候这个故事范式会叠加娶公主、当国王的任务,就形成下述故事范式:主角外出锻炼,获得了法力,到了王都或者另一个国家(随需要安排情境和条件),经受了考验,战胜了敌人,或者解决了难题,获得国王、公主青睐,得到权力,娶了公主,立下大功,后来加冕为王,惩处了最厉害的敌人,获得了人民拥戴和欢呼。法力、权力、爱情、财富、荣誉,所有人生愿望都得到了最高等级、最圆满的达成。

这也是网络神幻小说、历史架空小说中最常见的故事范式。只是神幻小说世界架构更宽阔,世俗权力和世俗角色变为带有神话色彩的神权和超能力角色,公主变为神女、圣女了,或变为掌握神力的公主了。

故事的每一个大的段落,通常都包括开局、对抗—冲突、高潮与结局的三段式故事进程。超长篇幅的神幻小说,通常显示出大型复合形态,在故事整体框架中,又存在多个单独的故事进程,或者是多个故事进程相互嵌入的形态。

神幻小说的主角通常比古代神话主角还要幸运,与古代神话主角一样业绩宏伟,人类大胆想象中的愿望都得到了实现。在玄幻、奇幻、修真、仙侠等修炼小说中,人们追求成神,创造自己的宇宙等,人间不敢奢望的目标都能达成。

神幻小说通常是超长篇作品，主角愿望达成的过程，可以循环多次。如《盘龙》《天道图书馆》，主角在一个大陆、一个时空中大功告成，神功升级，成仙成神，可以跳入另一个不同的时空中（如更遥远广阔奇异的大陆、另一"界"、另一个星域、另一个位面），把这个故事范式重复一遍，但因为"世界"与人物关系的不同，就可以是全新的故事过程。只要读者从中获得了想要的体验效应，故事就不算是重复，而只是对快感需求的不断满足的进程。只要主角最大愿望目标还在后面，故事就可以一直在读者快感反应地区盘旋，而不需要结束。

奇幻小说如《亵渎》《盘龙》的主角要成为至高神，要成为制定世界规则的人，他们就要在不同世界、不同宇宙位面，不断修炼战斗，这个世界架构对故事发展具有极大的包容性，直到最终目标达成。

所以世界架构就是故事的河床，人物最高愿望就是故事的导向，故事情节可以泛滥，在某些时刻可以汪洋恣肆，但是故事主角的最终目标是确定的，不能轻易改变，否则就是灾难。

二、母题和原型

各类神话叙事的故事情节构成，其实都有着自己的母题、原型谱系。不管作者是否清楚，其笔下的各种故事元素，其实都被前人与同时代的同行无数遍地表现过。有理想的作者会在故事模型，在母题、原型与各种行为主题、思想主题中有所创新，若能创造一个自己的故事母题、原型，为后人所模仿借鉴，那这个创作者就会名垂史册。

神话叙事的母题和原型研究亦是神话学研究的重要内容，对于神话创作的溯源研究、阐述神话的精神价值，有着不可替代的作用。

1. 母题

母题是指某些故事元素，诸如人物愿望、动机、行为、情节线索，一再出现于各种神话叙事——文艺作品之中，具有叙事功能的独立性，能与其他故事元素结合在一起，产生出新的故事。母题源于人类的基本愿望与基本人性，大多数母题肇始于古代神话和古代文学，在各个时期的神话叙事中，都有着自己的身影。

以下母题在神幻小说创作中表现较多。

（1）"创世"母题

世界各地的创世神话，反映了人类的创造精神，也反映了人们为自己安排精神秩序的努力。创世神通常也是主宰神，他为自己创造的世界制定规则，裁决人间的秩序纷扰。

创世神使用某些材料，或者凭借精神力量，创造世界和诸多种族，这种及物（奥丁用巨人遗体创造世界）或不及物（上帝说要有光）两类开创世界的模式至今仍然有用。托尔金《魔戒》对北欧神话与圣经神话中的创世母题的再造，创造了自己的"创世神话"，这对后来者产生极大的激励作用。开创一个创世神话，对于网络神幻小说作者非常具有诱惑力，是非常激动人心的伟业。创世小说是神幻小说的大户，对于读者亦具有极大的吸附力，在一个"新世界"中神游，也是振奋人心的体验。

《亵渎》《盘龙》《星辰变》《神墓》《诡秘之主》等神幻小说作品，因创造了自己独具个性的"世界"而著名于世，受到读者的热烈追捧。创世行为也经常表现在对原有神话世界的改造之中，如《佛本是道》《我师兄实在太稳健了》，对《西游记》《封神演义》呈现的神话世界进行了改造,梳理了神仙关系,描述了那个道家思维主宰的"世界"的模样,在主人公成神、追求人类独立自主的愿望达成过程中,把华夏神话世界形成、发展和突变的种种过程仔细地描摹出来,也是非常炫目的创世成就,对完善华夏神话体系功不可没。

(2)"寻宝 — 夺宝"母题

大型神话故事、神幻小说必然会展开"寻宝 — 夺宝"故事,因为主角要成神成仙,需要修炼和战斗,必须具备神通、功法、神器,这些宝贵的东西都不是可以轻易得到的,都需要流血流汗才能得到,需要与敌人、竞争对手搏斗并取胜才能获得。

"寻宝 — 夺宝"母题在古代神话、史诗、民间神奇故事中已经有着各种表现。如在《西游记》中,孙悟空去寻求称心如意的兵器,结果在海底发现了定海神针,从此"如意金箍棒"就是主角大展神威的依仗。

在神幻小说中,主角寻求 — 夺取兵器、神器、天材地宝、记载功法神通的载体,是提升功力、成神成仙的前提,通常也是作品前端故事情节的主要构成,直到主角能够制造高端神器,或者神通广大到已经不需要外在事物,故事才转向更大目标的争夺。《凡人修仙传》等作品的主要构成,就是主角不断去寻宝夺宝。在《亵渎》《盘龙》中,主角们去杀神,取其"神格"让自己进阶升级,"神格"的功能等同于异宝。

(3)"成长 — 遇到仙女"母题

"成长"母题在神话叙事和文学艺术作品中,更有广泛性。青少年为主角的故事都有成长的主题,也可以说几乎全部的神幻小说都有着"成长"母题的显现,主角达成各种人生愿望的过程,同时也就是成长的过程。

而成长故事的过程，除了主角自己的努力，还与导师角色的功能关系密切。青少年角色在导师的引导下不断取得进步，是青少年为主角的故事中的常见范式，如《哈利·波特》就是如此。在男性主角故事中，建立成长目标与女性导师的关系，在女性主角故事中，建立成长目标与男性导师的关系，都是非常具有普遍性的。

"仙女"这类角色就是成长母题中的明灯。寻求仙女的帮助，成为真正的男孩，或者成为真正的男人，达成人生各种愿望，就是持久的男性成长兴奋点。"仙女""女神""圣女"的形态、导师功能、与主角成长的关系就存在许多创新的可能性。

在柯尔克孜族英雄史诗《玛纳斯》中，主角家乡的邻近地区有一座仙山卡依普，上面住着很多仙女，她们用各种神通帮助主角一方战胜敌人，并嫁给主角及其子孙后代，与每一代英雄们并肩作战，就是仙女导师角色的反复运用。

在童话《木偶奇遇记》中，木偶匹诺曹寻求蓝仙女的帮助，以成为"真正的男孩"，而蓝仙女感于他的努力与诚挚态度，帮助他实现了愿望。科幻电影《人工智能》的主角机器人大卫，去寻找传说中的蓝仙女，以帮助他成为真正的男孩，并找到自己的母爱，这个人性化的愿望和行动线索就是观众的动情点，而替代蓝仙女发挥功能的是未来智能生物，这个故事是科幻元素与成长母题相结合的产物。

各类神幻小说经常运用"在仙女帮助下获得成长"的母题来构建故事。青少年男主角遇到神通广大的仙女、圣女，帮助他成神成仙，成为春风得意的男人，或用挑战性的情感关系，与女神们发生高难度的爱情，来证明自己的成长，证明自己能力超群。这种普遍性的心理需求，导致神幻小说中的仙女导师形态非常丰富，常用常新。

（4）"寻找伙伴拉队伍"母题

在英雄史诗、民间故事与各种神幻小说中，主角寻求伙伴，或者收小弟、拉队伍、打天下是常见的故事模式。主角最初出门历练时，就会遇到重要的伙伴角色，收拢动物精灵、妖怪角色为小弟或随从等，一起成长一起打天下，构成人物关系的基干。

在蒙古族英雄史诗《江格尔》中，主角江格尔与一众英雄兄弟如雄狮英雄洪古尔、萨布尔、萨纳拉，勇士阿拉坦策吉、古恩拜、赫吉拉干的结义故事，是人物关系建构和整个故事发展脉络的基础。没有这些伙伴，战争故事和娶亲故事就无法展开，人物的成长也就无所凭依。

在《魔戒》中，在德鲁伊的指引下，霍比特人、精灵、矮人与人类结成伙伴，共同完成销毁魔戒的任务。在神幻小说《佣兵天下》中，主角结识伙伴以后，互相信任，同进同退，共同成长，承接了无数的艰难任务，也在患难考验中凸显人物的精神力量。在这些作品中，伙伴之间的情感关系支撑着人物的精神世界，亦构成了基本的伦理秩序关系，伙伴的情感故事伴随着故事发展的始终。

（5）"修炼 — 战斗 — 升级 — 成神"母题

在人们心里，有一个不断上升的等级台阶，直到远处的顶峰。人们一直向上攀登，就是追求人生成功的过程，每上一个台阶，就是获得成功的证明，就获得胜利的喜悦，获得自我肯定的欣慰感，这就是普遍存在的人类升级心理模式，是修炼升级小说不断发展的心理基础。在某种程度上说，社会结构就是围绕人们的升级愿望而建构的，让人们总是能够找到具体的行为目标。而相比于生活，神话叙事中的升级体系更为脉络分明，且更为刚性，是人物的每个阶段的明确目标,所以登上一个台阶就构成故事的一个自然段落。

《西游记》中,孙悟空在花果山灵智觉悟之后,出门寻师访道,得遇明师指点,又不断自我修炼,成就了基本神通,又被太上老君关在炼丹炉中煎熬,炼就了火眼金睛。大闹天宫失败,被佛祖收服,接受了护送唐僧西天取经的任务,沿途迭经战斗考验,表现良好,功德圆满,师徒四人成佛,孙悟空晋升"斗战胜佛"。

在金庸、梁羽生等的新派武侠小说中,修炼 — 战斗 — 成长的故事范式更为明确,特别是对修炼心境与掌握能量的武功秘法的想象,影响了许多网络神幻小说的创作思维。

在神幻小说中,虽然东、西方修炼故事的职业体系不同,但是"修炼 — 战斗 — 升级 — 成神"这个故事母题,是奇幻、玄幻、修真、仙侠等修炼小说共有的,是故事的主干,通常主角会超越人间成就,而到达故事世界的巅峰。

可以说,神幻小说创作对于"修炼 — 战斗 — 升级 — 成神"母题的开掘、模式的创新,成绩是非常显著的,每一种修炼和升级的途径、方式、内心情境,每一种神通、魔法、法术,每一种法宝、神器、灵药都已经形成了丰富的谱系,以至于我们可以说,已经形成了一种前所未有的修炼升级"文明",这对人类精神世界究竟有何影响,还未可估量。

2. 原型

这里所说的"原型"是指神话或者文艺作品中首创的人物、情节、世界架构元素,被后来的作者一再重复、模仿与重塑。而神话作品中的许多故事情节,可能既是母题,也是为后来者提供模仿对象的原型。

希腊神话、北欧神话、圣经神话、凯尔特神话等等,为后世的奇幻文艺提供了很多人物、故事、魔法、世界架构的原型,至今还被不断借鉴、模仿与重塑。网络奇幻小说要么是对几大神话的模仿再造,要么是对模仿品的模仿再造。

中国上古神话、佛教神话、道教神话、《易经》《山海经》、明清神魔小说,为玄幻、修真、仙侠、武侠小说提供了人物、故事、神功、异兽、天材地宝的常见原型。神幻小说《搜神记》《神墓》《星辰变》因为创造性地重塑东方神话元素的原型而引起了阅读热潮,为二十一世纪的青年提供了华夏神话背景的诸神狂欢。

具有广泛影响的经典文艺作品,如明清小说名著、金庸武侠小说、世界经典小说、经典电影,都深深地影响着网络小说的创作,提供了诸多人物与故事的原型,为创新性重塑提供了基点。

凯尔特神话、欧洲民间故事中的魔法,就是一个被不断再造的原型。在《哈利·波特》中,主角在与敌人伏地魔的战斗中,主要对决手段就是魔法。然而魔法的创造性运用的奇景,一定是在中国网络神幻小说中,从较早的《亵渎》《恶魔法则》,到较近的《放开那个女巫》《诡秘之主》等一众奇幻小说,对魔法的种类和流派、魔法师修炼魔法的内心情境、魔法器具、魔法攻击的效应等皆有创新,魔法对推动故事情节进展的作用,亦令人大开眼界,这类神幻小说的成就已经远超世界各地的奇幻文艺。

再如丹炉与炼丹法术,这个起自东汉魏伯阳所著《周易参同契》的原型,经道家著作的想象积累,到《西游记》太上老君的炼丹炉时,已经比较著名。但是在神幻小说如《凡人修仙传》《我师兄实在太稳健了》等作品中,才真正发展出庞大的炼药——修炼知识谱系,各种材质、形态、功能的丹炉和丹药,相应炼丹手法,服药时的内心情境,在整个修炼体系中的作用,各种栩栩如生的描述,令人信以为真,使得丹炉与炼丹法术成为道法修炼文明中的明珠。

3. 母题、原型与故事构成的创新案例

大众文艺作品的创新,经常是各种故事母题、原型、思想伦理主题与作者的新设想的组装再造,并赋予母题、原型新的意义。

如奇幻小说《盘龙》,运用了结识伙伴、寻宝—夺宝、修炼—战斗—升级—成神、成长、复仇等诸多母题,与位面(空间概念,来自《龙枪编年史》)、天使(来自圣经神话)、魔兽(来自《魔戒》等奇幻文艺)、魔法(来自凯尔特神话传统以及奇幻文艺)等原型,加上追求人生成功的励志主题,构成了主角升级成神直至创造专属宇宙的故事。

主角林雷修炼—战斗—升级—成神—掌控宇宙的故事,是用"鸿蒙宇宙"这个新创的世界架构的箩筐,组装了诸多人们熟知的故事元素,然而整体架构的新意和故事各环节的一点变化,就足以带来可观的独创性。

在《放开那个女巫》中,理工男程岩灵魂穿越到异世界,附体于欧洲中世纪情境的"曙光境"大陆的一个王子罗兰身上,拯救、团结了许多被教会捕猎的女巫,利用女巫的魔法技能,开始了领地和王国的工业化,战胜了各种敌对势力,统一了整个大陆,也挽救了设定世界的文明。

这个故事的主要元素女巫、魔鬼、魔法、中世纪欧洲、教会、异世大陆、四大王国以及异质文明危机,都有着网络文学内外神话场域的原型,在每个原型的使用上,作者都进行了细致的创新,而把女巫的魔法技能与工业制造相结合,把科学思维与神话思维相互融合在一起,则是关键性的创新,奠定了作品的神奇品性和艺术特色,极大地推动了奇幻小说类型文体的创新。

第二章 神话叙事的构成要素

我们接下来对《放开那个女巫》中的女巫及其魔力进行较充分的分析,看看网络文学外部和内部传承原型是如何得到创新性使用的,这种创新对故事情节构成又起到何种作用。

作品吸取了女巫和魔法诸多神话叙事原型的长处,从奇幻文艺作品、游戏角色技能的丰富资源中获得了很多思路,创设了百余位神奇的女巫角色,她们的功能展现带来了许多神奇的情节。

安娜,主角罗兰拯救的第一位女巫,罗兰的爱人。初始觉醒后能够操纵橙色火焰,温度超过1500℃,能够切割金属,加工工业器件。高阶觉醒后,能够操纵出绿色火焰,又称"心之火",受安娜意志影响而能够改变形态和温度,能够离开身体独立存在。而且安娜可操纵多个火焰同时进行工作。再后来二次高阶觉醒,能够操纵黑色火焰,可化为细丝火焰,能对火焰的不同部位进行局部温度调节,加工效能堪比高精度机床。如此,就帮助主角制造了蒸汽机、火枪、火炮、炼钢炉以及高等级工业设备,与主角的科学技术知识相结合,推动整个领地的工业化。她是魔法能力与科技力量相结合的主要实践者,牵连了整个工业化"种田文"情节的主线。

夜莺,战斗型女巫,主角罗兰的仰慕者、恋人、贴身护卫和杀手,安全局主管。初始觉醒后,能忽然遁入迷雾般的黑白空间,又在现实空间进进出出,令对手难以防范。成长后能够大范围高速度时空穿梭,速度几乎等于瞬移,能对物体进行空间分割,还能在暗中对说话者测谎。又把女巫战斗机能与两把特制大口径转轮手枪威力结合起来,也是魔法与科技结合的实践者。这些时空穿梭、瞬移技能在其他神幻小说中有着诸多原型,"男主角身边的顶尖女高手"这种角色也常见,但组合在具有诡异技能的女巫角色身上,还是很有新异感的。她的行为构成了许多战场打斗、暗杀、测谎情节。

娜娜瓦·派恩，主角身边的天使。魔能觉醒后，能够凭魔力治疗创伤，无论是新伤还是旧创都能马上治愈如初，能使断肢重生。高阶觉醒后，能把魔力附着于物体，使其能够对目标周围的伤口持续治疗。这些技能在古代神话、奇幻电影、神幻小说和游戏中亦有许多原型，具有治愈功能的精灵、仙子亦几乎是神奇队伍的标配，以保障自己的队伍能够持久作战。娜娜瓦·派恩治愈技能的表现，是主要战争情节的重要组成部分，令人安心喜悦，赋予战争游戏感。

叶子，主角领地最重要的女巫之一，解决了领地的粮食问题。初始觉醒后，能够令植物大幅增产。高阶觉醒后，能够化为精神体与大范围的植物融为一体，所有被融合的植物都成为叶子身体的一部分，附近任何风吹草动都瞒不过她的感知，因此具有侦察功能，能够操控植物，改变植物形状和特征，比如让枯枝长出绿叶，指挥植物攻击敌人，等等。这亦是对游戏、奇幻小说中精灵角色操纵森林技能的创造性转化，构成了森林作战的情节和"种田文"的情节。

闪电与麦茜二人组，闪电初始觉醒后，能够凭借魔力在空中飞行，麦茜在觉醒后，能化身为各种鸟类。二人组合，可以长距离飞行、通信，去敌后侦察，去各种未知地区探险。这两种飞行状态，在东、西方神话背景的神幻小说中都有多种原型。她们的技能展示构成了战争中的侦察、突袭情节。

安德莉亚·奎因，其技能是能够凭借魔力幻化出散发金色光芒的长弓，可将任何称手的物体当成箭矢射出，威力准度都十分惊人，射中目标后会穿透到体内发生魔力爆炸，且威力强大，城墙亦无法抵挡，是主角军队的进攻利器。这种魔力长弓可与《复仇者联盟》中鹰眼的魔力弓箭相比较，威力似乎更大，且不受特制箭枝数量的限制。她的技能展示构成了大规模远距离进攻的情节。

洁萝,活了两百多年的教皇直属纯洁者,后成为第十五任教皇。其魔能是能够化成幽光钻入他人体内,在对方的意识世界展开战斗,经常凭借自己强大的意识力量战胜对手,把失败者的寿命、经验、记忆完全吞噬,为己所用。在灵魂战场被主角罗兰击败,于是她的一切成为罗兰精神世界的一部分,从反面成全了主角。她于梦境世界重生,成为一个萝莉中学生,与主角继续纠缠,构成了梦境世界的实存证明。她的作用更为诡异,是连接两个时空的纽带,带来许多变幻莫测的情节转折。

如是等等,上百位各具形态的女巫,围绕着主角的愿望达成的动机——行为线索,与科技力量相配合,大展神威。她们展开各自不同的技能,就构成了作品的各不相同的神幻情节。女巫技能的新变,带来情境和情节的多变,使得作品很饱满,让王图争霸的"种田"故事框架中充满了独特魔力景观,令读者的阅读体验十分新奇惊艳。

超长篇幅的网络小说创作,故事构成不可能处处皆是自己的独创,创作者对整个神话叙事谱系各种来源的想象资源进行创造性重组,是必需的工作。但最好的重组,还是用自己的独特创意把各种原型再造工作统率起来,这样就能给予读者强烈的新奇感和同一感,帮助读者在自己的精神世界构造新奇而完整的神话树。

第三章

神话叙事的创作动机

一般认为,动机是一种引起行为、驱策行为的欲望,而人类精神实践证明,在欲望与动机之间,还需要一个中间环节,就是当人类的某类行为,被证明对满足某种欲望"有用",才会产生直接的动机,并驱策行为,且在行为过程中获得效果反馈,然后产生进一步的动机和行为。所以,完整的动机驱策系统应该是一个行为链条:欲望 — 行为有用预见 — 动机 — 行为 — 效果评估和反馈 — 校正动机和行为。所以动机研究应该重视人类对"有用" — 行为有效性的印证和效果评估,否则动机研究可能空转。

在神话叙事过程中,创作动机驱策了创作思维、创作方法和策略的选择,组织了创作行为,获得了创作成果,并在人类实践中印证了创作成果的有效性,又进一步校正了创作动机和行为,这是连贯性的人类精神活动,所以我们要把神话叙事几个创作环节与神话叙事的效果评估联系起来进行研究,以取得实效。

第一节 情感探索 — 体验动机

在神话叙事创作中,进行情感探索和情感体验活动是基本的创作动机。

一、情感的自我实现与情感探索动机

人类在生存、发展与繁衍活动中,进化出情感能力和认知能力,用以对世界进行感知与评判,对自身的身心状态、对自己的愿望—动机—行为的反应链条进行调适。

我们的情感包含着感知觉、情绪与感情,以及相匹配的认知活动,它们是相互融合连贯的生命活动,是多个信息加工程序同时运行、功能共享的身心系统,它形成我们基本的内在生命运行模式。

我们在这些相互连贯的情感活动中,主观的内在感受就是情感的体验,对体验的状态与结果的记忆构成我们的生命经验,行动性、冲突性强的"情节"、有高潮感的体验过程,更能让我们形成深刻的记忆,对我们的影响就更大。不管我们是否有意识地观察、描述这些体验,这些体验有序、有效地进行着的时候,情感活动就会给我们以获得感、自我肯定感。

情感活动的结果之一,就是我们相对稳定的感情性情感的倾向与状态,如对神、对祖先、对恋人的感情,父母子女之间的感情,爱部落、爱国家的感情。情感能力对我们的生存、发展与繁衍活动非常重要,没有情感反应,我们就不能对世界和自身状况加以评判,就不能建立和他人的联系,就难以找到行为的理由和动机,我们就不算是真正活着。

我们从出生起,就会一直自发地努力提升自己的情感能力,我们的情感反应具有自我达成、自我强化的机能,人类经常为了得到情感体验效应才做出行为,对于能够达成情感追求的事物就表现出兴趣和热情。

第三章 神话叙事的创作动机

一般人,无论是原始人类还是现代人类,其生活都是狭窄单调的,生活中的情感发展受到各种条件限制,提升情感能力的机会相对不够多,所以我们人类发明了神话和艺术等想象——体验知识门类,在神话故事的讲述与聆听中,在音乐舞蹈祭祀等活动中,在小说、电影和游戏的创作和体验中,人类的情感能力得到了充分的提升。人的情感经验既从生活中来,也从文艺创作、欣赏体验活动中来,有时候这两者是融合在一起的,特别是神话叙事——文艺创作者,生活即艺术,生活与艺术都以获得情感体验为目标预期。

对于创作者,无论是从自身需要角度来看,还是从为人类社群服务角度来看,为满足情感体验、探索与发展自身情感的需求,以达成自我建构、自我实现的目标,而进行神话——文学艺术创作都是必要的,创作者从社会交流中感到自己的创作是有用的,就会形成持续的创作动机。

远古神话叙事创作者,在创作前未见得清楚知道自己的情感动机,但是在讲述故事时,他应该可以从读者、听者的反应中,知晓故事的效应,领悟作品在何处有用,形成明确的情感效应目标。比如希腊神话普罗米修斯的故事的创作者们,就应该能够从倾听者的反应中,察觉故事的情感效应,并且据此调整故事线索,向着社群最为期待的方向发展故事情节。

普罗米修斯依据自己的模样,用黏土塑造了人类,又盗取天火传授给人类,让人类能够吃熟食,以增长智识,结果受到了宙斯的惩罚。宙斯将普罗米修斯锁在高加索山的悬崖上,每天派一只鹰去吃他的肝,又让他的肝每天重新长出来,使他日日承受被恶鹰啄食肝脏的痛苦。然而普罗米修斯始终不肯屈服,不愿向宙斯认错,直到几千年后，英雄赫拉克勒斯为寻找金苹果来到悬崖边，把恶鹰射死，砸碎了锁链，才解救了普罗米修斯。但普罗米修斯必须永远戴一只铁环，环上镶上一块高加索山上的石子，以便宙斯可以继续自豪地宣称他的仇敌仍被锁在高加索山的悬崖上。[1]

这样的悲情故事，可以让创作者和倾听者体会到对普罗米修斯的敬爱、感恩之情，为他的命运感到悲伤，在自己代入普罗米修斯的角色行为时，体验到崇高之情。故事的结局，既解放了盗火者普罗米修斯（赞赏他的英雄主义、牺牲精神），又顾全了主神宙斯的体面（人类需要主神宙斯代表的世界秩序），在人类情感的两种需要中取得了折中平衡。如此曲折的故事是依据作者、倾听者的情感需求，不断增补、改编、演化而来的，在此过程中，创作者获得了创作动机与情感效应的互动经验。

神话叙事的创作者和读者、听者、观者的情感反应过程以及进一步的情感追求，往往会导致一个神话故事创意向着结构越来越复杂、情节发展越来越曲折的神话系统发展，神话故事会被改造得越来越适合人类的情感需要。古代神话创作正是经历了由简到繁不断延伸的过程，才发展成为经典作品，其角色表现和故事情节，以及演绎的伦理意义，为人类的情感发展奠定了基本框架。

现代神话叙事创作者得益于整个想象——体验知识谱系的发展经验，对于自身和社群的情感探索——体验需求会更清楚一些。创作者们致力于人性幽微之处、复杂之处的探索，创作者的文艺体验活动和情感探索活动越来越丰富，既知晓一般故事模式对应的情感

---

[1] [古希腊]埃斯库罗斯《埃斯库罗斯悲剧全集》，陈中梅译，上海译文出版社，2016年版，第181–244页。

反应,也知晓特殊的或怪异的情节对自己的情感满足的用途。

比如在以往表现欲望——伦理考验的神话、民间故事、童话寓言中,最常见的模式是好人主角意志坚定,经受了考验,所以最终获得了奖赏,而他的伙伴没有经受住考验,犯下错误,结果受到了惩罚。《魔戒》创作者托尔金向前挖掘探索了一步,《魔戒》的主角佛罗多和伙伴们,在守护统御魔戒去往末日山脉销毁的过程中,被统御天下的欲望所诱惑,集体经历了人性被考验的内心煎熬。邪魔生物咕噜尾随佛罗多,一心想杀死他,抢走魔戒,佛罗多捉到了咕噜,却放下了剑,因为他有怜悯之心,不愿意杀戮。但最后主角佛罗多也经受不住诱惑,在火焰中把统御魔戒戴在手上,即将犯下大错时,是反派、身心扭曲的咕噜,一口咬下佛罗多的手指,连同统御魔戒一起掉入岩浆中,以意外的方式完成了销毁统御魔戒的使命,使得邪恶势力瞬间瓦解,救赎了主角,也拯救了世界。作者用这种意外的情节发展,探索了更为深邃的人性和更为复杂的人类情感,提示人们要对不可控的人类欲望和诡异的人类命运保持警觉。

神话叙事的基本功能,是满足人类的情感需求。神话叙事作品的主要构成就是连续的行动性、冲突性强的"情节",因为这能够给予我们强烈的情感活动,创作者通过密集情感反应的故事情节,探索人类的心理反应状态,帮助我们建立情感——行为模式。

神幻小说创造了许多新型的超现实故事,帮助我们获得现实生活所短缺的诸多情感体验机会。尤其是创作和欣赏那些原始丛林情境或中世纪社会情境的神幻故事,如《凡人修仙传》《完美世界》《恶魔法则》等,是一种精神返祖和返乡行为,唤醒了我们内心潜伏的祖先所建构的情感反应模式,并探索了人类情感活动的更多可能性。而《飘邈之旅》《间客》《修真四万年》等太空修炼 — 征战的故事,作者用与地球环境有别的、极端的、不可控的宇宙情境下的冲突情节,探索人类未来的信念危机和可能发生的爱恨情仇的情感状态。

神话叙事创作者情感探索的动机比一般人强烈,他们总想到达人类想象的秘境,总想创造特殊的情感反应效果,到达别人到达不了的精神境界,用种种新奇的超现实情境、超现实的故事,试图穷尽人类各种丰富、曲折、极致的情感反应的可能性,帮助自己和读者预设各种特殊情境下的情感 — 行为模式,因此就成为人类情感 — 伦理探索的先锋。

二、优化情绪 — 生理反应模式的动机

情绪活动是情感活动的中枢,是情感活动的主要呈现过程。情绪的主要功能是即时评价情境或事态,评价人际关系。情绪反应用比推理、抽象思考更快的速度,形成动机,驱策我们的行为。因此,情绪与我们的当下行为关系紧密。

那些能够引发情绪反应、给予我们情绪满足的外部事件就构成了"情绪事件",我们的人生记忆是无数情绪事件的串联。并且我们总是会以记忆深刻的情绪事件作为判断当下事态的参照系和参考模本,如同司法判决的经典案例。在神话叙事或文艺作品中,所谓情节,就是各种能够引起充分情绪反应的情绪事件,被有机地合理地串联在一起。换而言之,所谓创作,就是创作者用有意味的情节在探索 — 唤醒 — 优化读者的情绪反应。

在神话故事 — 文艺作品的创作、欣赏活动中,我们的情绪体验

会与生活中的情绪体验一样"真实"。我们用来理解小说的机制和我们用来理解日常世界的机制是相同的(Gerig, 1993)。[1] 在神话叙事的创作和体验活动中,我们的大脑与躯体也在发生与情节相应的生化反应,在神奇情节带来快乐体验时,多巴胺、内啡肽分泌增加;剧情激烈冲突时,我们紧张兴奋,肾上腺素增加,血流加快;剧情带来沉静体验时,心跳血流变缓。人们在创作活动中,"真实地"体验到情绪的发生,并激发真实的生理变化,因此创作和体验活动对生命体的运行产生了显著的影响,也探索—唤醒了人类情绪—生理反应的各种模式。

我们的情绪与生理反应具有一些基本的模式,目前已知人类大脑中存在着一些情绪操作系统,比如发怒、恐惧、分离焦虑、母性哺乳、愉快等神经环路的存在。[2] 我们的基本情绪如快乐、悲伤、恐惧、愤怒等,是某些神经环路执行系统所造就的,而基本情绪的唤醒亦能激活相应的生理反应。

这些基本情绪操作系统具有自我实现、自我调整优化的机能,总会寻求把自己派上用场的机会,亦即快乐、悲伤、恐惧、愤怒、焦虑等情绪操作系统,能够驱策我们去做一些什么。如快乐情绪操作系统会驱策我们去找乐子,驱策我们去创编一些找乐子的故事,悲伤

---

[1] 参见[美]迈克尔·刘易斯、[美]珍妮特·M.哈维兰-琼斯、[美]莉莎·费尔德曼·巴雷特编著《情绪心理学(第3版)》第七章《情绪、音乐和文学》,作者P.N.约翰逊-莱尔德(P.N.Johnson-Laird)和基思·奥特利(Keith Oatley),南莎译,电子工业出版社,2015年版,第83页。

[2] 参见[美]迈克尔·刘易斯、[美]珍妮特·M.哈维兰-琼斯、[美]莉莎·费尔德曼·巴雷特编著《情绪心理学(第3版)》第八章《情绪的进化心理学以及情绪与内在调节变量的关系》,作者约翰·托比(John Tooby)和勒达·科斯米德斯(Leda Cosmides),南莎译,电子工业出版社,2015年版,第94-96页。

情绪操作系统亦会驱策我们去创作一些伤感的故事，从而让情绪自我实现。我们又从读者的反应中，确认创作结果的有效性，校正创作行为，最终让我们的情绪—生理反应变得更敏锐好用。

而这些基本情绪与生理反应模式，是在数千年前，创作和体验原始神话的人类祖先那里就已经定型了的，今天的人们创作和欣赏神幻小说时，那些修炼、战斗、创造世界的故事情节所带来的情绪反应，亦正是人类远祖创作神话时曾经体验到的。

我们现代人从事神话叙事创作，可能并不知道那些心理学的结论，但我们会听从"内心的召唤"，有意识地用故事情节优化这些基本情绪与生理反应模式，同时我们人类还在不断探索我们的新的情绪—生理反应模式。由于无数成功的案例就在眼前，现代神话叙事创作者在创作实践和效果评估中，对情绪—生理反应模式自我实现的驱动力量，对情绪—生理反应模式的功能优化方案，越来越了然于心。

比如好莱坞电影中，一个隐身在人群中的超级英雄，总是能在危机发生时、美女或儿童受到生命威胁时，及时施展超能力，力挽狂澜，救人于水火，公众给予英雄热烈欢呼、赞美。但当公众想知道英雄的真实身份时，英雄已经隐身，化作普通人在街头漫步。这种叙事模式，让我们体验到各种紧张刺激的情境—情绪反应过程，为我们代入英雄，获得自尊自信的欣慰情绪建立了一个身心通道，为我们应对危机提供了许多精神方案。如果一个情节模式经常被变着花样去运用，显然创作者就对它的效果很有信心，心里就有明确的创作动机：唤醒—优化人们的情绪—生理反应模式。

神幻小说创作者们对自身和读者的情绪反应亦很熟谙，比如在神幻小说中常见的丛林搏杀、寻宝夺宝情节中，主角与伙伴们陷入被敌人追杀的情境,然后机智地躲开或者反杀,就是在唤醒恐惧警觉情绪,给我们的恐惧神经回路通电,唤醒 — 优化人们的恐惧警觉情绪 — 生理反应操作系统,教给人们危机应对方案。而作者从读者反馈中,又能够不断确认作品的唤醒 — 优化情绪模式的有效性,帮助作者校正创作动机、行为与效果之间的关联。

三、快感体验与补偿的动机

在所有情感体验和情感探索动机中,人们寻求快乐情绪体验是最为显著的动机,因为我们主要的生命动机是追求快乐与幸福。

进化心理学认为,情绪是生命体的适应性反应,情绪用快乐和不快乐的两极基调,来评判事物对我们的生存与繁衍的意义,对我们的习得性行为进行奖赏和惩罚。一个行为之后如果是快乐反应,就意味着是奖赏,是行为的正强化,这个习得性行为极可能会再次发生;一个行为之后跟随着不快乐情绪反应,就是惩罚,就会阻碍这个行为的再次发生:这就是生命体的奖赏机制与惩戒机制。人们的情绪通常是在快乐和不快乐之间来回荡漾,以帮助人们评判自身和世界的有利或不利态势,以做出相应的抉择。

快感奖赏机制推动我们去追求必须达成的目标,我们能够体验到快感,是一种生命体正在良性运行的证明。在即时的快乐体验的基础上,人们建构了人生行为 — 达成目标 — 快乐体验的反应链条,实现了目标,得到愉悦感、满足感体验,从而判断、确认了自我行为,帮助我们建构良性的行为模式。

在神话叙事或一般文艺创作活动中,获得快乐是一种显著的情绪目标。寻求快乐体验与补偿是显性的创作动机,网络神幻小说常常会顺应这种快乐体验与补偿需求,创作主角在修炼、战斗、成仙、成神、改造世界、创造世界的过程中,步步升级、步步得胜的快感体验。作者先于读者,从具有获得感的情节中,与人物融合共鸣,获得舒爽快活的体验,又在读者赞扬反馈中获得职业尊严,获得更有深度的快乐,获得自我确认、自我满足,释放工作带来的压力,从而能够长期高强度创作。只有快乐的创作才能持久,快乐的创作比抑郁状态下的创作更能为读者带来快乐。

超长篇的神幻小说,通常故事主线都是以快乐体验为预设目标的,创作者对读者的快乐补偿需求极为尊重。读者对故事追更订阅,就如同一个关于快乐产品的买卖活动,而创作者从中获得了重要参数,即究竟怎么写读者才会获得快乐,这就能够不断校正具体写作的动机和策略。

四、猎奇机制:动机的组织力量

古代神话与神幻小说的创作行为,都与人类心理中的猎奇机制关系密切。

猎奇行为普遍存在于人类生活的方方面面中,这是一种自我实现、自我建构动机的行为显现。一个身心状态正常的人,在注意力未被某个具体的工作目标锁定时,很容易进入猎奇状态,其注意力会自动捕捉环境中新鲜的、动态的、奇异的、冲突的信息,并产生情绪与认知活动,对当前信息进行加工判断,抉择自己适宜的行为。此时我们的神经系统针对猎奇机制所要捕获的目标,产生必要的兴奋和注意力的投放,使我们保持兴致盎然的状态,当我们的猎奇欲望得到满足时,就会感到愉悦畅快。

这是因为捕捉和加工这些新异和冲突信息的能力，对于人类的生存和发展极为重要。猎奇的能力得到发挥和提升，就会启动我们的激励机制，令我们兴奋和喜悦。我们的生命体用强劲的愉悦、兴奋反应，驱动和支持着我们的猎奇行为。这个身心反应就是猎奇机制，它的发生过程就如同我们在捕捉一些顽皮的猴子，即使抓到了猴子是为了放到动物园的笼子里供别人欣赏，而不是自己享用猎物，我们却仍然感到无比兴奋，充满成就感。

人类的猎奇机制产生于远古丛林生活，是人类长期进化而来的宝贵财富。在人类祖先生存的丛林世界，那些新异的、突变的、猛烈的、冲突性的景象，意味着存在猛兽和敌人带来的威胁，也意味着获得猎物或战胜敌人获取战利品的机会。人类会调动自己的感官能力，注意力聚焦于奇异和运动着的目标物，产生战斗或逃跑的生理反应。能够调动身心反应的猎奇机制是保证我们生存的基本机制。有这种能力的人，就会存活，并把基因遗传给后代；没有这种能力的人，其基因已经消失在丛林磷火之中。

在现代社会，生命体的猎奇机制依然非常重要。现代社会的危险与机会主要来自密集的人群，来自社会冲突，关联信息更加复杂。但是对于我们的感知觉和情绪反应，危险与机会仍然都会显现出新鲜的、动态的、奇异的、冲突的社会性信息。如马路上横冲直撞的汽车，政治、商业领域突发的信息，合作伙伴的惊喜表情，异性伴侣的情绪激荡，竞争者稍纵即逝的敌意的表情与声音，充满陷阱的赞扬话语，等等。对于现代人特别是需要与他人密切合作的职业人士来说，捕捉加工这些信息并迅速做出抉择，对于人们的生存与发展仍然是决定性的能力。

所以，虽然我们早就离开了丛林，猎奇机制却仍需要不断得到强化、敏锐化,以让我们能够即时感知新异、突变、冲突的环境,唤醒我们的情绪活动。

猎奇机制也是我们学习新技能的最重要的驱动程序,是建构自我的基础性动机力量,也是自我建构的执行者,它把我们的生命力量组织起来,投入一段具有情节发展感的社会行为中。

猎奇机制既推动创作动机的形成,也是把创作动机组织起来的生命力量,让创作者为唤醒 — 优化人类猎奇机制而创作,它决定了创作者会对何种人物与情节感到兴奋,驱策创作者围绕神奇、新奇体验效应去组织故事情节。那些行动性、冲突性强的故事情节,就会抓住创作者的注意力,在具体写作行为中,猎奇机制不断帮助创作者做出情节发展的决策。

在古代神话故事,好莱坞奇幻、都市异能、末日、枪战、战争等类电影,网络奇幻、玄幻、修真、仙侠等类小说创作中,想象 — 虚构各种奇异的故事情境、各种超能力与法宝、各种冲突和随机性搏杀状态,让创作者离开日常生活的平静状态,嵌入人物行为,化身为猎人、超级英雄,其中的新奇、惊奇、神奇的感受,令创作者非常兴奋和自得,这就是在强化创作者的猎奇机制。

青少年处于猎奇机制被唤醒和强化的关键时期,也是"英雄自我"建构的关键时期,多数青少年会与"超能力英雄"故事脚本会合,所以神幻小说创作以满足青少年需求为显性驱力。

许多神幻小说作者的猎奇机制比一般人更为敏锐一些,其情绪活动兴奋度高,具有青春性,习惯性地在情绪低谷与情绪高潮之间来回波动,所以能够创作出跌宕起伏犹如过山车一样的故事情节,这正是强化青少年读者猎奇机制,拓展青少年信息处理能力的良品。

第二节　创造动机

神话叙事作品是创作者——"造物主"的创造成果，创作者的创造动机与人们的想象、幻觉、幻想或白日梦活动密切相关。

一、造物，虚构，幻觉、超感知觉具象化动机

神话是人类不断想象—虚构的结果，人类创造一个独创的神话故事，就意味着探索建构了一些独特的虚构—思维—行动程序，意味着人类在想象力和创造能力方面取得了丰硕成果。神话叙事对提升人类创造能力有用的预期，就驱策了创作行为。

那些想象力旺盛的创作者，在社会需求的感召下，在神话叙事模本的示范下，沿着既往神话故事和角色的谱系给定的样式，按照创造神奇效应的目标，展开自己的想象—造形活动，在脑海中，把一切不存在的事物凝聚为犹如实存的形象，并把它用文字符号呈现出来，比如想象—造形一个孙悟空形象，把他塑造为猴子与凡人的混合物，其外观和行为特征具有猴性，但是又具有人类感情和智慧，再想象—造形他独有的行为，如他拔汗毛一吹，就可以变出许多小猴，这样他才是一个活动着的神奇生物。

这种造物是人类想象传统与创作者独创精神共同作用下的成果，给人以神奇感，却又提供了很多创造真实感的细节证据，令人信以为真，创作者就会获得造物主般的快感。这种虚构—造形的成

果对提升人类想象 — 虚构能力极有帮助,人类社会就会鼓励这种虚构 — 造形行为,创作者就会热情地发展、表现自己的想象 — 造形能力。我们人类每次凭空创造一个神奇生命,如神猴、魔兽、神仙,都会鼓舞后来的创作者加入造物行动,启动一个造形谱系的创造工作。

而在我们想象与创作神奇故事情境、情节、细节和角色时,幻觉、超感知觉的经验也起到了重要作用,我们与生俱来有一种把幻觉具象化或人格化,并造形 — 描绘出形象的欲望。—— 因为有用。

人类的感知觉中会出现大量幻觉和错觉,它们与个体日常经验、与人类群体的共同经验迥异。幻觉与错觉不仅仅表现了人类的感觉"错误",而且表现了人类拓展生命感受范围和能力的欲求。幻觉虽然是感知觉的一种状态,但是把幻觉具象化,又具有想象 — 虚构的属性。

幻觉对人类生存是极为重要的,维克托·S.约翰斯顿在《情感之源:关于人类情绪的科学》中说,幻觉活动揭示了一个真相,外部世界的传入信息并不是产生意识体验所必需的,意识的每一种属性都会因为神经环路的损伤、刺激和化学修饰而发生变化。比如闭上眼睛,在眼球边轻压一下,对视束造成刺激,就会有闪光的体验。我们的感觉仅仅是将环境的能量与物质转变为神经冲动的模式,由这种模式所唤起的涌现特性则构成了意识体验的性质与强度。

幻觉是人类生命体的一种正常的神经活动,可以刺激我们的生命机能,拓展我们的感觉的宽度和深度。我们的感官能够明确感知的信息范围是十分有限的,我们人类还在进化的道路上摸索,而幻觉与错觉可以帮助我们探索尚不能感知到的世界。

神话叙事创作者比普通人更为敏感,会有许多探索幻觉世界的经验，创作者会利用幻觉和错觉，通过想象——虚构，把普通人一闪而过的幻觉，造形——具象化为生动的形象。

人类所有的精神现象，只要有用，就会形成动机，把它构造为可感的精神存在物——形象。因为幻觉与错觉"有用"，人类文艺创作者特别是神话、神秘主义文学、现代主义文学、神幻小说创作者，就会对表现幻觉与错觉兴趣盎然，并不断把幻觉具象化或拟人化、脸谱化、人格化。

而幻觉具象化导致的想象——造形活动，与日常经验带来的想象——造形活动是不同的，必然具有怪异、神秘的一面，否则难以凸显幻觉和错觉的特点。许多妖魔鬼怪角色的怪异特点，都与我们的幻觉有关，其怪异之处是有用的，它便于把幻觉表现出来，也帮助我们掌握奇异的自然、社会现象。

幻觉的具象化欲望，也诱导人们把神力、超能力想象与自己的生命体验联系在一起。人们在修炼某种功法（可能只是在想象中修炼），或者进行了高强度锻炼时，感觉自己的头颅和拳头变得铁硬、变得膨胀，非常渴望在墙壁上试试神力，这就是幻觉和生命力增强所催生的神功想象。

幻觉的具象化欲望，还诱导人们把恐惧、厌恶情感与异质生物联系在一起，或把恐惧和厌恶等负面情感对象化，如把牛魔王想象成头上长角的牛形人类，把死神想象成带着镰刀的黑衣骷髅，把恶魔、死神、僵尸与死亡、感染疾病的恐惧和厌恶感联系在一起，从而让我们可以在幻想中消灭或者控制它们。

幻觉的具象化欲望，也会诱导我们把崇敬感恩之情等积极情感与正面神灵联系在一起，塑造伟大、庄严、光明形象的神，产生与神灵融合的想象，从而获得力量体验。当我们虔信某个神灵，我们就会经常感觉到神的降临,"神已经托付旨意给我们",但我们常常并不觉得这是幻觉和错觉。

幻觉也会鼓励我们跃跃欲试地想要飞翔,为我们的幻想找到离开现实的具体方向和情境,幻想依据我们的幻觉经验,把我们置身于非现实或超现实的具体情境,驱策我们把幻觉经验延伸为连绵不断的幻想故事。

人类幻觉经验的无限延伸,使得人们常常认为存在着超感知觉,在人类的好奇心与达成人生愿望的渴求的推动下,形成了一个独特的基于幻觉和幻想的知识谱系,包括星象占卜、风水、气功、炼丹、男女双修、与死者沟通、预言未来、意念致动、灵魂出壳等各种具象的超能力想象。

在生活实践中,目前人们很难印证上述现象的存在,即使有,也应是罕见现象,但仍然有很多人相信它们是普遍存在的。多数情况下,超感知觉是我们的幻觉具象化的产物,因为它们总是在我们的精神世界盘旋,让我们非常有熟悉感,总觉得是见过它们的,或者是生活中存在的,又或者,具象化的超能力就隐藏在我们周边,只要我们展开幻觉——把感觉的范围延伸和扩大,我们就能触及那些神秘的事物。

普通人言说幻觉,犹如撒谎,但是神话叙事者却享受着这种生命的"错误"。在幻觉——造形活动中,作为创世神的幻觉具象化的经验越来越丰富,让神话叙事者熟练地虚构出各种神奇生命和神奇世界,而他们居然可以依靠幻觉——造形活动,获得可观的社会回报,因此造物的快乐就构成了持久的动机。

原始神话、神幻小说、奇幻电影、都市异能电影都是幻觉具象化产物及超感知觉知识的载体,创作者是在人类幻觉具象化欲望的驱使下,进行着脱离现实的荒诞想象。近现代神话学者把荒诞的神话巫术看成是原始社会精神落后愚昧的象征,其实是因为他们还未真正了解人类的身心机制,又染上科学主义狂信和傲慢病症使然。

幻觉 —— 荒诞感,是我们人类身后的影子,距离灯光越远,影子就越长越恍惚,把我们的精神世界描绘得越来越广阔而神奇。

二、创造与白日梦动机

我们的愿望既在现实生活中达成,也会在白日梦中"达成"。古代神话、神幻小说与人类白日梦是同构的,它们都用假设的情境和故事,开启智慧之门,探索人生预案,抚慰悲痛与沮丧。这种"有用",驱使创作者制造各种美梦。

睡梦、白日梦、有意识思考,都是生命体正常且相互连贯的意识状态。

人类在睡梦中,大多数时间是在为生存处境而忧愁,把各种可能的糟糕处境,改头换面地呈现出来,并"暗中"筹备可能的解决方案。现代心理学研究表明,我们每十个梦就有八个是消极情绪主导的(Domhoff,1999),人们经常会梦见自己反复经历失败,或者受到攻击追逐,或者被拒绝,或者经历不幸(Hall & others,1982),这是因为我们需要在休息状态时,不断检视我们的真实处境,发现潜隐的生存危机。做梦并不像弗洛伊德所说,是追求欲望达成所致,性梦是为了达成性欲。存在性暗示的梦只占年轻男性梦境的十分之一,年轻女性梦境的三十分之一(Domhoff,1996)。这可能说明睡梦并不是显示繁衍后代欲望的适宜情境,只有繁衍后代问题存在危机时,才会在梦境中加以检视。做梦时,大脑也试图赋予种种梦中景象以意义,努力将大脑的周期性幻觉(来自视觉皮层的活动脉冲)整合为故事线索。[1]

睡梦的这些特征确实是对文艺创作有用的,特别是与现代主义文学常见的故事情境相符合:现代主义叙事常常让人物陷身于梦魇一样的无助情境,启发人们反思人类困境。

人们在清醒状态而又没有明确思维任务时,会随机性地、断断续续地进行着幻想,不由自主地想象出很多非现实的情节,特别是现实生活中不能达成的愿望,会在某些幻想中得以实现。有时候我们在幻想中美化自己,把自己的行为动机合理化,让我们得到理直气壮的快乐,如同白日做美梦,我们把这样的幻想称为白日梦。

白日梦是人类的日常精神状态,一般现代人清醒时,一多半时间处于自发的白日梦状态,它的主要驱力是人类追求愿望达成的欲求,特别是超越现实障碍,达成难以实现或不可能实现的愿望的那些欲求。

白日梦的功能之一,是在人们处于过度担忧、过于沮丧心境时,用针对性的成功与胜利的情节,把大脑中不断浮现的消极的、抑郁的梦境或缠绵不去的情绪困扰,把人们所遭遇的各种艰辛与挫折,转化为成功想象的愉悦体验,取悦自己,以补偿快感体验不足导致的心理失衡状态。

但白日梦更重要的功能恰恰是在养育创新能力,它是一种有效的自组织的创造性思维状态,能有意无意地利用日常思绪和睡眠中的故事线索,试探愿望达成的各种可能性,产生许多莫名的灵感,也

---

[1] [美]戴维·迈尔斯《心理学(第七版)》第 7 章《意识状态》,人民邮电出版社,2006 年版,第 221–260 页。

对消极心理反应模式加以改造，鼓励积极进取的精神。它们用愿望达成的故事抚慰人类，又常常暗藏困境解脱方案，对人们具有显见的生存适应意义。

这种白日梦机制，会驱策创作者进行同样结构和同样效能的神话叙事，制造白日梦就成为显著的创作动机。对读者有吸引力的神话叙事作品，通常都是具有完善结构和鲜明节奏的白日梦，创作者把人类最深沉的渴求转换为神话叙事的主要故事线索，人们经过修炼或神授，拥有超自然力，挣脱自然规律的束缚，获得永生，驯服或消灭怪兽，战胜恐惧，赢得挑战，成为创造一切、改变一切的神，把生活带来的悲观预期转化为乐观暗示。

这些神话叙事，给予人们愉悦感、安全感、未来可期感和秩序稳固感，就获得人们的欢迎，印证了白日梦叙事的有效性，又激励创作者进一步的造梦行为，把达成愿望的白日梦——神话叙事创造得圆融如意，成为人类生命力输出的重要出口。宗教之所以架构于神话叙事之上，正是因为神话叙事具有这种获得幸福安宁的预期和心理秩序构建作用。

三、神话世界：想象—体验知识谱系建构动机

对于成熟的神话叙事创作者，把所有的想象—虚构成果，把所有的幻觉和超感知觉经验，把所有的白日梦叙事线索，统合起来，创造一个完整的神话世界，为人类的想象—体验知识谱系增加一块新的版图，甚至成为信仰的源头，真正让创作者成为人类灵魂工程师，获得创世神的精神权力，是蛊惑力极大的动机。

在上帝、湿婆大神、奥丁兄弟创造世界的故事出现之后许多世

纪,托尔金借鉴北欧神话与圣经神话,创立了他自己的创世神话,成为奇幻文艺的开山鼻祖,引导世界大众文艺再次大规模进入神话传统,各路大神纷纷创造自己的神话世界。这种态势令世界各地拥有"神力"的年轻人受到了疯狂的提示:创造一个自己的神话世界吧,在众神谱系之中,创设一些自己的神吧!在天使、精灵、妖怪、矮人、魔兽等超自然角色谱系之中,创设自己的角色吧,让后世人类想象之、体验之、崇信之,这是一种令人战栗的疯狂的动机啊。

对于网络神幻小说创作者,创世动机可能是最终的动机,虽然最初,他们也许只是想要写一个独特的故事,或塑造一些独特的角色,但是在拥有一定的创作成就之后,他们内心的世界版图也就日渐成型,创造一个能够吸引人类灵魂入住的世界,就成为一个不可遏制的动机。如果创世尚未成功,则不肯停息自己的双手。若已经完成创世,则可能既骄傲又伤感,他的第七日到了,可以休息了。

总体上说,人类所有的重复出现的活动对生存都是有意义的,幻觉、超感知觉、白日梦、神灵想象及其艺术呈现方法,不在于它们是否反映了现实生活,是否"真实",而在于幻想世界给我们带来何种用处。神话叙事提供比日常情感体验更为丰富复杂的感觉与情绪信号,让人类的感觉体验能力、想象能力不断获得提升,让人类生存得以不依赖于实际生活经验,帮助我们建构完满的精神世界。

这种种动机—行为—效果评估的成果汇聚在一起,凝聚成了一个无边无际的想象—体验知识谱系,构成了一个社会文化产业体系,这个体系本身就会不断吸附有才华的人投身其中,让创作者感受它的魅惑力。

第三章 神话叙事的创作动机

第三节 神话叙事的职业动机

从原始部落的祭司到神幻小说作者，神话叙事创作主要是一种职业行为，与其职业意识和社会身份意识密切相关，也与社会对职业的回报密切相关。他们的创作动机是在一系列的身心机制和愿望相互促动下形成的，他们的表达欲望，对获得听众和读者热烈回应的期待，对社会回报的期待，必然很强烈。

一、倾诉、叙事自我塑造与自我理想化的动机

神话 — 文学艺术的创作者会有一种强烈的言说欲望，又要对言说技巧、读者心理、社会期待和回报很敏感，才会知道自己该说什么和怎么说。

创作者通常是善于叙说自我内心故事的人，也是善于从情感互动中寻求精神支持的人。现实生活中，人们会经常寻找密友，互相倾诉和倾听，构成密切的情感关系。而神话叙事者、文学创作者更倾向于通过文字，寻找潜在的倾听者。这种倾听者不是一个特定的人，而是一类因为喜欢作者的倾诉而凝聚成为一个精神阵营的人，通过一定媒介构成超现实的倾诉 — 倾听的关系。在图书出版时代，这种倾诉与倾听关系比较远，倾听的精神阵营形成也比较滞后；而在网络文学时代，随时写作随时连载，倾诉与倾听的关系形成较快，对创作行为的推动更为直接。

作者拥有一个热切的倾听阵营，对于保持创作热情驱动创作行为是非常重要的。在网络时代，能够直观地体现出写作"有用"的效应，读者的热切反馈，给予创作者厚实的情感支持，能够让创作者依赖这种倾诉—倾听关系、情感互动关系，刺激作者为满足读者需要而孜孜以求精彩的故事情节，如此，就把创作的"有用"即时显现出来，让创作者随时体验到意义感和获得感。

同时在这种倾诉—倾听关系的构造中，创作者的叙事自我塑造和自我理想化的欲望得以达成，而叙事自我的构设欲望常常是写作行为的最初的种子。

人的自我意识中，存在一种"叙事自我"的形象构设，[1]亦即人在意识中，可能正在塑造或已经塑造了一个用于向他人讲述、展示的自我形象，如同人们经常所言及的公众人物的"人设"。

叙事自我与别人眼中的自己相比，可能更有魅力。人们会把自己的动机与行为，按照故事构造的原则去串联编织，以符合讲述的需要。这样，人们许多无意识、无目的的行为，就好似别有意味，是互有关联、有根有蔓的故事的一部分。这是我们的生存、繁衍动机所决定的，我们要把自己塑造得更有意思、更有吸引力、更理想化一些，这样会帮助我们建构自身人格和行为特征，提升自我的价值。只是日常生活中，老练的人会把这种理想化自我讲述得隐蔽合理一些，而热情冲动的人会把设定的自我过度裸露在别人眼里。

---

[1] 以色列历史学家尤瓦尔·赫拉利在《未来简史：从智人到智神》中提出一组相对应的概念："体验自我（experiencing self）与叙事自我（narrating self）"，意为"即时体验中感受到的自我"与"事后记忆基础上讲述的自我"。我们这里所言的"叙事自我"，其实是在一般人都会有的"理想自我"基础上向他人讲述的自我，是有意识构造的自我形象。

第三章 神话叙事的创作动机

神话叙事者、文艺创作者通常是叙事自我得到充分成长的人，他们的叙事自我会结合自己的经历和想象，演绎出预设的剧本，并按照这些剧本来叙说自己的行为与经历，或按照剧本叙说他人的故事，叙说自己创编的以自己的化身为主角的故事。即使是讲述自己的失败经历，也可能把它讲述得充满魅惑力，仿佛在向别人发出一个邀请：来啊，欣赏我的失败吧，那是我的某种人格特质、我的选择、我的别有意味的命运所导致的。

当创作者心中已经有一个或数个叙事自我演绎出来的剧本，创作者感觉到这些独特剧本的魅力，已经不容许自己放弃它们、冷淡对待它们，就形成了创作冲动，于是开始"正式的写作"（以向别人展示作品或发表作品为目的的写作），讲述心中这些故事，或者以这些故事为基干，繁衍出其他的故事。

一些创作者能够熟练地把叙事自我隐藏在理想人物的后面，人物是其叙事自我的投射，或者是叙事自我的"代理人"。他们可以肆无忌惮地把平时隐藏的幻想、自我实现的欲望，在人物的风光情节中呈现出来，通过主角展现理想中的自我，把自我建构与塑造人物结合起来，让人以为主角就是自己或是自己的一部分。创作者还会通过作品中的叙说、评判性语言，塑造一个叙事者角色，呈现或睿智，或幽默，或富于激情的叙事自我的形象。

在强调表现自我的现代主义文学中，叙事自我的表现行为与"自我表现"的写作行为高度重叠。在现实主义文学中，叙事自我常常隐身在一个关注社会现实、拥有社会责任感和洞察力的创作者形象后面，但神话叙事创作，表现自我的动机更容易隐藏在主角身后。

神话叙事创作者的内心隐藏着一个更为疯狂的叙事自我。他们幻想自己无所不能，希望自己如神一样具有主宰世界的力量，希望自己是天下的行为榜样，尽享人民的膜拜崇信，这就是一些创作者心中隐藏的"神我"，是作为人类个体的自我与神性的结合，它是疯狂地追求意志得逞的那种叙事自我，这种自我塑造和塑造世界的冲动，潜身于主角——神的故事里，主角越是无所不能，作者意志得以伸展的舒爽感和豪迈感就越强。这种神我塑造冲动也支持了人类自立为神的精神膨胀，是人类神话的精神基础。

神话叙事又通过主角对读者的吸附作用，让读者产生强烈的代入感，这个"神我"形象往往会成为作者和读者共同认同的叙事自我，如部分欲望叙事的希腊神话和网络小说，把人类个体的叙事自我和生命欲望融合起来，成为一个"欲望＋神通"的自我人设、又俗又强大的"自我"，这正是凡人的梦想。创作者营造这样的"主角＋叙事自我"的联合体，又是获得读者支持的重要招数。

在故事展开的过程中把叙事自我表现好，随着作品的成功，让"叙事自我＋主角"成为公众认可、仰慕的对象，从而让作者意志得逞，发挥作者的影响力，就是非常重要的职业性动机之一。

二、追求成功的动机

人类在神话叙事的创造、传播和体验中，体会到它的各种美妙用处。潜在的创作者看见他人作品显示出一定的社会效用并获得了充分的社会回报（这是促进动机产生的最直接诱因），于是人类中具有创造才能的人们，就产生了不断创造、完善神话的动机。创作者可以从中享受到成就感，受到各种激励，于是就会积极地创造神话。

原始神话创作者与祭司职业重叠度很高，通过神话创作获得部落社会的精神和物质的回报，是重要的职业动机。城邦时代神话戏剧家深受官民的尊重，赢得财富和上层贵族的地位，亦是重要的职业动机。成功的神幻小说作者，通过受欢迎的神幻故事换取财富和荣誉，能够召唤粉丝崇信的力量，成为一个金光闪闪的成功人士，也容易被社会塑造成一个能量极大的大佬形象，为获得这种成功而创作，亦会令人上瘾。追求名利——职业成功，无疑也是合理的职业动机。

好莱坞电影、美剧、流行音乐的造星行动也都有相似的社会心理机制。每一个参与社会交换的行业，都会自觉地塑造自己的行业明星，既召唤社会支持，也召唤行业从业者，社会也通过对明星的认可，塑造某些社会导向。

许多评论者对文学创作者追求职业成功，特别是利益方面的成功，抱着比较贬抑的态度，这其实并不公平。像其他行业一样，文学创作也应该获得相应的报偿，以鼓励更多有才华的创作者加入职业创作行列，这是一种正向激励，低收入的行业一定难以发展，因为那是负面反馈，会导致人才流失。

合理的社会利益激励，可以鼓励文艺人才创作出符合社会需求的作品，而不是无人问津的作品，这样对于整个大众文艺发展都是一种有效的激励传导机制。而文艺承担社会责任的唯一可能就在于，作品必须受到大众欢迎，否则承担社会责任的口号就是空转。

追求职业成功的动机是应该被肯定的，事实上，对于具体作品的写作，这也是直接、有效的动机。当然，利益动机是有效动机，但不一定是有利于创作者长期利益的动机，需要用社会性动机和社会评价体系加以合理的校正。

三、社会赋能与社会性动机

对于文艺创作特别是纯文学的创作,还具有显见的社会性、公益性动机,获得良好的社会评价也是创作的重要动力。人们可能认为大众文艺主要是商业利益在驱动,而忽略大众文艺创作也必然存在社会性、公益性动机。其实,比较成熟的神话叙事——大众文艺创作者,会日益在乎作品的社会影响力和社会评价。

在集体生活的原始部落中,神话叙事创作者创作部落和部落联盟共同的神灵,为宗教祭祀活动提供脚本,为同伴提供角色扮演的机会,通过神话的讲述、表演行为,展现神话叙事的神秘魅力,从而可以加强自己与他人的亲密关系,在社群成员之间建立心理连接,加强部落共同体的团结,因为这种种"有用",社会也会以各种可能的方式回馈创作者。

部落社会把讲神话故事讲得好的人,常常视为有神通的大能,人们认为他具有沟通天地与人群的能力,因此会赋予他神权,比如让他担任祭祀人员。凡是创造有用故事的人员,人类都会赋予其职能,承认其神力和魅力,故事所涉及的范围,就是其神力、职能和魅力覆盖的范围。比如他讲述的是整个部落联盟的主管神的故事,那么他就对整个部落联盟具有发言权。这对于神话创作者是一种巨大的诱惑和感召,驱策他进入神域,寻找有益于部落、部落联盟、国家或天下的神秘力量,这种激动人心的塑造精神权力的动机,在原始社会、古代国家时代都是最有魅惑力的神话叙事创作动机。

近现代国家同样会赋予神话——文艺创作者以"神秘力量"和职能,如加冕为"桂冠诗人""人类灵魂工程师",让他们担任显耀的社会职务，人们期待着他们针对整个国家和人类发表意见。这是对创作者及其"叙事自我"进行公开的、光荣的招安和安置，是把创作者社会形象显耀化的行为，包含着一种创作者不可抗拒的精神权力诱惑，甚至比稿酬对创作动机的影响都要大。

今时今日，好莱坞巨星——新型神话叙事的表演者、神幻小说的创作者，也陆续被安置为精神殿堂中的新神，让他们产生了更加亲社会的创作欲望，如此，社会导向作用就在其个人创作动机中显示出力量。

社会对个体的种种激励作用，有助于创作者积极表现其社会观念和社会态度。创作者社会伦理观念的形成，既与其个人精神史有关，也与创作过程中获得的社会激励和规范有关，它们都会诱使创作者在个体欲望叙事中加大社会伦理、社会正义观的表达，修正角色的行为，让他成为个体欲望和社会伦理的双重使者。

在人类神话创作中，社会性动机的作用更加显著。人类神话包含着创作者对人类的责任感，创作者通过自己的神话叙事，建构人类的整体观念，建构人类的行为模式，加强人类的团结合作。这些人类整体愿景的构设，会让创作者更加克制个体欲望，节制社群与民族主义情感，更有为人类种群的利益而自我牺牲的精神，更有救世情怀。这种创造人类团结奋斗愿景的创作动机就会使得作品更有圣洁的光辉，人物行为就会成为人类的行为模本。成功的人类神话作品更加能够为全体人类所认同，使创作者更加坚定其代人类立言的心志。

这几个方面的动机力量，如果集中于某个创作者一身，他的灵魂就不会再有安宁的时刻，他只能通过神幻小说、奇幻电影剧本或游戏脚本，去创作一个自己的神话，去人类祖先曾经登临的缥缈之处，一览众山小。

　　创作欲望——动机越强劲，创作热情就越高，就越能持久保持创作青春。保持和维护创作欲望——动机，就是在保护创作才华，延续创作生命。职业创作者最为困难的事情，始终是拥有热诚不衰的创作欲望，拥有澎湃的连续的创作动机，而经历新鲜的情绪事件，让他内心不断生长新的故事，整个社会又对其创作给予热情回应，是培养创作欲望的最好药方。

第 四 章

神话叙事的创作思维

当我们说"神话思维"的时候，意指神话叙事作品中包含的人类思维的特征、观念、方式或程序，是它们组织了创作行为，构成了作品内容和形式，所以从神话作品如何构成的角度来说，神话思维就是神话叙事作品的创作思维。

神话、文艺创作的思维与创作动机密切相关，两者作为创作的组织力量，驱策了创作行为，建构了神话作品的形态。

第一节　神话思维的情感统一性与兼容性

在漫长的神话叙事历史中，神话思维的基础属性从未改变：神话思维是一种混杂着理性判断的情感活动，具有情感统一性与兼容性。

一、神话思维的情感统一性

列维-布留尔在《原始思维》中说，神话思维是一种原始思维，具有神秘性，不分主体客体，它把事情发生的原因归结为神秘力量，原始民族通过对超自然力量的崇拜与敬畏获得集体表象，集体表象通过一系列的仪式在民族或部族内部传承,他们的思维常常令我们意想不到。

列维-布留尔的观点很有代表性,很多神话学、人类学学者都会把原始人(未开化民)的原始思维,与现代人(文明人)的现代思维截然分开,研究者们建立了学术研究主体(研究者)与客体(研究对象)的对立关系,把研究对象怪异化、他者化,认为在思维属性、程序和人性等方面,作为现代人的自己与那些有着神话思维的原始人迥异,神话思维只属于原始人或未开化民。

但事实上,现代人的思维也具有神话思维的面向:同样会"不讲逻辑",追求神秘感,耽于幻想而且很容易把幻想当成是事实,崇信神灵——世界上五分之四左右的人类经常参加宗教仪式活动,向他们的主宰大神祈祷。

神话叙事如古代神话、神幻小说创作,其主要驱力是人类的愿望与情感,创作者通过想象和虚构,创造超现实世界、超自然力量的故事,追求超现实愿望的达成,用图腾神灵、英雄神灵、创世大神或主宰大神解决一切愿望难题,或者通过修炼——战斗成为神仙,而达成人生愿望。现代神话叙事创作者能够沿用古代神话的世界架构和角色原型,沿着古人的思路继续进行神幻小说与奇幻电影的创作,皆因为人类的基本愿望、基本情感是不会改变的。

神话思维不仅是历史的,也是现代的,神话思维在任何时代都具有普遍性,更重要的是,神话思维也会随着人类社会的发展而不断发展。现代人比之于古代人,情感更为充沛,想象能力更为丰富,且更为自觉地创造神话为情感体验和精神建构服务,所以好莱坞电影和中国网络文学的神话创作事业蓬勃发展,几十年的成果远远超过古代社会几千年的成果。

第四章　神话叙事的创作思维

卡西尔在《语言与神话》《神话思维》等著作中说，神话具有情感的统一性，将神话统一在一起的特殊情感，正是德国人所说的生命情感。神话是一种思维方式，但并不是像逻辑思维那样依靠概念、判断、推理，而是一种直觉的、体验与感受的方式，神话也以此去感知世界。神话之所以能自圆其说，仅仅是因为人们在愿望上坚持它们所言不虚。

神话具有情感的统一性，神话思维本质上是一种情感活动。卡西尔的神话观比许多学者的神话观更贴近创作事实，但我们要修正卡西尔的意见并进一步向前推进。

我认为神话是人类有意识建构的超现实世界和超现实故事，用以满足人类愿望情感需要，建构精神世界的秩序。神话思维当然是充满情感体验性的，但人类知道神话的合宜的应用场景，神话在自己的场域自然能够自圆其说——古今人类都知道神话在适宜的应用场景是"有用"的。

卡西尔认为语言与神话是同源的，都是隐喻性的，所以研究神话的重心在于语言，这也有点偏离靶心。我们稍作辨析。其一，语言与神话都有隐喻性，但也都有隐喻之外的各不相同的价值。语言起源远远早于神话，完整的神话故事可能产生在一万多年前，人类创作完整复杂的神话故事，是人类情感已经相当发达的时代才能做到的。人类情感越发达，神话故事情节就越复杂多变，神话与语言的起源不可混为一谈。

其二，神话故事的载体除了语言文字，还有绘画、祭祀活动、舞蹈、舞台剧、电影、游戏等，从这个意义上，说神话与舞蹈、电影是同源的也可以，因为都是人类生命力的创造物。

其三，神话故事可以跨越语言翻译的过滤，传达给另一个语言系统的人们，是因为人类情感具有共同性、可沟通性，任何区域的神话故事都可以被全人类无障碍地接受。

因此，不能说研究神话的重心在于语言，神话故事的这种跨语言跨文化属性，正说明神话研究的核心应该是故事以及其中的人类情感。

但是确实，神话思维的某些特质体现在某些语言实践之中，促进了语言的发展。对神话与语言的关系问题，我们持这样的观点：神话的不断发展，丰富了人类的语言，使得人类语言在日常的实证的语言体系之外，发展出了灵性的感悟的语言体系，这对于人类的精神建构作用十分巨大。

最初的有意识的神话创作群体是祭司，跨地区传播神话的是行吟诗人，他们要在吟唱中传达神话的精神，讲述神灵的故事，其语言必然具有跳跃性、象征性、韵律性，如同上古诗歌的整体语感。如果用上古诗歌的语言和作品框架来讲述神灵的故事，那可能就是祭司嘴里的神话叙事。因此，如果说行吟诗人创作传播的史诗中的神话，与上古诗歌是同源的，研究重心之一是彼时的语言，那就是有道理的，彼时的神话语言确实经常是用于吟唱的，具有韵文的共性。

但舞蹈、散文、戏剧、小说、电影、游戏等体裁所承载的神话叙事，其共性只能是：都在表达神灵的故事，都是人类的愿望情感需求在驱动故事情节的发展，在读者观众那里都主要通过情感体验活动引起精神建构效应。

所以神话思维具有情感统一性，是人类生命需求的派生物，神话思维在自己的应用场景中，具有无须证明的真理性，这个论断是非常正确的。

二、神话思维的兼容性

一些学者认为神话思维是非逻辑、非理性的,比如神话学者于贝尔认为神话的统一性就是"情感的","一旦人们想给予(神话)一种理性的解释,那么它就面目全非、名存实亡了"[1],因此神话思维与理性思维就是对立的、难以通约的。

当然,神话故事的内在驱动力是人类的欲望与情感,神话故事情节的发展遵循着情理的指向,但是不必把情感与理性对立起来,把情感当作非理性的,是对人类及其情感的一种过时的误解。

我认为,神话思维在情感统一性基础上,具有兼容性,神话思维可以兼容理性判断,兼容逻辑思维。情感与逻辑思维或理性思维,同样可以看作是某种人类思维程序和方式,具有某些思维方式的"设定"。人们可以说某些简短的神话故事如女娲抟土造人、后羿射日等,让理性与逻辑无所作为,但并非所有的神话都不能进行理性的或逻辑的解释,不能兼容理性思维。恰恰相反,大型的复杂的神话故事,经过许多贤达推敲完善的神话故事,乃至所有的大篇幅文艺作品,必然包含着人类理性思维的内容,具有整体架构的逻辑同一性。

如圣经神话,在整体上,既具有情感的统一性,也具有理性与逻辑的统一性。圣经神话最基础的设定是上帝创造了世界和人类,他是唯一的神,具有主宰世界的权力,即使是对人类恶行进行惩罚,也

---

[1] 转引自[美]伊万·斯特伦斯基《二十世纪的四种神话理论——卡希尔、伊利亚德、列维-斯特劳斯与马林诺夫斯基》,李创同、张经纬译,生活·读书·新知三联书店,2012年版,第240页。

是一种对人类的大爱(这是因果律的因)。在此前提下,所有的圣经故事都是按照这个设定来展开的,凡做好事、听上帝的话必定会得到褒扬,凡做坏事或违逆上帝的意志,必定会受到惩罚。为了展示这个精神秩序设定的作用,整个圣经神话故事体系,创设并不断完善了各种功能性角色、法力展现、各种情境、各类结果,充分展示了因果律的作用。如果认为圣经神话是非逻辑非理性的,或反逻辑的反理性的,那基督教世界的理性传统是如何产生的呢?是敌基督者创造出来的吗?

现代神话如好莱坞电影、神幻小说,其创作驱力同样来自欲望和情感,支撑力量是情理,然而也可以接受逻辑的检验。现代人会要求神话创作尽可能把情感需求与逻辑思辨统一起来,让作品具有整体架构的同一性,避免自相矛盾、自我颠覆。也就是说,现代人的神话思维是进化了的神话思维,具有更加完善的生命情感的统一性和兼容性。

神话叙事作品一旦做好了最初的超自然力与灵魂设定,就要按照因果律发展其剧情,受众体验才会更加顺畅。如《复仇者联盟4》中,核心设定是灭霸手指一响,宇宙上的生命消失一半,作品剧情始终是围绕这个核心设定来进行的,剧情充满情感的张力,观众情绪体验跌宕起伏。然而剧情发展并不是非理性的,不是随情绪泛滥而任意滚动的,人物的行为动机、过程、结果,线索清晰,直指目标并达成目标——英雄们决心自我牺牲,联手对战灭霸,拯救世界。

神幻小说中,确立升级体系之后,主角经过修炼而在等级台阶上逐级上升,这个情理和逻辑的起点设定后,读者接受了这个设定,则无论主角遇到了何种奇迹,都必须按照等级能力的规定,按部就班地升级、前进,否则读者就会觉得不合理。

文学创作的门外汉，有一个根深蒂固的误解，就是以为情节发展可以是随机性的、情绪化的，随着才华迸发而火星四溅。不是的。所有堪称经典的大型文艺作品（包括大型神话），都有严格的合理性尺度，作者必定严格遵守作品内核设定的因果关系，清醒地把控故事情节向着预设结局前进，这显然都包含着理性判断、逻辑思维的作用，否则作品早就翻车了。

从创作实际操作的角度，对神话进行情理性、体验性了解，可以更为靠近神话发生发展的内在脉搏，更能了解人类的情感世界，但这并不妨碍我们从理性分析的角度，研究神话的思维以及结构—功能体系。

生命情感是圆融的，有能力的创作者能够把生命力量组织起来，能够兼顾多种精神向度，能够兼容许多思维程序，达成自己的创作使命，这样理解神话叙事的创作思维，就能够圆通了。

第二节　神话思维的观念内核——超自然力与灵魂

神话叙事的创作思维，围绕着超自然力与灵魂这两个核心观念展开，构成神话思维的基本场域。

一、神力、灵魂及其修炼观念

在神话叙事中，超自然力是指超出自然世界或科学原理阐释范围的力量，通常难以被自然规律结论所证实。它与神灵活动密切相关，神灵掌握较大能量等级的超自然力，神灵的力量可以称为神力，拥有"神力"是神灵的基本特性。

而神灵依靠自己的灵魂掌控超自然力，掌控的超自然力越强，其灵魂就越强大，就越能解决严重的问题。神的等级与其超自然力的能量等级以及运用技巧密切相关，图腾神的能量能够覆盖一个部落事务，创世神掌握的能量可以解决他所主宰的世界的根本问题。

远古神话与古代神话小说中的神灵，可能因为自然的原因具有超自然力而成神（天地山川孕育），可以是得到神授超自然力而成神（神授），可以是神灵的儿女生而有神力（血脉传承），可以因为天赋异常加上特殊际遇的激化而成神（际遇＋异禀）。通常，神力来源的叙说介绍较为简略，重心在于拥有神力之后的"神迹"。

在神幻小说中，更多是凡人经过修炼，吸纳、提炼、运用世界中蕴藏的超自然力而成长为神。人物修炼超自然力、升级、战胜对手、创造世界的过程，呈现出许多细致而真切的生命感受，体验性更好，人物一边修炼战斗一边神力成长，经过漫长的升级过程才成仙成神，不像孙悟空获得神通出道以后，神力等级就没有大的变化。

从这个意义上说，人类神话的基础属性就是凡人生命属性。具有凡人欲望，凡人经过修炼和战斗掌握强大的超自然力而具有了神性，凡人神是凡人"生命意识＋神性"的融合体，大多数"凡人神"成神之后，仍然具有凡人的欲望情感。我们可以说，大部分神幻小说都具有人类神话的"肉身"思维。

古代神话与神幻小说的共同点之一是，神话角色的生命整体或部分，都可以储存和驯育超自然力量，也可通过法器、法宝储存和修炼超自然力，通过道法、巫术、法术、魔法等修炼方法掌握超自然力，保护自己和进攻敌人。比如在道教神话和玄幻、修真、仙侠等类小说场域中,道士或修炼者通过修炼法术吸纳天地之间的灵气进入体内,在经脉中游走,在丹田处提纯储存,从而使自己强大。

在一些好莱坞都市异能电影和中国网络都市异能小说中,人们有意识地融合神话思维和科学思维,用科学幻想的方式证明一种超自然力的合理性。如经过基因技术改造,或经过科技灾变影响后,角色具有远超常人的力量和寿命,甚至变成狼人(《金刚狼》)或绿巨人(《复仇者联盟》),或者把北欧神话中的雷神索尔及其雷神之锤,放在现代世界与高科技产品一起发挥作用,这同样是超自然力的思维而不是真正的科学思维在主导故事发展,因为现代科学也并不能解释金刚狼、绿巨人和雷神之锤的合理性。它们让人们感觉是"真"的,仅仅是因为它们存在于一个奇幻故事环境中,是作品营造的神话思维的应用场景说服了观众。

二、超自然力职业化思维

超自然力发生作用需要一定的途径或方法。

弗雷泽在《金枝:巫术与宗教之研究》中阐述了巫术赖以建立的思想原则:第一是同类相生或者果必同因;第二是物体一经互相接触,在中断实体接触之后,还会继续远距离地互相作用。[1]这两个原则也普遍存在于远古神话、民间神话文学、古代神话文学与现代神幻小说、奇幻文艺作品中。

根据同类相生原则,可以进行顺势或模拟巫术,让超自然力发

---

[1] [英]詹姆斯·乔治·弗雷泽《金枝:巫术与宗教之研究》,徐育新、汪培基、张泽石译,大众文艺出版社,1998年版,第19页。

挥作用，如同量子纠缠一般，此处超自然力的波动引起了彼处超自然力的波动，从而影响双方。比如伤害敌人的人偶，就能伤害敌人本身，《红楼梦》中赵姨娘行巫术扎小人害宝玉、王熙凤生病发疯的情节，就是顺势或模拟巫术思维的表现。

根据巫术的交互原则，古代人类相信性行为会直接影响超自然力的运行，但人们对这种影响的好坏认识可能恰恰相反。古代爪哇地区在稻穗开花时，农夫带着妻子到地头交媾，以求丰收。但在日耳曼地区，人们认为性交会妨碍植物的生长发育，在播种之时，应该禁欲，否则庄稼种子就会霉烂。[1]

在印度教、道教以及神幻小说中，有些修炼者认为男女双修，亦即通过性行为吸纳、驯服、交换超自然力，是一种修炼捷径，这是把性行为对超自然力、对异性的影响夸大了，也是试图把性快乐与修炼成长融合在一起，这种修炼生涯的想象可能太乐观了。

掌握超自然力的人们如巫师、道士、萨满、德鲁伊可以通过法术、巫术为人类服务。如《金枝：巫术与宗教之研究》中记载，芬兰的巫师们把风封闭在绳结里，打开绳结就可释放出风来，解开一个绳结是小风，解开两个绳结是狂风，解开三个绳结是飓风。他们通过卖出绳结，把风卖给想要出海的水手们。海对岸的爱沙尼亚人相信是芬兰人使坏，放出了飓风，带来了灾难。西北欧海边，有一些老太婆以卖风为生。[2]

这与凯尔特神话、奇幻小说中的风系魔法的思维是一致的，只

---

[1] 参见[英]詹姆斯·乔治·弗雷泽《金枝：巫术与宗教之研究》，徐育新、汪培基、张泽石译，大众文艺出版社，1998年版，第206页。

[2] 同上，第122–123页。

是奇幻小说中的风系魔法运用更为专业。

在道家神话和玄幻小说、修真、仙侠场域中,当有人用神秘力量和手段对目标使坏,令其生病或失去好运,可以请道士来作法,他凭借自身的法力和法术,画符,手执宝剑,念着咒语,驱赶邪恶力量。

如是等等超自然力想象的展开,发展出系列职业知识:

使用超自然力的职业角色,如巫师、魔法师、和尚、道士、萨满、德鲁伊,他们有着各自的功能与职业标志;

修炼超自然力的功法,如凝结金丹、养育元婴的功法,如火焰、雷电魔法;

发挥超自然力的职业器具,如道士或修炼者的拂尘、炼丹的鼎炉、和尚的念珠和木鱼、魔法师的魔法杖,以及各种奇特的法宝,等等。

这些职业知识在远古神话中只是萌芽,在明清神魔小说、近现代欧洲神秘主义文学中确立了基本形态,而在奇幻文艺、网络神幻小说中得到了空前的发展,发展出了庞大的神话叙事知识谱系,每一个细分的支系都很职业化,功能更加明晰,就仿佛是一个真实运转的世界里,一些人每天都在运用这些职业知识,以此为生。比如网络小说《放开那个女巫》创作了一百多个形态、功能、秉性各异的女巫形象,她们把各种魔法或巫术用于工农业生产、医疗、战争和精神控制等,仿佛她们那个世界真的按照巫术或魔法阵运转。

在科学场域,人们自然只需要忽视超自然力想象就可以了,用科学知识对超自然力及其职业知识的真实性进行较真,力证其假,那是愚蠢的。但是在神话—文学场域,人们至少要假装相信这些职业性的神奇知识,信以为真,才能掌握超自然力的思维,才能进入神话—神幻小说的大门。

三、万物有灵论与灵魂观念

超自然力存在于万事万物之中,每一个生命都有自己的灵性和灵力,高级的生命都有自己的灵魂,而灵魂的力量与意志对掌握超自然力、修炼成神是决定性力量。这就是古代神话与神幻小说都有的万物有灵论思维。

灵魂是主体意志与超自然力融合凝结而成的,灵魂是超自然力的最终主体,神灵与凡人的主要区别就是神灵拥有强大且功能多样的灵魂,而凡人的灵魂很弱小、很容易泯灭,其中的力量容易被其他生命所吸收。神话故事始终是各种秉性的灵魂的活动过程,如卡西尔所说:"灵魂概念既是神话思维的开端,也是神话思维的终端。"[1]

在远古神话、古代神话文学与神幻小说中,当一个灵魂品种被创设出来,创作者就会围绕它的形态、功能、修炼方式、面临的各种危险,进行不断探索,挖掘这个灵魂建构的各种可能性。

在神幻小说中,灵魂的故事情节围绕下述情形发展:凡人经过修炼,身体和灵魂都能变得强大,因此成神,而且不朽;灵魂始终面临着被敌人毁灭的危险,要通过各种手段保护它的安全;灵魂可以转移到他人的身体中去,可以附体于其他物质;有了灵魂和神力,万物皆可修炼成人,性格、形态、行为模式都可以与人相同,而又带有原初生命的特征。

在世界各地的原始神话和民间故事那里,灵魂是一个与本人外

---

[1] [德]恩斯特·卡西尔《神话思维》,黄龙保等译,中国社会科学出版社,1992年版,第175页。

形相似的小人,依附于人的身体,但它是人的主宰,是人的本质力量所在,它可能出走,也可以永远地离开。人活着,是因为这个小我的存在,人体死亡时灵魂会永远离开。

在道术修炼故事与华夏神话背景下进行架构的网络玄幻、修真、仙侠小说中,把形态类似的小人儿称为"元婴",它具有灵魂属性,但比灵魂多一些独立性。修炼者吸纳各种自然力量和超自然力量进入丹田,提纯形成灵力,逐渐凝结成金丹,到成长为元婴的阶段,修炼者基本就脱离了凡人状态,通常这就是修炼成仙的标志之一,此时需要在雷暴中渡劫证仙。元婴与修炼者本人通常长相一致,精神相通,一般坐在丹田中,靠修炼者神力或灵力喂养长大,它可以脱离人体而独立存在,与主体有着同样属性的灵魂,但可以是另一个独立的灵体,并可以成长为另一个有灵性有神力的神灵。修炼者可以让他成为自己的分身,可以有不同的神通和性格,去完成不同的任务,这样,修炼者就可以生命不死,而且神通广大了。

因为人和动物都是有灵魂的,所以可以通过灵魂的交流而结成盟友。在南亚、东南亚民间故事中,把人的灵魂寄存到动物身上,那些寄存的灵魂能够化作动物形状回到家中,弱者灵魂可以化作狗,强者灵魂可以化作熊、虎。有时候巫师间战斗,遣出动物形灵魂先打,最后才是本体出战。西非神话故事中,人与凶猛的动物歃血为盟,互相把对方的血注入自己体内,就可以遣出猛兽出战,河马为最佳选择,因为河马生性凶猛而且善于隐藏自己。[1]

奇幻小说、电影、网络神幻小说中常见人与神兽的契约关系,与

---

[1] 参见[英]詹姆斯·乔治·弗雷泽《金枝:巫术与宗教之研究》,徐育新、汪培基、张泽石译,大众文艺出版社,1998年版,第965-967页。

上述灵魂观念原型有关,其中最炫酷的是人物与体型巨大、天性高傲的神龙签订了灵魂契约,如《权力的游戏》中,世界上的龙基本灭绝,只有"龙母"拥有龙,因此具有压倒性的武力优势和道德感召力。在奇幻小说《佣兵天下》中,一些龙与主角一方签订了契约,龙成为人的坐骑与伙伴,一起冲锋陷阵,有无龙助阵,有时候直接关系到战役的成败。

有趣的灵魂总是选择有灵性的地方。在道术修炼和神幻小说中,灵气充足的洞天福地,是灵魂成长的必要场所。人所难至的地方,孕育出蕴含着浓郁灵气的天灵地宝,这都是修炼者最重要的战略资源。

森林是各类灵魂的宜居之地,人类修炼者经常在森林中修炼,获取灵性,而森林中神灵很多,与人类构成各种复杂的关系。古代雅利安人各氏族、古希腊人、古意大利人都崇拜树神。在北欧神话、托尔金神话、奇幻文学、暴雪公司的游戏神话中,精灵是与森林共生的角色,种族生存与繁衍非常依赖森林,森林的缩小直接威胁到他们的生存。

森林中有一些特殊的有神性的树,如"世界之树""圣树",它们的灵力可为各种生灵提供治疗,也与精灵关系最为密切。由于它们巨大的神力和物理支撑作用,对世界的存亡有巨大影响,邪恶一方对它们的攻击会直接威胁到世界的安全。

这种思维移植到科幻和奇幻元素相融合的电影《阿凡达》中,就成了宇宙灵性世界的独特景观。在遥远的星球上,那些奇妙的有灵性的种族,居住在散发着灵气的森林中,那些闪亮的树木对于地球人类也具有身心治疗作用,但人类开发者扮演了邪恶一方的角色,为了采掘资源,他们破坏灵性丛林,消灭灵性民族,最后主角一方联合灵性民族，打败了人类开发者，主角一方皈依了阿凡达种族。我们可以把这个作品看作是人类神话的另类版本，是一种对科技思维进行反思的灵性寓言。被工业技术武装起来的人类应该进行精神重构了。

相信万物有灵论，不仅仅可以帮助人类拓展想象力，而且也是在帮助我们与世界和谐相处。佛教吸收万物有灵论，提倡禁止杀生，规劝我们应该珍惜每一个生命，包括树木花草的生命，就很符合现代人的情感需要和自然观。当人类爱谁，或者认为某些事对自己有益，就会使之神圣化，赋予其灵魂意义，对动物与树木的保护也是如此。十九世纪与二十世纪初的神话学者认为万物有灵论是原始人不科学的认知观念，但是在当代艺术家看来，万物有灵论可能是最重要的人类知识，与科学知识一样攸关人类存亡。

第三节 神力的流通与变形思维

因为超自然力和灵魂具有上述这些秉性和神通，超自然力和灵魂就表现出可流通性和可变性，它们可以在不同物体之间流转，神话叙事中经常体现出变形思维，很多神话故事可以被称为灵魂转移的故事或变形的故事。

在神话叙事中，动物、植物等生命体若灵魂强大，可以变形为其他生命外观；神灵、妖魔鬼怪和人类修炼者的灵魂可以转移至其他生命身上；伟大人物的灵魂可以复活，可以转世，可以再次降临人间，附体于其他人；人们继承某些特殊身份的灵魂可以获得某种任职资格，人们祭祀某些神灵可以交换自己想要的利益，等等，都表现出神话叙事变形思维的灵活性。

一、神力与灵魂具有可流通性

在神话叙事场域,灵魂不安生,喜欢流动,对于凡人这是一件危险的事情。人睡着了,灵魂会从口鼻出入,在外游荡,有时候灵魂离体迷路了,或者是因为鬼、恶魔、术士作法等缘故,灵魂迷失其所,如是等等,都需要请巫师、道士等角色作法把灵魂召回安置。这就发展出各种招魂方法。招魂是古代社会常见的精神生活,它强化了人们的灵魂观,提醒人们关注内心世界的安全。

有道行的修炼者也会主动把灵魂寄存于动物和植物身上,让该动物或植物变得厉害。在北欧神话中,槲寄生,一种寄生在橡树上的藤蔓,如果人把自己的灵魂之力灌注于其中,那它就能变得锐利,北欧神话中的太阳神巴德尔就是被这样的槲寄生扎穿而死亡的。

人可以有多个灵魂,为了防止自己死去无法复活,人们把灵魂分散储存在许多植物、动物身上。英雄史诗《格萨尔王传》中,灵魂想象格外繁杂,许多大神把灵魂分散在多种动物身上,这些动物又散居各地,若他本体战死,只要有一个灵魂不死,他就可以随时复活,因此他是不可消灭的。在《哈利·波特》中,反派角色伏地魔的灵魂也分散在许多隐蔽之所的物体中,所以主角一方无论如何都无法战胜他,除非作者打算让作品结束。在网络奇幻小说《亵渎》中,精灵族长老修斯的灵魂分存于很多个茶杯里,它们很难被同时打碎,所以他特别厉害,他的存亡攸关精灵族的安危,所以很多人一起保护他的灵魂储存之所。

二、角色因神力和灵魂力量而变形

有灵性的植物、动物也能够通过修炼吸纳天地灵气而成神成仙。这种灵魂想象是世界性的,发展出角色塑造的变形传统。

高大或者形状特殊的树木,都是有灵性的,经过某种修炼或者经历了特殊的机遇,就能够成仙、成妖,有些化作了人形,有些保持了特殊外形。托尔金《魔戒》中的树人,既有人类头颅手脚特征,也保留了树木躯干,能够笨拙地走动,能够像人类一样行动说话,与人交流,似乎也能有孩子。

《聊斋志异》就是动物植物成妖成仙史,其中女性妖怪非常渴望与人类男性书生进行爱情活动,非常符合穷书生的野望。《西游记》的主要角色孙悟空、猪八戒、沙僧都是动物修炼进化的妖怪,他们有着人类的情感和伦理观念,但是保持了动物的某些外形特征和性格禀赋,他们按照人类的愿望和伦理打杀了许多作恶的妖怪。

也有反向变化的,人死后变为他物。在《山海经》中,帝女死后化为一种草,"服之媚人";精卫填海,女娃溺海而亡,变化为精卫鸟,不屈不挠地衔木石填海。《聊斋志异》也可谓死者进化史,许多人死后变为鬼怪,灵魂可以继续活动,在特定条件下化身为人形,在一些故事中,女鬼通过与男人交媾,获得人类的灵魂之力或者生命力量(阳气)而壮大自身,然后与新鲜的肉体结合复活,成为形神俱佳的美女,与那个奉献了阳气的男性恩人结为夫妻。

这种神力与灵魂在万物之间的转化、变形,应兼顾假定性和真切感的要求。如《西游记》中,孙悟空被二郎神追赶时,变身为一个小庙,尾巴变为一根旗杆,但是旗杆却在庙的后面,因为尾巴确实是在身体后面，难以变到前面，这就与一般小庙不同，所以露出了马脚。在《聊斋志异》中，人与狐女通婚所生的婴孩，爱笑且有狐媚之意，如是等等，因为展现了原生生物形态的证据，神话故事反而变得真切可信。

神幻小说继承了全世界的神力、灵魂流动和变形的传统，人和动物角色自由改变形态，穷尽各种变形再造的可能性，妖、魔、鬼、怪、龙、灵、外星生命的每一个品种，都繁衍成丰富的变形角色谱系，而且几乎每个小时，都会有创新意义的角色出现。

在某些神话学家们看来，这种变形思维比较无序、混沌、缠夹不清，但其实理解了神力和灵魂可以自由流动、可以转化为万物的观念后，古代神话与神幻小说的诸般变形故事则变得合情合理。这不是原始人的无知或小说作者的荒诞偏向使然，这是人们在运用灵魂流通和变形思维，探索人类想象与情感体验的无穷可能性，让人们的精神领域变得更为宽阔。因为对人类有用，所以变形艺术传统将会一直传承发展下去。

三、灵魂的复活与权力的继承

伟大的灵魂会一直影响世界。

古代大人物死去，需要防腐术保持肉身鲜活，为他复活创造条件，埃及木乃伊就是如此观念的产物。中国皇帝死去需要厚葬，甚至需要活人殉葬，是因为他们去往另一个世界仍然希望财富、美女傍身。在玄幻小说《神墓》中，神也会经历壮大与衰朽周期，只不过时间是数十万年而已，神灵衰朽之后，也需要进入特殊结构的"神墓"，等待其灵魂的复苏。

有些神力和灵魂强大的人，其安危对于世界至关重要，在神力和权力的转换时分，要安排"杀神"程序。据《金枝：巫术与宗教之研究》所述，古代世界许多地区的人们相信，国王作为"人神"或"神王"，其身体衰老、死亡会危及世界，其灵魂也会跟着衰老，所以在他们露出衰老迹象时，就把他们处死，把他们的灵魂转给精力充沛的继承者，这样就能完美地解决神力和灵魂继承问题。如柬埔寨神秘的火王与水王是不允许病逝的，长老们认为某王将病重不治，就由原定继承他职位的人带着一根绳子或一根棒子，进去弄死他，并吸取其最后一口气，以承接其灵魂。白尼罗河的丁卡人中，拥有很多权力和荣耀的"雨师"，在其衰老时，就会被活埋，活埋时躺在坑里讲述往事，向众人告别，也有雨师不够自觉主动而被勒死埋葬。这些被杀的王与巫师通常会传位给儿子或者近亲，比较年轻的人可以更有充沛精力为公众服务，所以这也是一种以死亡为代价的利益交换。[1]

在古代某些地区，王位的传承需要继承者吃掉国王的一部分，以更为实质性地继承其灵魂。儿子弑父通常被认为是叛逆大罪，但是在人神—灵魂继位体系中，继承人杀死父亲的同时也完成了灵魂与生命力的转移，并完成了权力的转移，因此是那个社会的大众都接受的制度安排。也有变通的办法，继承者获得国王或大贤遗体中的脊骨、手指、头发，也可以继承王位或者确认继承衣钵、神通、宗教职位的资格。

吸纳、吞噬某个神灵的灵魂与肉体力量，而使自己成长，在一些

---

[1] ［英］詹姆斯·乔治·弗雷泽《金枝：巫术与宗教之研究》，徐育新、汪培基、张泽石译，大众文艺出版社，1998年版，第391–398页。

游戏与网络神幻小说中也是常见情节。在《盘龙》等作品中,人们杀死或者吞噬某个大神,就获得了他所具有的"神格",在神的等级台阶上晋升为上位神,所以吞噬神,是成神或晋级的必要前提。在梦入神机的《阳神》中,主角作为儿子吞噬了亲生父亲,完整地接受了父亲的神力和某种神秘的资格,如是等等,这同样需要在神话 — 巫术思维语境中,在继承人神 — 灵魂和权力资格这种想象性知识谱系中,才能明白"吞噬"确实是原始灵魂观的返祖性表达,而不仅仅是创作者个人的道德缺陷所致。

四、祭祀与交换

因为神力与灵魂具有流动性和可变通性,聪明的人们想出了神力 — 权力交接的许多替代性程序。如用替代者献祭,用祭品生命中蕴含的灵魂与神力向高等级神灵或至高神贿赂,交换某些利益,以豁免某些"人神"定期交出权力的责任。

在民间神话传说中,瑞典国王奥恩每九年献祭自己的一个儿子,然后继续任职,直到献祭第十个儿子,瑞典人不允许了,国王只能去死。古希腊国王任期只有八年,任期满了,国王需要到山上住上一个季度,与宙斯交谈、相处,获得新的神力再继续任职。在巴比伦地区,国王任期届满,会选一个人代理他的职务,享有他的一切,包括他的后宫,到时候再杀死代理者,国王再继续任职。[1]

这其实都是古代人借着神力与灵魂可交换的思维,借着神力不

---

[1] [英]詹姆斯·乔治·弗雷泽《金枝:巫术与宗教之研究》,徐育新、汪培基、张泽石译,大众文艺出版社,1998年版,第409-414页。

可违抗的观念，来表达真实的意图。杀神，限制国王掌握权力的时间，这是社群成员、国民中的精英特别是长老阶层的愿望，而掌握政权或者神权的人，通过献祭设定，牺牲他人性命，贿赂神秘力量，使得自己获益，国王、大巫师借此延长自己掌握权力的时间，但也对任期制度表示了尊敬和顺从。在这个权力结构中，博弈双方都发展和强化了神话思维，让神力和灵魂可以流动交换的观念变得更加"有用"。

在现代奇幻文艺与神幻小说中，将某个生命拘押在献祭台上，获得某个大神释放的力量，通常是反派人物才会做的事情。但也常见神幻小说主角通过消灭正在作法献祭的反派人物，获得他献祭祈求的利益，如获得强大的力量或者法宝。这些写作的变通手段，带着"有便宜不占王八蛋"的实用主义思维，其实令人不快，这也侧面说明，神力和灵魂流动思维的背后，是人的欲望。

《牧神记》则做了变通文章，通过变通的祭品——以敌人的生命进行祭祀，把魔王召唤到自己的世界帮助自己杀敌，或者借助于祭祀和传送阵法，把自己当成祭品"交换"另一个世界的魔将，进行等量的能量交换，自己进入另一个世界寻求神通的进步。如此，祭祀又是可以接受的了。所以不在于祭祀是否合乎人类基本伦理，而在于以什么为祭品才合乎人类基本伦理。但是这其中的等值交换的原则却难以变化，祭品贵重则献祭活动获益较大，祭品贱弱则献祭活动获益较小。

更为常见的祭祀活动，是人们为了公共利益而向大神祭祀，祈求保佑。由于神具有强大的超自然力，神的生死循环与自然的循环存在紧密的关系，以祭品祭祀神的死亡与复活，可以祈求自然正常有序地循环，五谷丰登，风调雨顺，他的祭祀与复活庆典，可以成为全民参与的重要节日。

在古代埃及，人们每年举行纪念仪式，演绎谷物之神奥锡利斯的死亡与复活。人们把象征奥锡利斯遗体的动物肢解开来，分散在不同的地方，让他的"变体"携带的神力保佑、加持谷物生长。[1]

这种祭祀习俗，在古代世界各地都很常见。因为拥有超自然力的角色可以自由转化生命形态，因此杀掉能够代替神的人或动物牺牲品，以祭祀神灵，参与祭祀的人们把神的各种替代品当作圣餐吃，就能吸收神的一部分神力、灵性、善恶秉性、体质特性。

基督教、天主教的复活节亦根源于此。基督教、天主教世界的人们领圣餐时，吃象征着"主"的肉体的饼，喝象征着"主"的血的葡萄酒，通过这个程序，体验主和信徒的统一性，在精神上加强人群的连接，让社会成员得到强大的精神力量和安宁感。

中国许多节日的产生也都与祭祀神灵和祖先有关，春节、清明、端午、中秋等节日，人们要吃一些特殊形状、质地、功能的食物，与我们的神以及众神的后裔建立连接。这些宗教或文化仪式能够沿用至今，不仅仅是一种习俗的惯性使然，也不仅仅是一种宗教的需求使然，这也是人们跳出现实世界，到神灵世界、到自然节气中去放飞灵性的举动，这同样是神话思维"有用"的实例。

而在奇幻文艺、神幻小说的阅读体验之中，人们在想象中与古老的神灵建立了各种关系，让神灵附体于己，从而强化了自己作为众神后裔的身份，对于某些读者，习惯性阅读神幻小说亦成为一种没有仪式的祭祀活动。

---

[1] 参见[英]詹姆斯·乔治·弗雷泽《金枝：巫术与宗教之研究》，徐育新、汪培基、张泽石译，大众文艺出版社，1998年版，第535-711页。

第四节　绝对力量决定论思维

创世神话和一神教中的主宰神拥有绝对力量，他们可以宰制我们活蹦乱跳的欲望，可以统治人类精神秩序。对于人类来说，主宰神是高居人类之上的不可违抗的他者。

神幻小说代表着现代人类的冲动，凡人主角追求拥有绝对力量，经过修炼成就"神我"，自成主宰，自我信仰，这是原始的绝对力量思维与现代人自我意识的融合，也是凡人比拟神的主宰身份和功能为自己立法。

古代主宰神话与神幻小说都具有绝对力量决定论思维，都可以满足信仰的需求，但两者又是两种信仰状态，前者是他者统治，后者是神我自主，这是一种精神对立，是两者在观念上的最主要的差异，也是古代神话与人类神话的重要区别。

一、主宰大神三要素

无论是古代主宰神话的他者，还是神幻小说中的神我，主宰大神都具有三要素。

其一，他们天然具有绝对力量或经过修炼—战斗—成长而拥有绝对力量。

他们的权力来源、事迹、职业个性都源自绝对力量，他们拥有世界上最大的、最有决定性的力量，他们是解决最终问题的关键，他们的愿望和意志决定了故事的走向和最终的结局。

绝对力量具有神秘性,在远古神话、巫术、宗教神话和神话文学中都有显著体现,相对于日常生活和实证性知识谱系,绝对力量的显现,有许多神秘之处。何以上帝有能力创造世界?何以盘古可以开天地?他们为何能够拥有绝对力量呢?等等,不可解释。正因为具有神秘性,不可解释,主宰神才成为信仰的对象,因为信仰无须解释,能够具体解释力量来源的,就不可信仰。

古代人类以及一部分现代人类,需要自己崇拜的对象具有不可解释的伟大的神秘力量。人们通过祭祀、祈拜、吟诵、歌舞等象征性仪式,用咒语、手印、身体姿态发出特定信息,向特定的神祇和力量源泉祈祷,祈求神秘的绝对力量发生作用,祈使神按照人们的愿望,操纵世界上的万事万物,改变个体或者群体的命运。因此,神秘的绝对力量又可以通过特定途径进行沟通,祭祀的仪轨仪式就是绝对力量的神秘性和可操纵性的融合。

而在神幻小说以及奇幻电影中,绝对力量的神秘性却是一种秘密的药剂,可以增强我们情感体验的兴奋度。在神幻小说主角的修炼战斗过程中,我们对生命内部的神秘力量的活动更有"真情实感"。但主角成为创造世界、主宰世界的大神,仍然是因为他们拥有神秘的绝对力量,他挑战谁,最终都能成功,而谁挑战他,最终都会失败。

其二,他们凭借绝对力量创造出解决最终问题的神奇事迹。

超凡的神迹是神话的固有内容。在古代神话或者神幻小说中,大神使用绝对力量,做出神奇性、奇异性、震撼性的行为,达成了目标,就创造了神迹。神迹应该是背反人类日常经验,脱离自然力作用范围的。能够令信徒(或粉丝)震惊叹服的那些事迹,才足以称为神迹,大神才是值得信仰的大神。这不是因为神话创作者无知或狂妄,而是因为人们需要这样的绝对力量的显现。

神幻小说主角的神奇事迹,既有对远古神话、主宰神话故事原型的变形再造,也有凭空独创的神迹。每一部成功的神幻小说,都有其独特的世界架构、修炼功法、法宝、主角与反派进行战斗的独特事迹。人们对神幻小说主角的要求,常常与对奥丁大神和盘古的要求是一样的。

其三,他们拥有独特的主宰神职业形态。

主宰神的神迹应该体现出独创性或首创性,大神应该显示出独有的修炼、战斗和创造的职业能力及职业特征。上帝创造了世界,用亚当的肋骨制造夏娃,后羿弯弓搭箭射下九个太阳,女娲用泥土造人,等等,这些独特的奇异事迹,都具有开创一个独立的神话体系的力量,它们是不可重复的,也很难轻易放进别的神话体系中去。

同样地,神幻小说主角若是能够成为主宰,也应该有独特的职业表现,如《盘龙》《星辰变》的主角都打破原有宇宙的藩篱,凭借独特的神通创造了自己的宇宙。

二、人类需求推动主宰神的形成与发展

我们应该牢记,这样的主宰神是人类为了自身的需要而创造出来的 —— 人类需要一个凡人之上的主宰,于是赋予了神绝对力量和主宰地位。

能够主宰世界的大神是哪里来的?当然是我们的愿望塑造了他们。我们需要这样能够裁决凡人无法自决的事物、让我们感到安全的神。他应该具有高高在上的神性,温柔、多情善感不是用来形容

主宰神的，主宰神强大而不由分说，只能听从，不能反抗，所以他主宰的世界才能井井有条，只有这样，才能解决秩序问题。主宰神对凡人有怜悯之心，却不可与凡人平等。——那是因为凡人绝不允许大神与自己平等。

依据人类的精神需要，神话叙事中的大神变得越来越伟大、正确，神通不可限量，因为神有用，所以他不断被人们增魅，塑造其伟大事迹，因为他伟大，他就更加有用。在许多神幻小说中，主角从凡人起步修炼，但是目标却是成为令人信服的创世主宰大神，最终，主角的神性可以支配人性，神格高于人格。

我们可以看到，人类所造之神的神性、力量等级、公共性，是随着社会需要不断发展、不断升级的。

当人类还处于部落和部落联盟社会时，人们需要的大神是图腾神灵，他是部落和部落联盟专属的祖灵或者动物大神，能帮助部落打赢部落战争，能促进部落繁衍后代，有不凡的神迹，有独特的图腾。人们通过祭祀活动与氏族大神的力量保持一体化状态，以强化氏族意识，而祭祀活动也在不断强化图腾神的神秘性和独特性。

比如华夏神话就经历了转型升级的过程，在开始阶段，华夏部落联盟祖先以花为图腾，祖灵是华胥，是伏羲氏的母亲，因为这是母系社会，人们需要伟大的母神，以促进人类的团结。后来进入父系社会，祖神逐渐男性化，三皇五帝的作用上升，神力越来越大，战斗性、征服性不断增强，祭祀仪式也不断得到重塑，向着国家祖灵崇拜的方向发展。

绝对力量决定论也进一步催生了英雄神话，半神半人的英雄更具有战斗性，且以男性主角为主。英雄有不平凡的出生和曲折经历，在危难中拯救氏族，成为氏族的希望。在中国远古神话中，后羿神话和大禹神话可以算是英雄神话,中国少数民族三大英雄史诗也是英雄神话,他们的共性是战斗技能与战斗神通得到了空前强化。

而网络神幻小说的主宰神形象塑造,受父系祖神和英雄神话大神的影响极大,几乎每一个主角都很能打,打败所有的对手,最后成为最能打的大神,爱与宽恕的力量较少得到体现。可以说,这是在绝对力量决定论思维驱策下的男性神话叙事。也可以说,网络文学中的人类神话,男权意识还是很强烈的,也许我们需要更多关于女性的人类神话,我们需要更多的母神,来对我们的神话世界进行平衡。

三、神权与权力制衡

在有些社会中,国王兼任着大巫师的角色,或者最高巫师兼管人间的行政权。人类社会实践证明神权与世俗权力不能集聚于人类个体一身,所以人类社会发展出神权与世俗权力分离的局面,以形成权力制衡,否则会由于个体的错误导致整个社会的灾难。这样,绝对力量就更多地由宗教神权所代表、所施展。

在信奉多神论的社会,虽然有职业宗教人员,但每个人都可以认为自己具有超自然能力,人与神的界限是模糊的。随着创世神话的诞生和社会发展的推动,逐渐出现一神宗教,人们塑造了能创造世界和人类的创世神,赋予他主宰神的地位,他是唯一具有绝对力量的神,凡人越来越成为服从于神的仆人。这样,绝对力量和信仰事务的代表权与解释权,就越来越为一神教的神灵和神职人员所独享。这样一来,宗教信仰对人类的宰制作用更强,但也形成了神权欺凌。

两千年来，人类最重要的教训就是，绝对力量决定论思维使得神的塑造向两个极端方向发展，构成了难以挣脱的精神枷锁。

一是原始神话的大神向一神教的至高神发展，其信徒企图让全人类只信仰唯一的神，消灭异教徒，统一塑造人类灵魂，这导致连绵不绝的宗教统一战争和对思想异端的清洗，禁锢了人类自由创造的精神，让人类文明停滞不前乃至倒退。

二是人们在挣脱神权的过程中，让国家主义的"国家"接管了绝对力量叙事，"国家"成为至高神，国家叙事成为宗教神话叙事，国家至上信念被人格化，国家领袖成为绝对力量和绝对权力的代表，接过了全能神的最高裁决权，其信徒把国家和领袖当成是信仰对象。国民甘愿赋予国家无限权力，无限压缩个人权力，个人只能成为谦逊服从的国家信徒。国民把绝对力量看成是国家的必然属性，企图建构一个不可战胜的国家。这样的国家会摧残个人自由创造的能力，并走向军国主义和对外战争，成为世界公敌，带来历史性灾难。

这两种绝对力量决定论思维的极端形态下，都不允许任何个人性的超自然叙事或神话创作，都不允许民间迷信自己独有的神力偶像。世界被划分为至高神——国家领袖及其权力执行者、代理人一方（统治、塑造，履行统治、精神塑造功能）与凡人——平民一方（被统治、被塑造，扮演良善幸福的顺民角色）。

在人类历史的各个时期，人们都能意识到，部分人垄断绝对力量的信仰是坏事，会导致根深蒂固的不公平，会禁锢人类的创造力，会造成深重的历史性灾难。然而不幸的是，这样的灾难总是会一再出现，好在人类也一再从历史的废墟中爬起来，从思想禁锢中解放自己。

四、多神竞争与精神自由观念

欧洲文艺复兴初起时,漫天漂浮怪力乱神的故事,这其实是建立自由社会、科学昌明社会的必要前提:拥有信仰的自由,创造想象——体验知识谱系的自由,才能有科学研究的自由,神话思维的解放带来科学思维的解放,这正是欧洲神秘主义文艺产生、发展的重要历史背景。巫术性(如德鲁伊、女巫、魔法)想象,在中世纪被强势的宗教裁判所打压,但最终自由的神灵赢得了精神上的战争,消解了一神教绝对力量信仰的垄断。

在中国古代社会,许多朝代统治者并不鼓励怪力乱神想象,但很少企图垄断绝对力量信仰,只是为了统治安全,才会对某些宗教做出限制,可以说普通中国人一直保持了"巫术思维",统治者也并不禁止官员在闲暇时期,创作、阅读、传播妖魔鬼怪故事闲书。这其实是中国皇权统治者的明智之处。对人类的精神领域过度干预,令人失去自由,会导致强烈的反抗,增加统治成本,反而无助于建立皇权社会的君臣、官民的恩义链条,对巩固权力并无好处。

人类社会的实践,已经形成了对待绝对力量思维的有益观念:让主宰神自由竞争,单一神祇宰制世俗社会的能力就小了,可以避免很多灾难,人类也更有创造力。在好莱坞电影、美剧、英剧、日本动漫、电子游戏等大众文艺中,众神云集,自由竞争,皆因为人类知道这样的神话叙事更有好处。

如此一看,神幻小说中改良后的绝对力量叙事就大有用处,这种神话思维是进化版的神话思维。

在神幻小说中,神大多是凡人经过修炼而成长起来的。在神幻小说数百万字篇幅中，开始阶段，多数是英雄神话的形态，主角修炼掌握强大的神力，建立功勋，获得荣誉，拯救门派或国家。后来，随着神力的增长，主角开始创造世界，向着创世神话的形态转化。

而这些世界并不是我们的现实世界，而是想象中不计其数的平行世界，犹如我们每一个人自身的大脑，它们的神经通路足够多、足够长，能容得下所有的翻江倒海的念头，足够每一个有追求的凡人大展宏图。许多神幻小说揭示了每个凡人都可以经过努力修炼而成为神灵的信念，捍卫了每个人创作、体验、信仰绝对力量的权利，认识、建构自然与社会秩序的权利。这也揭示了一个真理，其实人类的欲望才是神话世界的最终的造物主，人类欲望才是真正的绝对力量。

造神大户——中国网络文学，真正呼应了托尔金神话以来的、好莱坞电影大力推动的现代造神运动。这就回到了远古神话如古希腊神话的状态，回到了一神教产生之前万神林立、万神竞争的状态。恢复了神话的造神功能，就把人从单一神祇的精神奴役中解放出来。希腊神话、神幻小说，这些欲望叙事形态的神话，有助于人类建构有弹性的精神世界。

好莱坞电影、神幻小说一再向人们证明，打破一神教思想禁锢的，仍然是人类对绝对力量的需要和信仰，在与一神思维的战争中获得胜利的是多神竞争的思维，但仍然是神话思维，而不是科学思维，精神战争的赢家是人性而不是科学性。

第 五 章

神话叙事的
创作方法与策略

神话叙事具有显著共性，都是表达人类个体愿望的欲望叙事，具有相似的愿望 — 动机 — 行为主题谱系，故事的核心关切是主角所代言的人类个体欲求能够得到满足，以此赢得受众的情感认同，满足大众读者的情感体验与补偿需求。通常神话叙事也会以社会通行伦理规则，对欲望表达进行平衡与整合，向大众伦理准则以及由此而来的阅读预期靠拢。

神话叙事的基本任务，决定了它适用的创作方法与创作策略，铸造了它的基本形态和功能，也为一般大众文艺创作做出了示范。

第一节　人类的一般愿望与神话叙事的愿望主题

在神话叙事或大众文艺创作中，确立作品的愿望主题，构设主角的任务目标——他要什么？他将如何做以达成目标？这是作品立足的原点，是首先要明确的叙事要素。

人类的需求产生满足需求的愿望，人的情感活动围绕着自身需求的满足状态而进行反应，并驱动人类围绕愿望达成的目标而行动，因此愿望的主题总是连接着相应的情感主题。在神话以降的文艺创作中，表现为主角的愿望 — 动机 — 目标 — 行动 — 结果以及情绪反应的链条,这是大众文艺作品的基本故事情节构成。

我们首先要梳理人类的一般需求和愿望,从精神分析心理学与行为主义心理学以及进化论出发,探讨人类的需求、动机和故事愿望主题。

一、从精神分析理论出发的愿望主题认知

精神分析学派重视个体发展各阶段的成长问题,特别是婴儿期、青少年时期成长任务与发展障碍对人的需求—动机形成的影响。

1. 性本能与生存本能

精神分析心理学创始者弗洛伊德在《梦的解析》《图腾与禁忌》《创作家与白日梦》等著作中阐释了他的需求—动机理论。弗洛伊德认为,性欲及其能量(力比多)是生来即有的动能,在婴儿期就有性欲表现,在青春期性意识觉醒,对异性的兴趣增强,产生与异性结合的愿望,这一愿望支配人类追求爱情,做好婚育的准备。弗洛伊德早期认为人类有两大基本本能:(1)性本能。(2)生存本能,包括安全本能,但生存本能仍是为了繁殖后代而存在的,所以性本能处于核心地位。后来他又认为人类有攻击与破坏本能。

弗洛伊德学说强调性本能对人类行为具有决定性影响,这些影响有时人们能意识到,有时则在意识内潜隐,对性欲过分压抑,会导致心理创伤和各种复杂的精神病患。弗洛伊德还认为,通过对性本能进行升华,可以推动文学、艺术的创新进步。

后来的批评者对弗洛伊德的泛性论提出了很多批评,原初追随弗洛伊德的 C.G. 荣格、A. 阿德勒、K. 霍妮、H.S. 萨利文等人意图纠正弗洛伊德过于偏执性本能的倾向,认为性本能只是人的本能的一

个普通方面，人类生命力驱动着人类追求爱和发展，这是更重要的需求。

人类追求爱与发展，固然有自我完善的动机，但并不会脱离人的性本能，不会脱离人类个体繁衍、养育后代的根本任务。人类自我完善与改善社会环境的努力，在整体上可以归结为：为后代创造一个更美好的社会，以利于后代的生存发展。因此我们在今天仍然可以说，性本能和生存本能是人类动机的主要驱力，决定了人类个体的基本愿望——行为模式。

从进化论、自组织理论视野来考察人类欲望——动机系统，可以发现人类生存的基本事实：人类生命体为繁殖后代而生、而自我发展，完成基因遗传任务即走向衰老、死亡。至少在青壮年时期，性——繁殖后代的欲望是人类行为的主要支配力量，驱使人类个体不断奋斗，不断增强自身力量，努力获得财富、权力、爱情，以保障个体在种群繁衍链条中的任务得以完成，并从中获得快感激励和自我肯定的情感。

人类围绕性本能和生存本能发展出来的各种生命机制，如快感激励机制，是数百万年进化而来的宝贵机能，要正视人类基因遗传伟业赋予个体的根本任务及其对个体需求——动机系统的支配性作用。是男欢女爱的欲望和创造性地为性爱赋魅，让人类成为高等级生物。没有性本能、生存本能，人类就是没有动力的木偶，人们就不会为了繁衍后代，兴致勃勃地艰苦努力，力争生存资源，力争安全文明的生存环境，就不会有血缘情感和恋人情感，就不会为了家人、故乡和祖国而战斗，也就不会有民族、国家的各种功能。一个一个关心自己的欲望如何达成的俗人，都是人类基因传播的链条上的重要一环，是无数的俗人繁衍了人类的庞大种群，立下了无声的功勋。

欲望没有好坏之分，行为才有好坏之分，只有损害他人权益的行为才是应该被反对的，但并没有天然不正确的、应该被禁绝的人类欲望。承认人类的基础欲望，与我们应该追求超越性目标，建构更好的自己并不矛盾。

这个时代，对于人类历史只是短暂一瞬，然而二三十年来人类社会发生了一个重大变化，人们还未予以足够重视。那就是全世界所有的发达地区或城市化地区，人们不婚不育现象日益严重，更令人担心的是人类的男欢女爱欲望和行为的数量、质量显著下降，而社会发展滞后的地区，生育率却继续狂增。

此时此刻与往时往日似乎没什么不同，但是人类种群结构和文明结构却正在发生惊天巨变，这显然与现代社会的生活环境有关，也与如何对待欲望有关，与人类追求欲望达成的行为模式——文化意识有关。我们要审视针对男欢女爱的贬低性文化伦理意识，对文学艺术处理欲望主题的范式进行反思，搞清楚它们对人类繁衍行为究竟起到了什么作用。这种低欲望城市景象，提醒我们应该重视欲望的正当性阐释，要反思欲望表达和伦理平衡的许多课题。

这也让我们想起了原始人类为了鼓励欢恋、生育所进行的神话创作和祭祀仪式，并设问：今天的神话叙事又应该如何强化爱情信仰，激励人类男欢女爱的热忱呢？人类种群结构和文明结构的巨变，必然会在神话叙事中引起波澜。

2. 不同成长阶段的核心任务

心理学家埃里克森的心理社会发展理论，承接了弗洛伊德理论，并有自己的拓展。他在《童年与社会》和《同一性：青少年与危机》中阐述一个人的发展有八个阶段，每个阶段都有相应的核心任务，每个阶段都具有不同的需求——动机形态。当核心任务得到恰当的解决,就会获得较为完整的同一性,而停滞和适应不良就会带来精神危机。成功解决一个阶段的危机,会让人们对下一阶段的同一性问题做好准备。他的发展理论对婴儿期与青春期的欲求——动机的阐释尤为精良。

婴儿期(0—1.5岁),面临基本信任和不信任的心理冲突,父母适时满足婴儿的生存和爱的需求,婴儿就会建立信任感,而信任感有助于增强自我的力量。

儿童期(1.5—3岁),面临自主与害羞(或怀疑)的冲突,儿童掌握了大量的基础技能,开始"有意志"地决定做什么或不做什么,这个时期也是养成自我控制能力的时期。

学龄初期(3—6岁),面临主动精神对内疚的冲突,此时幼儿表现出的主动探究行为受到鼓励,幼儿就会形成主动性,这为他将来成为一个有责任感、有创造力的人奠定了基础。如果幼儿的独创行为和想象力被嘲笑,那么幼儿就会逐渐失去自信心,形成被动型依赖性人格。

学龄期(6—12岁),面临勤奋对自卑的冲突,若儿童在学校教育中,能顺利地完成学习课程,就会觉得自己是勤奋的,对今后独立生活和承担工作任务充满信心。反之,就会产生自卑感。

青春期(12—18岁),面临自我同一性和角色混乱的冲突,青少年本能冲动高涨,又面对新的社会要求和社会冲突,因而感到困扰和混乱,迫切需要建立新的同一感,塑造自身形象,建立自身在社会集体中的情感位置。如果他所处环境剥夺了他获得自我同一性的种种可能,就有可能导致青少年对社会产生不满,产生抵抗情绪,甚至产生犯罪冲动,宁做坏人,也不愿做角色特征不明的人。

而成年以后,具有自我同一性的青年人,才敢于把自己的同一性与他人的同一性融合一体，进行恋爱婚育行为，从而获得亲密感，并完成繁育后代的任务。他们将会关心他人，承担社会责任，展现自身的创造力。[1]

埃里克森学术对人生阶段划分有点机械，人类个体发展历程具有不确定性，个体差异会导致其目标和愿望产生的进程不同，而且有些阶段的"核心任务"并不会在这个阶段完成或终结，而是会成为终生的任务。如获得创造力、获得个体意志支配下的执行力、追求自信和自尊情感，都是终生的任务，无论幼儿时期完成得好坏，都需要终生完成这些答卷。但是，埃里克森提出的问题是极有意义的，我们也确实可以在大众文艺特别是青少年读物的愿望主题中，找到对埃里克森发展理论的印证。

神幻小说主要面向青少年群体，人物在追求超能力等级提升、在修炼和战斗的过程中，寻求伙伴，建立友谊和信赖关系，追求成功和成长，形成个性和自我同一性，获得自尊和自信，建构人格魅力。这些青少年的主要愿望，显然都是神幻小说的重要主题。

二、行为主义心理学家马斯洛揭示的愿望主题

行为主义心理学家马斯洛在《动机与人格》与《自我实现的人》等著作中，把需求分成生理需求、安全需求、爱和归属感、尊重、自我实现五类，后来又增加了自我超越需求。马斯洛需求理论体系，对于说明需求——动机产生的个体差异和社会文化差异也具有重要作用。

---

[1] ［美］埃里克·H.埃里克森《同一性：青少年与危机》第三章与第四章，孙名之译，中央编译出版社，2015年版，第62-156页。

生理需求,如呼吸、水与食物、睡眠、生理平衡、性以及生命系统的运行所需要的一切,是推动人类行动的首要动力。这些需要满足到维持生存所必需的程度,其他需要才能成为新的激励因素。

安全需求,如人身安全、健康保障、拥有财产资源、道德保障、工作职位保障、家庭保障,同样属于基础性需求。缺乏安全感时,觉得世界是不公平的或是危险的,倾向于认为一切事物都是"恶"的,情绪紧张不安,防范心理上升,以保护自身安全。

情感和归属需求,如对友情、爱情以及对社会组织的需要,与一个人的生理特性、经历、教育、宗教信仰都有关系,也可以表述为社交需求。情感和归属需求缺乏时,会怀疑自身价值,青少年为了融入社交圈中,会参与集体作恶,以强化集体归属感。

尊重的需求,如自我尊重、信心、成就、被他人尊重等需求。人们希望拥有稳定的社会地位,个人的能力和成就得到社会承认,能够确认自身在各种不同情境中表现出能力和独立自主,受到别人的信赖和高度评价。尊重需要得到满足,会使人自我肯定,对社会充满热情。尊重需求无法得到满足时,会变得容易被虚荣心所吸引,青少年可能利用暴力来证明自己的强悍。

自我实现的需求,希望具备道德、创造力、自觉性、问题解决、公正度、接受现实的能力。达到自我实现境界的人,能自我肯定也能公正评价他人,能完成与自己的能力相应的任务,激发自身潜能,并从中得到快乐,能追求真善美的至高人生境界。自我实现需求不能满足时,觉得空虚被动,容易被偏见左右。

马斯洛论述的五种需求中,生理需求、安全需求和情感需求属于低级需求,可通过改善外部条件予以满足,而尊重的需求和自我实现的需求是高级需求,需通过内部努力才能满足。而且,一个人对尊重和自我实现的需求是无止境的;同一时期,一个人可能有几种需求,但总有一种需求占支配地位,对其行为起决定作用,一种需求得到满足时,该需求就不再是激励因素;各层次的需求相互依赖和重叠,次序并非固定,也有种种例外情况。

马斯洛后来提出自我超越的需求,是人们追求自我实现之后的"高峰体验",在经过努力完成一件艰难任务时,才能深刻体验到这种感觉。如艺术家在圆满完成自己的作品时,那种强烈的忘我体验和圆满体验。

马斯洛还认为,一个国家多数人的需求状态,是同这个国家的经济发展、科技发展、文化和人民受教育的程度直接相关的。在发展中国家,生理需求和安全需求占主导动机者更为众多。在发达国家,追求尊重的需求和自我实现的需求满足者更为众多。批评者认为这些言论有种族主义之嫌,但其实在前现代社会,文学的愿望主题更多表现为财富、权力愿望和安全愿望的达成,如明清小说的愿望主题情形,而在现代社会的文学艺术中,自我实现的愿望主题更为多见却是事实。

三、神话叙事或大众文艺主题

上述两种理论视野揭示的人类动机——愿望,在文艺创作中交叉融合为一些基本的愿望主题。

人类生存和繁衍后代,最为需要的目标物是财富、权力、爱情和安全感,这是所有的神话叙事——文艺创作的永恒主题。而在现代人的意识中,确如马斯洛所言,人们更重视获得自尊感、归属感,追求自我实现,追求超越性目标,获得成功才能让人们自我肯定,为自己的状态感到欣慰、感到幸福。在现代大众文艺中,这些愿望都是支配性的愿望,与权力、财富目标同样重要,都能够驱策人物选择相应的任务目标,采取行动,达成所愿。

而这些愿望又都是"可及"的愿望,是经过努力,就能够在现实生活情境中达成或部分达成的愿望,所以是各种类型文艺作品都可能有的愿望主题,是都市、历史类小说中常见的主导性主题。

而在神话叙事中,除了可及愿望主题,更为重要的是不可及愿望主题的表达,是在现实生活情境中,即使努力加上好运,也是不可能实现的愿望,如拥有超能力、长生、成神成仙、创造世界、主宰世界的愿望。正因为是不可及的愿望,所以才是更为深沉固执的愿望,是人类针对自身局限性所做的想象中的突围。它们是神话叙事的内在驱动力,是主导性主题,这些愿望只能存在于神话叙事之中,需要超现实的世界环境,才能充分达成这种愿望的满足。

在大型神话叙事——神幻小说中,可及与不可及愿望经常是相互交叉融合的,又以幻想性强的不可及的愿望主题为主,在主角追求长生、获得超能力、成神成仙的主线展开过程中,也可能展开主角追求权力、财富、爱情目标,追求荣誉和群体归属的副线情节。

在现代大众文艺包括神话叙事中,自我实现、追求超越的愿望主题的主导作用越来越大,这是与古代大众文艺的显著区别。有些超长篇网络小说中,超越性主题越来越成为强大的支配性力量,如人类神话的代表作《间客》《牧神记》《修真四万年》《诡秘之主》等作品,其主角行为的支配性愿望,可能故事开始时是努力取得神力成长,获取权力、财富、爱情目标,而在主角的奋斗过程中,追求自由、平等、公正、正义的现代性社会理想的愿望主题,追求自我完善、自我超越的愿望主题,逐渐成为主导性主题,并在主角艰苦卓绝的奋斗中得以实现。

这些主角既不是人间的饮食男女，也不是一般奇幻、玄幻类小说主角——经过修炼而成为主宰世界的神灵，而是为社会理想而战斗的铮铮英雄，演绎着超越世俗生活的壮怀激烈、豪迈洒脱的人生故事，令人怦然心动，让读者得到高峰体验，让人觉得人类正在上升，正在突破人类品性的局限性，这在人类精神建构中起到了引领作用。

我们并不清楚人类愿望的全貌，文学作品已经表达或将会表达的人类愿望，其丰富性、其个性化、其细致具体的状态，永远是理论总结不能全面企及的。如果文艺创作可以发掘出尚未被前人表达过的人类愿望——哪怕是一个具体的生活细节的愿望，一个想象中的人类个体愿望，那都是对人类文明的重要贡献。因为，愿望是创造的先声。

第二节　神话叙事的愿望达成创作方法

人类的多数愿望在生活中是难以达成的，一个人即使已经达成了许多愿望，没有达成的愿望还会更多，因为我们人类只有不断产生新的愿望，才会不断努力向前，获取个人幸福，推动社会发展。

比如人类的生存——长生愿望，不断推动着科技进步、医学事业的发展，从而显著增长了人类寿命。人类的长寿趋势显著影响了社会发展，人们普遍长寿了，晚婚晚育才成为可能，受教育时间才能显著拉长，则社会进步、科技进步也会因此明显加速，这又进一步延长了人类寿命。一百多年来，一般人类的平均寿命已经从二三十岁提升到了七八十岁，并将继续得到显著提升，因为人类会继续渴望长生。

而人类不断追逐远方目标的驱力和行为，恰恰是神话叙事的生命基础。

一、白日梦机制与愿望达成创作方法

对于人类个体来说，既通过现实的努力来追逐愿望的达成，也通过幻想来"实现"目标，如我们在第三章《神话叙事的创作动机》中所述，人经常处于幻想——白日梦之中，这种幻想有着两个显著作用：为在现实生活中达成愿望，寻求可能的创想或预案；在幻想的满足中，获得情感体验和补偿，帮助人类建构更好的自己。

依据当代脑科学、心理学研究成果，人们认识到，白日梦是生命体自组织的不可或缺的精神活动，是人类进化的结果，是人类普遍具有的重要机能。白日梦不是对现实的逃避，而是对现实感受的重构，也可以是对未来的一种愉快展望。白日梦既是自由发散的，也具有可控性，它围绕人们的欲望满足而蔓延成丘陵、森林、星辰、大海。

在白日梦中，人们创造虚拟世界，体验各种超越现实可能性、突破现实障碍的成功。白日梦让人们在现实生活中受阻的愿望得以达成，让人获得心理满足。它把精神创伤通过"变形"的幻想情节"置换"为愉悦性体验，因此它可以随时化解心理危机，保护我们免遭挫折沮丧情绪的打击。它也经常激发创造灵感，提升人们的创造力水平，耽于白日梦的人，很可能更为聪明，更有创造力。

我们可以认识到白日梦的动机、构成及其精神效应，与神话叙事创作或大众文艺创作非常契合。神话叙事乃至整个大众文艺的故事形态，通常都是超现实的、神奇的、胜利进行时的，意在把不如意、挫折、精神创伤通过"变形"的幻想情节"置换"为愉悦性体验，这是神话叙事作品构成的底蕴。

比如人们渴望速度与高度，在梦中努力飞翔，却总是飞不起来，或者被障碍物所阻挡，然而在白日梦或神话叙事中，人们却能一飞千里，这样就构成了许多神话和神幻小说的经典场景：经过修炼，人们能够长距离飞翔，这是成仙的标志之一。

人类时时感觉到自己的无力和无能，能做到的事情太少，所以，神话叙事中人类总是能够通过特殊机遇和途径获得超能力，变得无所不能。

人类的第一序列的欲望是生存和繁衍的欲望，但人类生命体是有时间局限的，被"设计"成基因传播载体所需要的长度。古代人类平均寿命二三十岁，刚好够繁衍一代，之后就会衰朽，现代人类长寿了很多，但仍然难以逾越一百岁这个设定值，一般可以完成两代后人的繁育。所以在神幻叙事中，人类个体在生存欲望的驱动下，通过修炼获得长生不老，衰朽时能够返老还童。

人生苦于被动，被环境所左右，被竞争者所压迫，人类个体无论在原始丛林还是在都市丛林，都有深刻的生存恐惧和焦虑，都有深沉的敌人想象。所以，神话叙事中，人们总是能够化被动为主动，战胜敌人，把恐惧与敌人化作怪兽想象，并能够战胜和驯服之，让世界围绕自己的意志转动，享受操控感和安全感。

让主角经过奋斗，超越现实可能性，突破现实障碍，获得愿望达成的成功，以此构成故事，是自神话以降的大众文艺实践中自然形成的创作方法。神话叙事与人类的白日梦是同源同构的，它把人类白日梦的各种景象更集中地表现出来，使它们更有魅惑力，更具有显见的治疗作用，更有激发人类创造力的作用。所以，我们可以明确：愿望达成创作方法就是神话叙事或大众文艺通行的创作方法。

在神话叙事中，愿望达成创作方法的突出表现之处在于，生活中不能实现的愿望，就一定会顽强地反复成为愿望主题，如主角追求永生、成神、创造世界的愿望达成的过程，是神话叙事的永恒主体构成。创作者与受众合谋让主角达成各种非现实的愿望，以愿望达成的激情体验为高潮性结局，以补偿人们的生活缺憾。

网络文学的神话叙事有着基本的白日梦——愿望达成的范式：故事主角怀揣着自身的愿望，确立每个阶段的任务，通过修炼变得强大、获得长生，在神奇的超现实情境中，在伙伴的帮助下，经过努力，战胜了敌人，克服了阻碍，实现了自身的愿望，把所有的挫折、屈辱、沮丧，都转换为胜利的狂喜，得到情感满足，并继续滋生更高的愿望——成神，进而主导世界秩序，创造自己的世界，最终到达人类社会或者神话世界的顶峰，获得自我肯定的欣慰感。在人类神话代表性作品中，这种范式同样是通行无阻的。

现实主义文艺中，人物愿望的达成会受到现实生活逻辑情理的规约。批判现实主义作品中，通常以主角追求愿望达成的失败，来展现现实社会的本质困境，揭示社会生活的不合理。这与神话叙事的志趣是相反的，在神话叙事中展示的所有困境和不合理，都是为了给主角增加成功的难度，而主角一定会经过努力和好运加持，获得胜利，从胜利走向胜利，这就给人以快慰，增强对某些人类品质的信心。

在部分宣扬积极向上的现实题材作品中，主角的愿望也会得以达成，从胜利走向胜利，并以最大的胜利为作品高潮与结局，以此歌颂现实生活。其创作方法已经脱离现实主义文学反映"生活本质真实"的志趣，而靠近读者的愿望情感倾向。所以，在歌颂现实的作品中，真正有效的创作方法与神话叙事一样，是愿望达成创作方法。

有些悲剧性神话叙事作品以主角的失败而告终，但是读者和观众却感到满足，是因为主角的失败正是他们的愿望所在，是读者和观众的愿望在故事中得以达成。如希腊悲剧《俄狄浦斯王》，主角因无意中犯下杀父娶母的大罪，因此被命运狠狠地处罚，欲望和伦理的冲突得以解决，观众的紧张感松弛下来，获得愉悦，并觉得自己在伦理观念方面具有优势，感到自己的精神结构是稳固的，因此欣慰自信。

愿望达成创作方法，在神话叙事——大众文艺作品的人物关系建构和价值观表达中，也起到决定性作用。神话叙事围绕主角的愿望创设伙伴、导师、盟友角色（帮助他实现愿望），创设对手、敌人角色（阻碍他实现愿望），如果敌人代表着邪恶的一方，那么主角的愿望就必须达成，以主角的胜利告终，这就表现了正向的价值观。

随着人类幻想能力的发展和幻想资源的丰富，神话叙事也越来越复杂。一部有影响的神幻小说，就其愿望主题的复杂性、幻想世界的深度和广度、追逐愿望达成的曲折进程而言，往往已经超越了以往任何一个古代神话体系。

二、愿望达成与情感体验

对于读者来说，与主角一起追求愿望达成的过程，就是情感体验的过程。营造快感体验和补偿的效应是神话叙事或大众文艺最为显著的叙事任务,其基本方法是通过构造愿望达成的故事情节营造获得感,激发愉悦感、欣慰感的产生。

人类情感是针对环境和自身状态的评价系统,也是推动行为的动机力量。情感围绕人类生存、发展和繁衍活动而进化和发展,人类获得生存所需要的一切物质和精神成果,就会产生喜悦感,产生自我肯定。而有人阻碍你获得成功,你就会感到愤怒,担心不能获得目标或安全受威胁,就会感到焦虑,如正在努力获取目标,会感到紧张,失去它们就会产生伤悲和沮丧感。所以激发读者情感反应产生的关键机制,就是设立主角生存和发展的目标,然后不断用危机考验获取目标的可能性,而快感则来自愿望达成后的获得感。

自然,获得财富、权力和爱情的基本人生目标可以带来获得感,但是获得感应对的范围是非常广泛的,人们最在意那些紧缺、急需的事物,紧缺的程度与成功之后获得感的强烈程度成正比。比如对于一个缺乏自尊感、安全感或不能被信任、被爱的人,获得了自尊、安全、被信任和爱,就会有更为强烈的获得感。一个少年常常最为在意自己伙伴的评价,所以常常为证明自己对伙伴的情义而甘冒奇险。

在神话叙事营造主角愿望达成的过程中,针对目标,营造人物内心的紧缺感和强烈期盼的心理态势,并由于竞争者和敌人的争夺,令主角非常有可能失去目标,而一旦失去,就会陷入生存危机,精神极度下沉沮丧,这就会刺激主角奋力拼杀,战胜敌手,达成所愿,这才会拥有强烈的获得感,迸发出欣喜的情绪反应。人物和读者的情绪反应跨度越大,就越令人记忆深刻,难以忘怀。紧缺,而又是拼命争取来的目标最为令人珍惜,这种记忆也会塑造人的价值观,驱策未来的价值衡量和行为抉择。

在神幻小说这个现代神话叙事中，对于成长中的主角，修炼资源（物质、神通、功法和产生这一切的环境等）是最紧缺的，也是要经过战斗才能取得的。自然，这类小说的情节主线比较容易围绕这个目标而展开，即使是完成争取权力、财富和爱情的任务，也与获取修炼资源关系密切。而成功与否，就与主角的自尊、自信情感强弱有关。对于正在与强敌搏杀，争夺价值目标的主角来说，为了生存安全和获得成功的双重目标，主角被激发出最大的勇气、力量和智慧，获得了胜利，就能够战胜恐惧、焦虑情绪的缠绕，获得积极的人生，强化自我肯定。

而主角成长之后，就应该拥有更高等级的社会性目标，比如成为大神，争夺世界规则的制定权，实现公平正义的天下秩序。那么，帮助他晋升神格的气运、大势、重要人物的支持才是最要紧的，自然，围绕这些目标展开行动，成功后才会有强烈的获得感。

神幻小说的主要阅读群体是青少年，而青少年的情感需求与人类建构基本行为模式的任务密切相关。对于青少年来说，学会与伙伴进行合作，是取得生存、发展成功的基本前提。

我们的祖先，走出非洲的智人后裔，之所以能够战胜个体能力强大的尼安德特人，就在于他们善于合作，并拥有促成合作的情感，而尼安德特人的合作行为及其情感支持，可能远远地逊色于智人。

情感是合作的前提和结果，也是合作的推动者，当人类为伙伴或盟友牺牲自己、奉献利益时，是情感而不是近期利益的考虑在支配着他的行为，他也应获得相应的情感回报，如获得尊敬、感激和信赖等。有时牺牲者本人失去了自己的一切，但是合作行为乃至牺牲行为本身是有利于群体的生存和发展的，所以一个有效组织起来的社会应该给予牺牲者重大回报，这样的利益—情感循环，强化了人类的爱、信义、同情、慈悲等情感,这些情感又促成了进一步的社会合作。

人类会自觉地在青年时代就强化合作能力,形成合作——信义的行为情感模式,强化与异性进行爱恋、融合和奉献的精神同构行为。面向青少年的神话叙事作品,如《哈利·波特》,如网络小说《亵渎》《佣兵天下》《盘龙》《神墓》,主角"出门"第一个课题就是结识伙伴(包括动物伙伴),在一起去争取愿望达成的过程中,团结战斗,共同成长。所以,人物获得伙伴和群体的爱、信任、伙伴情义,追求自主精神、积极创造精神、角色特征的鲜明同一,增强群体的精神力量,以及获得爱恋与异性融合等目标,正是神幻小说的常见情感主题。这样的作品构成,帮助青少年建构了自己的情感——认知模式,为他们的成长和成功打下了基础。

文艺创作和欣赏体验,都是人们情感体验欲求的自我实现过程,快感奖赏机制又是生命运行的核心机制。人们在神话叙事的虚拟"生活"中,通过主角追求愿望达成的进程,得到现实情境中不能得到的情感体验,从而令人类情感得以充分的自我实现,可以令人类更为积极,更有主体性。

所以主角(及其代入的读者)愿望达成的情节发展过程,也是情感体验和补偿的过程,特别是愉悦感体验和补偿的过程,围绕愿望和情感的双重满足,创设人物,创设超现实世界,创造故事情节,就是神话叙事作品的常规构造过程。

三、愿望达成创作方法与真实感

生活永远是不圆满的,但是神话叙事、大众文艺创作、白日梦遵循人的内心准则——追求愿望的圆满实现。它们追求的是脱离现实的羁绊,到达梦想世界的自由圆满。

但如何让幻想、虚构的故事给人以真实感呢?在神话叙事乃至整个大众文艺创作中,有两个营造真实感的基本策略行之有效。

其一,营造一种假定性的叙事逻辑和情理,因为它对主角愿望达成有用,所以读者欣然接受。

我们从神话叙事、大众文艺创作和人类实践中,可以发现人类有一个根深蒂固的源头性的思维逻辑,反映了人类的根本精神特征,这就是如果需要,我们可以搁置现实,创立一个假想性设定,即使是用虚构的故事描绘世界的创世来源。如上帝说要有光于是就有了光,奥丁兄弟用木头刻出了人类,盘古开天地,女娲炼石补天,等等。只要符合人类的愿望,或给人带来新奇感,人们就可以信以为真,且不断用神圣化手段强化它的真实性。

神话、文学艺术真实性的根本依据是人们愿意接受的假定性,假定作者如上帝一样知道人物的内心活动、知道故事发生的全部过程,假定主角具有特异能力,假定故事是特定的时空、物理条件下发生的。如《西游记》中孙悟空的七十二变;如贾宝玉衔玉而生,这块宝玉是他的命根子,一旦丢失就会陷入呆傻状态;如哈利·波特学会了魔法并大展神威,都让读者感到是"真切"的,但显然这些都不可能是生活事实,人物和故事的"真实性"都是经不住生活的逻辑推敲的。然而这是顺从人类愿望、在特定情境中展开的艺术假定,它们符合人类希望拥有超自然力的内心需求,满足了读者愿望达成、体验神奇感的需求,人们情愿相信它们是真的,依此设定而演绎进一步的故事情节,人类欣然接受它们的"真实性"。

假定性并非写作者随心所欲的代名词,作品的假定性是作品构成的一个前提，一旦确立，就在读者内心建立了逻辑情理认知结构，作品就必须遵从逻辑情理的一致性，不能任意改变。在作品演进中，应该体现出这种一致性。比如魔法师每次施行魔法，都要念诵确定了的对应的咒语，那么每次对敌、施展魔法，无论情势多么危急，他都要完整念诵这个咒语，之后魔法展示了效果，人们就觉得是"真实的"。比如孙悟空拔根毫毛吹口仙气，叫声"变!"，可以变出无数的化身，那么每次一拔一吹才变出同样的孙猴来，人们就觉得是"真实的"。但如果丢弃了这些设定的行为程序，没有念诵咒语或拔除一根毫毛、叫声"变!"，就出现了魔法效果或出现了许多小猴，人们就会感到不适，因为作品没有按照这个确认过的逻辑情理认知结构来描述人物行为，引发了人们内心的认知疑窦。

其二，神话叙事提供逼真性情节过程和逼真性细节，与人们真实生活中的生命感受相连接和融合，所以让读者产生了"事情正在发生"的心理环境和体验记忆，读者就确认其真实性。

神话叙事如《西游记》《哈利·波特》或传奇叙事《红楼梦》与白日梦的构造是相似的，显然是非现实的，但它们常常利用详实的生活景象和人物行为的描写，把情节与细节按照现实时序逼真地描述出来，与人们的生命经验相连接，调动人们的视觉、听觉、触觉等方面的感知经验，让读者在脑海中塑造出真实的影像。阅读过程中，人们脑海中的视频上，影像就一直在流动，使得读者情感体验进程具有实时感、现实感，因而读者内心就创造了事情真实发生过的体验和记忆，就觉得其真实。所以神话叙事通常会顺应人类的心理习惯，让人物行为和故事情节按照顺时序的流程，在主要人物的奋斗过程中不断向前发展，避免"乱入"的枝枝蔓蔓的情节，避免破坏影像流动的大篇幅的环境描写、内心刻画，让情节流动与人们的感知速度保持同步,如此就会创造和保持真实感。

把人们想要的梦境逼真地呈现出来,让梦想成"真",人们会自觉捍卫大观园、西游打怪等故事情节的真实性,人们还会寻求故事情境的"原型",如孙悟空老家花果山、宁荣二府和大观园确凿地存在于某处,以证明故事具有生活真实的基础,证明自身的情感体验和感悟并不是虚妄的。这样,情感经验与生活事实、幻想世界与现实世界就融为一体了。

这就是神话、文艺作品"真实性"的心理基础。

把白日梦做得"真实",把愿望达成的故事情节的"真实感"做得牢靠,是作家的基本功,也是为读者营造快感体验之必需,只有"真",才能"爽"。神话叙事或文学艺术作品"真实"地表达了人们的愿望,人们就会觉得它好而且真。

第三节　愿望情感共同体与主角中心地位

现代神话叙事或大众文艺与古代神话相比,更加重视营造读者、观众对作品主角及其故事情境的代入感,创造愿望—情感共同体,围绕主角—读者的愿望情感展开情节,构造人物关系,这是对网络文学、大众文艺各种类型作品都有效的创作策略。

一、认同感和代入感

营造适宜的心理环境,让读者对作品主角产生认同感和代入感,跟随主角的行为和情感反应,一起迎接故事情节的高潮,是大众文艺作品取得成功的关键因素之一。

这也是文艺史上普遍存在的文艺创作策略,只是现代大众文艺更加自觉而已。《红楼梦》的各路读者,对于林黛玉、薛宝钗、贾宝玉、王熙凤等,因为高度认同而代入人物,成为红迷一族;张爱玲作品的人物和作品情调,引起女性读者的迷恋,而把自己植入人物所处的浪漫、凄迷的情境;J.K.罗琳的小说《哈利·波特》的男女主角的形象、性格、伦理态度以及掌握魔法、战胜对手的故事,对于青少年读者的成长欲望有极强的吸附力,而引起青少年的热情认同;好莱坞电影《泰坦尼克号》女主角的浪漫情思、生命感受引起女性观众的代入共情;等等。这些是普遍的文艺体验现象,但是一直就缺少贴切、恰当的理论阐释。

阐释学开路人耀斯在《审美经验与文学解释学》中,把接受反应研究重点指向了读者与主角的关系,这个方向是允当的。诺曼·N.霍兰德在其所著的《文学反应动力学》中,则把儿童口唇期的摄入需求当作接受反应问题的起点,认为儿童口唇期常常通过幻想,把外界摄入自身,与自身融为一体,以此被动地实现自身需求。而成年人在欣赏文艺作品时,会退化到口唇期的幻想状态,使人们能够对文艺作品的人物与故事进行摄入、同化,并进行带有个性色彩的幻想。这种研究路径选择也是对的,但是认为在文艺体验中,成年人对人物的摄入、同化是退化到口唇期的幻想状态,则是对人类机能的误解。

我们从自组织理论出发,可以认识到,在幻想中摄入、同化、融合外部事物,是人类生命体进化而来的天然的心理机能,原本就在人类的身心中潜藏着,只是可能在儿童口唇期显性化而已。随着人的成长，这种能力不断得到强化，成为人类大脑中至关重要的想象——造形能力，人们能够把不存在的事物经过想象——造形活动，塑造为活灵活现的真实影像，如自己与人物合为一体，去爱、去"修炼、战斗"的景象，由此扩展出接受、理解、同化外部世界的能力，是人类个体心智健全的表征之一。显然，这种能力的使用不应该被描述为是在向婴儿期退化，而应该看作是人的成长的结果，是人的自我实现的必要心理步骤。

人类从文艺作品中摄入、同化、融合人物的行为、身心感受，成为一种有效的情绪体验活动，这是人类的自我训练、自我强化、自我建构的一种重要路径。在幻想中与理想人物相融合，对人类个体精神建构有益，就会受到人类生命体快感奖赏机制的激励，让人不断进行这种能带来快乐的事情。对艺术欣赏训练有素的人们，越发能够驾轻就熟地代入人物。

这就塑造了人们欣赏文艺作品的习惯性需求和精神依赖，我们应该把它当作一种健康正常的精神生活，文艺创作则顺应并恩惠了人类的这种精神习惯和精神依赖。

二、愿望——情感共同体

神话叙事或大众文艺的创作者要善于把握人物的愿望，把握受众的情感需求，为读者、观众认同主角开辟通道。读者对人物产生代入感的关键因素是，人物的愿望情感引发了读者同样的需求，人物的处境、命运和情感，引起了读者的共情，而人物追求愿望达成的过程，激发了读者充沛的情绪反应，让读者获得预期的情感体验和心理补偿。

第五章 神话叙事的创作方法与策略

当读者、观众遇合神话叙事或文艺作品的主角，对主角的愿望与动机、情感与伦理倾向产生了认同感，就把自己代入主角，生命感受与主角融合在一起，跟随着主角共同奋斗，一起经受挫折考验，一起获取胜利，达成愿望，人们就处于喜乐、欣慰情绪之中。特别是艰难奋斗、战胜强敌、赢得期盼的成功之后，会获得高峰体验，形成震撼、透亮、痛快的心境。此时，作者、主角、读者或观众，因为认同、融合行为的发生，就构成了三位一体的愿望——情感共同体、命运共同体。当产生情感共振，获得独特的心理支持，人们就会肯定自身的行为，把这段生命经验刻入个人成长史。

所以主角是读者观众的愿望情感载体，主角的愿望是故事的核心驱力。在现代社会，神话叙事或大众文艺脱离主角而发展故事情节，缺少主角追求愿望达成的行动线索、主角与对手的对抗和冲突的情节，就是不受欢迎的，因为主角不在场或者没有积极行动的情节，读者失去了关注焦点。缺少激励因素，文艺欣赏活动就难以产生兴奋反应。

在网络文学实践中，特别是数百万字的神幻小说创作中，即时写作、即时连载的小说创作形态，现在进行时的故事形态，令特定读者群体陷入命运未定感、紧迫感，主角愿望实现后带来的快感就更为强烈。读者对故事中愿望实现的快感奖赏机制就产生了上瘾反应，因为期待而焦急，因为满足而快乐。精彩的能够不断提供情感体验与补偿的、有节奏发生快感反应的故事，读者是感激和依恋的，希望它天长地久，不要完结。

很多作者善于利用上瘾机制吸引粉丝，作者也因此被粉丝追赶，不得安闲。作者要创造出比读者预期更殊异、更强烈、更过瘾的情感体验效应，才会持久获得读者的赞美与支持。这给予作者及时的快感激励，使得作者倾向于持久写作，延长愿望—情感共同体的快感进程。这是网络小说颇多鸿篇巨制的内在原因。

三、遵循主角定律

正是因为愿望—情感共同体在主导读者、观众的艺术欣赏行为，就决定了神话叙事、大众文艺创作应遵循主角定律，这是文学艺术史不断印证其效果的叙事策略。神幻小说创作更是显示了主角定律的威力。

神话叙事或大众文艺的读者、观众与主角共情融合之后，希望主角的愿望能够实现、能够成功，得到更多尊荣，所以在心理趋势上偏向主角，这是由人的自利倾向决定的，主角好就是自己好，偏向主角就是偏向自己。所以，作品构成和情节行进过程偏向主角，以赢得读者好感就是一种必需的叙事策略，这就是通行于神话叙事和一般文艺创作的"主角定律"。

在多数神话叙事或文艺作品中，世界是围绕主角运转的，故事按照主角的愿望向前发展，主要的问题由主角解决，主角的愿望、意志决定了故事结局，而多数好事、多数荣耀归于主角。在整个人物关系中，主角处于主导地位，其他人物会做出符合主角需要的行为，围绕主角的欲望运转，按照主角需要改变自身。若违背这个主角定律，让主角一直处于被决定的地位，受众就会对作品百般挑剔。网络神幻小说更进一步地继承发展了主角定律，写作的中心任务是让主角爽、让主角身心得到全面快慰，大多数网络神幻小说作品中主角的结局，是大获全胜，圆满美爽。逆此而为，则作品就要准备被读者丢弃。

第五章 神话叙事的创作方法与策略

作品偏向于主角，就是偏向于代入主角的受众。古代神话叙事的信徒，会把这样的安排看作是神的旨意，神话叙事遵从主角定律带来的快感体验，可以令受众的信仰之心更为坚定，这也是重要的宗教传播策略。

为了凸显主角的地位，神话叙事、大众文艺常常为主角设置垫脚石式人物，令主角形象更为高大。

在《西游记》中，因为主角是孙悟空，所以唐僧、猪八戒就被严重矮化，成为主角孙悟空的垫脚石。唐僧、猪八戒显示弱点的时刻，都是炫耀性展示孙悟空优点的时刻，凸显孙悟空勇敢、忠诚、坚强的品性，他是非分明、忠于团队、大公无私、牢记使命，总能够解决当前难题，是团队的主心骨。在神幻小说《亵渎》中，男主角罗格和女主角风月，都有专属的多种功能的垫脚石，时时刻刻都在抬高主角的优点和优势地位，一步一步垫高主角的伟岸形象。垫脚石人物存在的理由与行为逻辑，就是不断尽力成为主角的增高器，让代入主角的读者为之感到很骄傲、很愉悦。

事实上，所有文艺作品的配角，都有责任推高主角地位，即使是主角的敌人，也会特别在意主角，为主角的优势、不凡地位、不凡潜力而震惊，这都是由于读者、观众对主角的代入和认同，导致主角偏向的原因。然而，配角包括垫脚石人物，也应该具有自己作为人物的独立性，具有自己的尊严。主角之外的人物如果过于顺从或弱小，则主角的荣光也很有限，作品也就比较幼稚。如果配角很强大，但主角战胜了他们，也就显得更强大，那么主角和配角才都是称职的，这样的作品才更有精神厚度。

四、气运加身的传奇主角

神幻小说秉持主角中心、主角偏向的宗旨，为主角进行了各种气运加身的安排，发展出了升级策略与金手指策略。神幻小说读者群体主要是青少年，相比影视剧的中老年观众，更需求在主角不断成长升级的历程中获取快感，也更需要气运加身的幸运主角。

神幻小说故事通常是在主角弱小时展开情节，常常创造先抑后扬的效应，主角因为种种原因面临修炼的障碍，或者修炼进度被误解，又或者出身低微，所以备受蔑视、备受欺凌。当他们立志修炼成长，体现出一定的优势或美德时，就会遇到奇特的机遇，成为幸运儿，暗中受到气运的加持，在人生旅程中、在社会台阶上、在修炼等级上，不断取得进步。因为气运加身，在关键时刻会遇到特殊的帮助，让他们在惊险中不断升级，直至世界顶峰。

在主角弱小时，为了在起步阶段能够快速成长，超越同侪而显得英明神武，经常为主角安排"金手指"措施，比如主角获得古代典籍，获知重大秘密，获得隐藏着无所不知的古老灵魂的戒指，获得奇特的法宝，或者忽然有一个"系统"不断给予主角各种奖励，令主角境遇陡变，帮助主角在修炼道路上迅速超过同辈，如此等等，都是老套而又有效的偏向主角、赢得读者好感的招数，只要稍微变换一些花样，读者就会欣然接受。

这与人们总是期待奇遇的心理有关，与人们的社会历史认知有关，也与人们心中的好运故事模式相关。在人们塑造的社会、历史传奇故事中，成大事的胜利者，如刘邦、刘备、李世民、赵匡胤，主角既有坚韧的努力，也有重大的好运傍身，并且他们能够紧紧抓住好运,扩大好运的影响,最后走向巅峰。人们不仅热爱代入文艺作品主角,也热爱代入现实生活中的好运者、胜利者,在人们的内心可能已经创作了许多自己为主角的气运加身的好运故事。人们在文艺作品中欣赏好运故事,其实也是一种"与理想自我的重逢"。

神话叙事比一般大众文艺更加神奇化,气运力量更加磅礴,代表着绝对力量、绝对意志对主角的垂青。幸运而又努力的主角,善于利用自身潜力,也善于利用从天而降的神助,做成主宰神才能做成的事业,创造了自己的理想世界。这样的主角是作者与读者理想自我的扩大化造形,故事是宇宙运行规律的显影,人们进入完美梦境创造自己的世界,是与理想自我的一次深情拥抱。

第六章

神话叙事的精神建构效能（上）

神话叙事（或网络文学）对人类个体、对人类社会有什么作用？如何看待网络小说特别是神幻小说的功能？其娱乐功能是什么？

这些问题对于网络文学乃至于整个大众文艺建设评价体系、评价标准，都是核心课题。由于缺少可用的理论体系，人们对这些问题的回答往往不得要领，或顾左右而言他。

神话叙事对人类精神世界有多重影响，既能通过神话叙事作品本身直接作用于人类个体，也能影响整个人类想象——体验知识谱系建构而作用于人类群体。神话叙事发挥影响的主要途径是人类的体验活动，神话叙事作品与我们的体验活动、我们的精神背景、我们的精神结构的相互作用，达成了各种精神建构效能。

本章及第七章论述神话叙事的精神建构效能。

第一节　想象、体验与娱乐功能的达成

神话叙事进入我们的精神世界，形成想象（故事来自想象——虚构，调动我们的想象参与理解作品）——体验（作用于体验，以体验为中介达成精神建构效能）——认知（故事帮助人们认知人类精神世界）——伦理（故事与人物呈现伦理意义，人物的行为模式为人类现

实行为提供蓝本)结构,我们体验一个成功的神话叙事作品,往往就会对我们的精神世界具有重塑作用。

神话叙事通过人们的想象和体验活动产生精神建构的作用,所以我们首先要把握人类的体验活动。

一、神话叙事 — 文艺的体验效能

一个自在的、自由的人类个体,是一个自我组织、自我驱策的生命体,总是在围绕生存、发展和繁衍的目标,努力建构一个更好的自己,建构一个富足的精神世界。

情感是我们精神活动的主要组成部分,是自组织的生命体的主要运行程序,亦是人类自我实现、精神秩序建构活动的呈现者。我们人类不断创造和体验神话叙事或各种艺术作品,以激发、优化我们的情感活动。从情感体验的角度来说,神话叙事是大众文艺的一种,其体验活动与大众文艺体验是一致的。

神话 — 文艺体验活动离不开我们的主体能动性、创造性的推波助澜。我们可以把读者、观众称为"神话体验者""文艺体验者",与"文艺创作者"相对应,以提醒人们关注这个重要的问题:有效的文艺体验非常需要文艺体验者的能动性,是体验者自我建构的主动行为,吸纳了神话叙事 — 文艺作品的有益成分。

体验主要指称我们在某些心理过程中的主观感受、想象、思考活动,它牵连着我们相应的身心反应状态、相关的身心机制。因为体验的过程和状态主要是在情感(感知觉、情绪和感情)活动中呈现,所以我们也可以使用情感体验这个概念来指称这些心理活动。

在神话叙事 — 文学艺术的欣赏活动中,我们的体验是具有艺

术思维属性的心理活动,包括想象、移情、代入、认同、融合、自我催眠等心理行为、过程和结果,包括各种心理反应状态,如沉浸、沉醉状态和顿悟、情感高潮状态,以及对作品和体验过程的记忆,这是我们欣赏活动的主要行为和成果。

神话叙事——文学艺术体验的结果具有主体和客体两面的呈现。一面是主体的情感体验"效应",体验者获得了什么;另一面是客体功能的涌现,作品的形态、精神品质、艺术特性在人们的情感体验活动中,与人们的精神需求、精神结构相融合,能够挥发出怎样的客体的光辉,达成怎样的文艺"功能"。

我们可以把这两个层面的体验结果合并为文艺体验的效能,以涵盖大众文艺体验的整体成果,并以这个更尊重体验者主体地位的效能概念代替刻板的功能概念,这对于神话叙事或大众文艺可能更具有阐释能力。

现代大众文艺如好莱坞电影、网络文学相比既往的文学艺术,更加尊重体验者的主体地位,也更加尊重体验活动对文学艺术形态和功能的影响力。文艺体验者对大众文艺的体验和评价,往往决定了作品的遭遇,大众文艺创作者会自动向体验者需求靠拢,所以整体意义上的"读者"或"观众"的精神需求和体验行为,塑造了大众文艺的基本面貌和基本功能。

二、体验行为、过程和状态

在神话——文学艺术体验活动中,我们之所以能够进入作品的艺术世界,达成体验目标,是因为我们具有一系列的心理能力,并自我驱策,与作品发生相互作用的体验行为和过程,形成特定的情感状态。

1. 想象和具象化

我们作为体验者,与创作者一样具有想象、幻想能力,并努力从想象、幻想行为中获得足够多的好处。体验者进入神话—文艺体验活动,即意味着展开了想象或幻想活动,这是体验活动的关键入口。

人的想象或幻想能力,与肌动能力、言语表达能力一样,是人类作为自组织生命体所必需且普遍存在的能力,是漫长的岁月里进化而来的。人类的生存、发展和繁衍的欲望(内驱力),会驱动着我们在必要时进入幻想(想象)状态,统合我们的神经系统活动,凝聚形象—造形,具象化一切非现实的事物,而在脑海中呈现出真实景象,我们能够虚构一切不存在的事物并连续形象化。

我们在神话—文艺体验中进入连续想象状态时,即使肌动系统处于安静状态,体验者外表上并未显著行动,人的生命体内部也会随着体验活动中的情绪反应而处于神经活跃状态。我们随着故事情节发展,产生了感知觉、情绪反应活动。生命体的神经活动、内分泌运行,与现实行动时的状态是相似的。在神话—文艺体验活动中如同在现实生活中一样,我们的生命体是有效运动着的,所以体验行为能够有效干预我们的生命活动。

在文学阅读过程中,我们的连续想象建立在对文字符号的理解和意义建构活动的基础上,我们把作品的语义放在大脑中的语义网络中,重组、建构一个作品的意义系统。通过想象—造形,形成我们大脑中的情境和人物运动,如同连续的影像,通过一系列的理解与融合的过程,移情进入作品人物的情感活动。

这个想象—移情活动包含着以下内容:对具体作品文字表达层面的理解和体悟;对人物的情感过程的进入和体悟;把自己放进

人物的情感活动,产生自己的情感反应过程;对角色的不断的演绎,形成自身的内部故事,延长了移情活动的过程;对故事中情感事件和自身情感经验的联想,把其他阅读经验拉进了体验活动,放大了情感体验的范围。

2. 移情、代入、认同、融合、内化

我们在想象活动的基础上产生了移情的能力。我们能够想象他人的心理状况,把他人的情感活动当成是自己的情感活动,把他人正在进行的行为当成是自己的行为,或在内心世界扮演着他人的行为,再现或者重新演绎他人的行为过程。

而想象——移情的结果之一就是产生了代入行为,如前所说,我们代入了人物,用人物的视角和态度看待正在发生的故事,也把自己代入了人物的情感关系,与人物同步进行情感活动。

在神话叙事——文艺体验活动中,当我们觉得作者或人物的立场、主张、愿望或他们的情感状态是对的、适合的、有魅力的,是自己想要的,是与自己相同的,我们就会产生认同的感觉或判断。认同帮助我们深入人物的情感活动过程。

我们在充分体验情感活动的欲望驱使下,在想象、移情和认同行为的作用下,放大体验过程中与人物情感共振的作用,而导致人我界限消失,因此产生融合的行为和状态。融合的发生说明我们已经充分信任了当前的神话叙事作品,体验活动进入了高效状态。

如果我们遇到特别心仪的神话人物,则会在移情、代入、认同和融合的叠加效应中,把人物内化为自己的一部分。内化是一种积极的富有建设性的行为,在神话叙事——文学艺术体验活动中,当我们喜欢某个人物,如我们心仪某些天使、神仙形象,我们就会认同此对象的某些特征和品质,想象并逐渐相信他们成了自己的一部分,经过自身的行为验证，确认是自己拥有的特征和品质，这就说明"内化"已经发生。

3. 沉浸体验，高潮体验

我们与作品深度融合时，会沉浸、沉醉于神话世界或传奇世界，获得顿悟和高潮体验。

在神话—宗教—文艺体验活动中，我们让自己全神贯注地附体于人物或剧情，不为外部世界所动，这就是沉浸状态。当我们完全与神话叙事作品相融合，进行完整的热烈的情感反应过程，如同醉酒而不能自拔，不愿离开给我们带来迷醉的狂信—艺术情境，就是神话—宗教—文艺体验中的沉醉状态。体验的沉醉状态，与神圣的、神秘的、神奇的、特殊的、震撼的情节和情境有关，而神话叙事总是围绕这些体验效应组织自己的情节和情境。

这种深度的沉浸或沉醉状态，同时需要两个条件。一是主体的甘心情愿，自愿浸泡在神奇的想象事件中。二是故事情节能够诱发体验者连续的情绪反应，没有明显的破绽，这时良好的体验状态才会顺畅地发生发展。

如果再加上第三个条件：故事情节发出了某些神秘信号，让我们的精神世界涌现着神秘感，仿佛自己是在与强大的神秘力量相结合，在意识流动中，对接了现实世界和想象的神秘世界，感觉自己脱离凡俗、与众不同，我们兴奋激动，不愿离开，这样的体验效应就更为强烈。这是神话—宗教体验的适合状态。

当我们处于兴奋度极高的情绪反应状态，且爆发出强烈的获得感、愉悦感时，我们就处于神话—宗教—文艺体验中的情感高潮状态。

优秀的神话叙事作品，用冲突越来越激烈、兴奋度越来越高的流畅情节,用各种独特、神奇、隐秘的情感滋味,激发或诱导体验者强烈的感觉和情绪反应。参与到当前的情感体验活动,我们的身心机制被体验活动所优化。为了延长这种高效应的体验活动,我们的生命体用强烈的快感,奖赏这种体验行为,以激励我们经常从事这项精神探险活动,这本身就蕴藏着神话叙事独有的、不可替代的价值。

由于高潮体验对读者情感优化、精神建构的影响十分巨大,读者对高潮体验非常渴求,所以对于读者来说,高潮体验效应的质量就是作品的质量。

三、信以为真与信仰的心理机制

为什么古代神话、网络神幻小说的超现实的神奇故事,能够让我们体验到强烈的真实感?甚至比现实题材小说更加能够让我们沉浸于其中,其主角的经历更加能够让我们感同身受?

这是因为在神话 — 宗教 — 文艺体验活动中,我们常常会把符合我们精神需求的想象世界当成是实有的世界,把故事情节当成是真实发生过的事件,由着作品带领我们进行情感活动,与人物相融合。此时,我们意识中的自我,安心生活在这些切合我们自身需要的、在脑海中呈现的艺术情境,我们会觉得现实时空的世界是虚空的,这个想象世界才是真实的。

这是自我催眠的结果,是忘我的情感体验的结果。

我们在神奇故事的体验中,可以随时发出自我暗示,就像是存在一个由想象力造就的、任何人都可以操作的旋钮,我们随时可以把自己旋转进入角色和剧情,也可以随时退出,再进入。

我们可以对迥异于现实逻辑的超能力神奇故事信以为真,这是自我服务的心理机制在起作用。我们可以调动自身的精神力量,按照对自己有益的效应预期,按照当前体验任务需要,按照艺术假定性尺度,自我调整认知逻辑,组织自己的心理行为,搁置或化解一切思维程序的冲突。在想象中,让符合自己情感需要的故事"真实"呈现出来,具象化人物的连续行动的形象,把当前故事情节认作是一个按照时间线索发生的真实故事,而忽视它的虚构性质,从而让自己能与理想角色、理想行为、理想状态相融合。如此,我们的生命体才会发生积极的调谐和优化的反应过程,从中得到治愈和建构的获得感和愉悦感,以获得情感体验的好处。

比如在网络神幻类小说、奇幻电影的体验中,我们自我服务的欲念驱策并控制了自己的心理动作,让我们主动沉浸在巫术——艺术的超现实情境中,让自己确信超能力故事的真实性,并化身为神仙或神奇英雄,感知自己无所不能。这是因为我们知道这是一种积极的心理暗示,是一种生命调序行为:在神话故事中体验力量的成长和自我肯定,有助于身心机制按照成长所需要的状态运行,有助于增强想象力和灵活运用各种思维程序的能力。因此,我们重新组织了自己的精神结构,以迎合神奇故事的理解逻辑。

我们的生命体的生化反应机制、神经系统活动也会在自我服务动机的驱策下,帮助创造真实感。当虚构的神奇故事引发我们的感知觉、情绪和感情活动,我们就会像是目睹或参与了现实世界实有的神奇事件那样,产生复杂的神经活动,发生活跃的生化反应。生命体就会向我们发出信号:这些生命活动是真的发生过,这就会创造出有真实感的感受和记忆。并且,我们还会不断回味这些体验过程和记忆,强化其真实性。当然,如果必要,我们也能够把艺术体验记忆与现实行为记忆清楚地分开,也能够在一定程度上清除虚构故事的影响。

信以为真或建构神灵信仰,都与反复的高潮体验有关。我们的生命体倾向于认为,让我们产生高潮体验的事物是真实的、伟大的、神圣不可违背的,我们很难否定那些让我们产生高潮体验的事物。所以成功的神话叙事,必有营造高潮体验的妙招。

网络文学——大众文艺中最为常见的幻想的神奇故事,与现实题材小说相比,具有更加单纯统一的故事逻辑,更加理想化,更加符合精神需求,更少现实生活的制约,并且在体验活动中更少受到现实生活经验的干扰,所以契合它们的人,会更加觉得神奇故事具有"艺术真实性"。

而有些故事,信以为真的人多了,人们就会一起寻找理由证明它们确实是真的,产生公共认知和公共情感,如天堂、伊甸园、天庭、地狱,对于需要它们的人来说,它们就是真的,人们创造出一种适用于信仰的体验——认知逻辑,它们就像真实存在的事物那样发挥影响。

我们可以随时离开现实世界的运行逻辑,而与虚构世界相融合,以作精神上的自我服务。这是神话叙事创作和体验最重要的底层架构逻辑,也是一切艺术行为的真谛,是理解古代神话——网络神幻小说体验效应的钥匙。

四、神话叙事或大众文艺的娱乐功能

神话叙事、大众文艺的娱乐功能是如何实现的呢?"娱乐"是在体验活动中达成的。

人们不能空谈娱乐,而对娱乐的本质是什么一无所知。娱乐并不是可有可无的、被逗乐或打发时间这些休闲层面的事情。人类进行文艺娱乐活动,不是不务正业,不是老天对人类宽容大度、睁一只眼闭一只眼,默许我们人类搞一些精神逃跑行为。

娱乐产生于获得感。我们通过神话叙事——文艺体验活动获得了精神建构的各种好处,才产生愉悦或各种情绪反应的满足感。

人类愉悦情感的产生,其根深蒂固的机制,就是我们获得了物质或精神的收获,生命体就会产生快乐的生理——情绪反应,以鼓励我们去追求各种物质和精神目标的达成。高潮体验,意味着我们突然感悟到了精神成果,瞬间产生了强烈的情绪反应;意味着我们感知到在自我建构方面获得了长足进步,而产生了强烈的欣慰感和自我肯定。

我们在神话——艺术体验中,既可能从正邪双方的宇宙对决中获得震撼灵魂的重大成果,可以向他人倾诉感受;也可能是获得各种感知觉、情绪体验活动的微小经验。它可能并无向别人言说的价值,但是对于我们自己,却如同精神上的一日三餐,可以养育自己的身心,我们对此感到快慰。

即使我们在接受一些感官刺激,如神幻小说一段丛林搏杀情节中,双方使用了独特的法宝,或一个神奇的魔兽忽然出场,也会引发新奇的想象——造形活动,在视觉想象——信息处理上获得一次特殊的经验。我们的生命体也会感知到这次视觉具象化活动对提升想象力的好处,感知到信息处理能力被唤醒和优化的成果,我们就会产生获得感,我们独自咧嘴一笑,正是因为我们获得了不为人知、自己也可能不在乎的收获。但这些微小收获的累积强化了快感奖赏机制的作用,驱策我们不断进行各种体验活动,从而建构了我们自己。

凡是感到了娱乐，必定是我们有了获得感。娱乐业的根基就在于精神建构所产生的获得感。围绕人类精神建构这个目标，人类建设了自己的想象—体验知识谱系，也建设了庞大的娱乐产业。这些娱乐行为，可能不是政治理论学科评价的对象，但理所应该获得文艺理论的认真对待。

而下述所有对神话叙事—大众文艺建构效能的阐述，也都是对其娱乐功能的诠释。

第二节　情感建构效能

在神话叙事的体验中，经由情感唤醒—引导—优化的经验历程，我们达成了情感（感知觉、情绪、感情）建构效能，而情感建构是完成诸多精神建构任务的基础。情感建构的效能评估也可以帮助我们对创作动机、创作行为、作品形态进行审视、反馈和校正。

一、感知觉模式优化

我们的感知觉能力是长期进化而来的，是生命活动的基础能力。每个人类个体都从祖先那里继承了感官禀赋和潜能，但提升感知觉—信息综合处理能力，唤醒—优化感知觉运行活动却是终生的成长任务。

神话叙事体验总是从唤醒我们的感知觉想象活动开始，打开我们的身心功能模块，而生命体的猎奇机制是我们感知世界的注意力调配官,是感觉与知觉活动的协调师,激活、优化我们的猎奇机制是神话 — 文艺体验活动的第一个开关。网络神幻小说尤其重视唤醒 — 优化感知觉、激活 — 完善猎奇机制的基本效能。

神幻小说总是在创造各种超现实的神奇故事,很多神作如《佣兵天下》《间客》《盘龙》《神墓》《凡人修仙传》《牧神记》等,都是建构在视觉想象基础上的,追求故事的行动性、冲突性,营造故事情境、角色外观和行为的独特性,调动我们的视觉想象 — 造形活动,充分燃起我们的感觉体验的兴奋性,显著地帮助我们完善猎奇机制。

何以神话与古往今来的大众文艺,都是以幻想情境中的神奇故事为主流形态?从感知觉反应模式优化效能的角度来看,是因为复杂精致的人类生命体,以快感奖赏机制推动我们去积极捕捉、处理、加工感知觉到的新鲜信息。而与现实世界不同的神奇的幻想世界,神奇性场景,神奇力量显现,神奇角色的运动,神奇的情节变幻,强烈的、特异的、富有意义的信息流,更容易调度我们的视觉、听觉、触觉等感知觉的想象 — 造形活动,令我们获得新鲜感、兴奋感和愉悦感,能够激发、强化我们收集处理信息的能力。这让我们能够瞬息把握处理各种无法预知的外界信息,让我们的猎奇机制处于敏锐而活泼的状态,因此优化了我们的感知觉 — 行为反应 — 反馈评估的模式,优化了我们的猎奇机制。

神幻小说正在以自己的方式让我们变得聪明机敏,它们顽强地提升着我们的感知觉能力和信息加工处理能力,满足人类个体生存的这些刚性需求。然而,对好莱坞电影、网络小说何以拼命营造感官刺激的效应,既往的文艺理论缺乏解释能力,带来了研究者的许多理论焦虑。

二、情绪能力建构效能

如第三章所述,情绪活动对于我们的生存至关重要,所以我们总是不知不觉地进行着情绪能力建构,但神话叙事或文学艺术对情绪能力建构的作用,人们还所知不多。

让我们自己的情绪"好用",是一个长期的建构任务,其目标是让我们的主要人格能够自主控制,自如运作情绪,达到灵敏、迅捷、准确的情绪反应状态;能够按照当前任务需求,及时摆脱单一情绪控制,在各种情绪中自如转换;让情绪活动既能够服务于个体需求,也能为公众利益而与社群共情。

对于情绪能力建构来说,除了唤醒—优化每一种情绪—生理反应模式,最大的难题是要兼顾情绪能力的两极需要——人们的情绪活动既追求模式化效应,也追求新异性,会对新奇效应保持兴奋。

我们对于有规律出现的,或某种特定情境下反复出现的威胁性事物或机遇性事物,倾向于形成模式化、标签化情绪反应,以迅速做出应对,并节省精神力量。如神话叙事—文艺作品中出现墓园僵尸鬼怪、战场僵尸鬼怪,都意在让我们立即产生恐惧、厌恶情绪,让我们强化避开威胁的警觉,这些想象出来的难看的事物,就是厌恶、恐惧情绪标签化的对应物。

同时,我们又对新异的情绪反应过程保持着不可遏制的兴趣,以让我们能够即时应对各种新异独特的情境。如看见恐怖片中的生物基因实验怪物,或《魔戒》中独特的魔兽,我们既恐惧又兴奋,强烈地希望把它们的外观和行为特征搞清楚,揣摩在生活中面对类似危机时的处置方式。

这两种极端化情绪倾向是矛盾的,总是在竞争我们的注意力。所以,我们在神话叙事——文艺体验中具有两种看似矛盾的兴趣,既寻求模式化体验,也寻求新异性体验。

在神幻类小说(或奇幻、科幻、都市异能、末日、枪战、战争等类电影)中,我们扮演英雄、超能力拥有者、修真者、修仙者,面对各种强大的邪魔角色,体验丛林搏杀与战争情境,激活生命体预设的战斗活动相关的生理反应模式,唤醒——优化种种生存危机相关的情绪群组。比如,唤醒我们的死亡恐惧以提升躲避危险的能力,唤醒愤怒以驱策反击行为,唤醒焦虑以未雨绸缪准备危机预案,如是等等,可以帮助我们建构生存警觉和危机应对能力,帮助我们探索和建构个人化的、快捷的、更有适应意义的情绪——生理反应模式,帮助我们提升生存危机相关的情绪整合、情绪理解和情绪管理等方面的能力,让我们因为胸有成竹而葆有自信。

因此,这些类型的故事总是围绕着唤醒恐惧、焦虑和愤怒情绪,建构危机情境和敌我搏杀关系,并通过主角的修炼——战斗——成长为英雄或成神成仙的历程,驾驭恐惧,获得胜利的喜悦,获得自信和尊严,以优化情绪反应。所以,其故事和人物关系必然是功能化的、模式化的。人们在模式化的故事中,通过反复的体验行为,把各种生存危机情境与生命体的应对预案,转化为一些基本情绪反应模式。这是神话叙事的第一个情绪任务。

同时,网络神幻小说总是追求各种情绪体验效果,用不同滋味不同调性的情绪事件,丰富我们的情绪活动,在具体的故事情境和社会性事件、超能力种类、人物行为特征等方面,不断追求创新,用新面孔、新行为、新故事情节,给予我们新奇感、神奇感,以保持情绪能力的弹性空间,维持我们对新异性情境和人物行为的兴奋度。

所以,古往今来的神话叙事作品,就有着另一个基本的情绪任务——用情节的神奇发展,令我们拍案惊奇,不断强化我们的好奇心。

我们对那些营造感官刺激效应的类型小说、类型电影甘之如饴,不是我们品格低下,而是这样的作品对我们与之对应的情绪能力的建构有着不可替代的作用。

三、情感建构效能

在我们的研究视野中,人类情感包括感知觉、情绪和感情活动是互相关联的心理活动,常常形成一些稳定的"感情性"情感,如男女之间、父母儿女之间的爱与依恋,伙伴之间的情谊与信义,人与人之间的仁爱、信任、友善,个体对群体的归属信赖之情,如是等等,构成我们的情感网络,如同液压装置一样支撑和驱策着我们的"自我"和"人格"的运行。

感情也是一种行为模式,比如爱的感情,可以在彼此相爱、依恋、依靠的人们之间,建构习惯性的信赖、支持关系,让人无须对彼此关系进行推理和评判,就能较长时期内做出彼此奉献的行为。这种亲密关系会支持人类生存的基本信仰,是世界观和价值观的来源之一。感情是人类文明的花蕊,有感情内核存在,人类文明就是鲜活的、可持续的。

人们在自身愿望的驱动下,创造了文艺作品的各种情感体验模式,用以强化我们的情感信念,建构人类基本的情感框架和相处模式、人际关系组织模式。数千年来,我们人类在神话叙事、文艺作品中创造了许许多多的情感体验模式,一个经典的故事情境——情感模式,能够覆盖许多人类生活场景,帮助人类建构基础伦理关系,维系着人类社会的运行。

神话叙事中的世界与现实世界迥异,然而神话叙事的内在结构就是人类的基本情感结构。

神话叙事帮助人类探索和建构了人类的基本情感框架,确立了人类情感的许多极限阈值和引导安置的途径。如在祖灵神话与创世神话中,无论祖灵还是造物主,都是人的"父",都在培育人们爱、敬仰与畏惧的情感;怪物神话中,妖魔鬼怪是恐惧、厌恶情绪的标签化、象征性产物,是人们恐惧、仇恨、愤怒的对象,征服它们,就可以操纵人们的恐惧——愤怒情绪反应机制,安置精神秩序;繁殖祭祀神话及其仪式,诱发人们的生命激情,把生育行为神圣化,培养爱恋情感,帮助人类承担繁育后代的重担;图腾神话凝聚部族情感,人们举着氏族与部族图腾开拓疆土或者为血亲复仇,强化了人们的血亲依恋情感、宗族认同情感、荣誉感和复仇的正义情感;英雄神话及其赞颂、祭祀仪式,培植了人们忠诚勇敢的品性,鼓励人们为部族、国族奉献牺牲,激发悲壮情感,对民众产生道义号召力和情绪感染力。如是等等,伴随着古代神话的创作、传播和体验,就构成了人类情感的四梁八柱,把人类黏合在一起,形成各种社会情感关系。

现代神话叙事继承了古代神话的精神遗产,用更为玄奇、曲折的超现实故事,发展出各种文艺——情感表达类型,以建构全面、均衡发展的情感世界,让人们能够自如切换不同的情感模式。二十世纪之后的人类更加有趣和美丽,就与人类情感的发展有着密切的关系。

第三节　想象、创造、认知、思考能力建构

神话叙事中的精神构成——想象—体验—认知—伦理结构,也帮助我们达成想象、创造、认知、思考能力建构。

一、想象与创造能力建构

故事是一切创造性工作的模本,人类一万多年来创作的故事不断让人类变得聪明,变得越来越有创造性。

想象、幻想是一种内在生活的能力或行为,是一切创造行为的先决条件。人类只有能够想到不存在的事物,才能把它创造为现实存在,只有想得到才能做得到。我们可以对一切事物展开幻想,我们需要探讨一切人生问题的预设方案,因为一切事物都可能攸关我们的生存、发展和繁衍。神话叙事与我们的想象或幻想活动最为相得,人类培植想象力和创造力的需求决定了网络文学—大众文艺会以幻想的神奇故事为主流形态。

文学阅读,通过文字符号信息的吸纳、理解,唤醒人们的想象—造形活动,比电影、戏剧观摩,更能激发、养育人类的想象—造形能力。文学阅读体验对想象能力的激发和锻炼,会强化我们的想象—创造动机,优化想象—虚构的思维模式,通过想象各种世界蓝图,引导我们把它创造成实有之物。文学阅读越多,人类个体的想象—造形—创造能力就越强,对人类创造、建设世界的贡献

就越大。这是文学永远不会消亡的根本原因之一。

神话叙事通过想象不存在之物，创建虚构世界，对于我们提升想象—创造能力是最为有益的思维训练。网络神幻小说与神话祖先一样，是人类想象—创造成果的容器，包含着更加丰富的自然和人类生活的各种情境，包含着人类的愿望、动机与行为的各种模式，包含着各种危机的处理预案。人们体验神幻故事，就是在预装各种思维—行动程序。

我们虚构一个神奇世界的核心驱力是我们人类的愿望，越是在现实生活中难以实现的愿望，我们就越是孜孜以求，想方设法地在超现实的故事中去实现这些愿望。这种"愿望达成"就是一种创造世界的见习活动，引导我们把不可能变成可能，让世界前进的方向越来越靠近我们的愿望。比如飞行机器的制造，就是在飞翔的想象推动下变为现实的。

神奇的虚构故事既能帮助我们创造物质世界，更能帮助我们创造精神世界。故事越是超现实，象征性越强，对现实情境的覆盖面就越宽，故事中的人类愿望—动机—行为—结果链条，就越是靠近人类精神的底层架构，对我们创造自身的行为模式就越有规范性。

创作虚构的超现实的神奇故事，以引领人类创造活动，是神话创作者与现代大众文艺创作者的整体自觉，但还不是古往今来文艺研究界的整体自觉，因为他们一直缺少有用的理论工具，他们看见的是虚无，是"不食人间烟火"，而我们看见的是人类的创造欲望、才华和建设人类世界的蓝图。

第六章　神话叙事的精神建构效能(上)

二、神话叙事 — 大众文艺的认知效能

首先,我们要意识到,文学与影像艺术的认知效能有所不同。

文学以文字符号为表达工具,以虚构为基本构成方法,以人类愿望为依归,它的长处必然是以超现实故事形态为主的,而在反映现实生活方面,远远弱于影像艺术。但并不是说文学就没有认知效能,只要人类具有认知的需要,那么文学就会服务于这种需要。

神话叙事的认知效能主要指向人类精神内部,而不是生活的客观性内容和生活常识。神话叙事创造了许多超现实的神奇故事,建构了一个一个带有具体情境的想象 — 体验 — 认知 — 伦理结构,它的认知效能有两个方面:人类精神世界认知和环境 — 行为模式认知。

我们在神话叙事体验的情感活动中,认识人类内心世界的方方面面。我们探寻人类精神的神奇表现,洞悉人类情感反应的脉搏,洞悉人类愿望 — 动机 — 行为 — 结果之间的关系。我们认识自身情感唤起的原因、强度,认识自己的愿望、自我期许、价值观。我们认识自己,是从标志性的情感体验事件开始,扩展到更多自我认知和判断活动的,我们的成长,可以用遇到了哪一个重要的神话角色、哪一个重要的体验过程来标注里程碑。

同时我们也会从各种角色的精神活动中,认识人类的欲望、情感、人性的宽度和深度,认识社会环境对行为合理性的规范作用,认识伦理范式。我们会把神话叙事体验所得与现实世界的人类行为表现相互印证,最终形成有关人类的系统性认知。

神话叙事对于人类行为模式建构是非常恪尽职守的。对于青

少年读者来说，如果认知建构需要简单直白的故事，需要作品不断重复呈现某些认知—行为模式，那么人类就会创作出这样的直白的文艺作品来，直白的作品就会简单直接地帮助我们提升认知能力。

我们在青少年时代总是寻求升级打怪模式的文艺作品进行阅读体验，自《西游记》《魔戒》《哈利·波特》到网络文学中的"小白文"，这些作品帮助青少年通过超自然力、灵魂与怪物想象，建构理想自我的形象，把恐惧对象化以战胜恐惧，驾驭自身欲望冲动，获得善恶认知、是非判断，通过修炼—战斗—成长获得驾驭困难的能力，通过打怪成功升级获得胜利喜悦，获得自尊感。

这些作品比一般写实性作品，能够覆盖的人类生活场景更宽阔，其人物的心理行为的呈现，更加切合基础人性，更加契合人类情绪模式，帮助青少年想象世界、认识人性，借鉴人物关系建构伙伴关系和分辨敌我，建构合理的行为模式。其主角的行为模式更适合成为青少年的行为典范，对于人类精神底层架构的建设起到不可取代的作用。所以，它们就能够成为通行于世界的青少年"教科书"。

升级打怪模式的网络小说经常被批评是模式化、同质化的存在，但这种指控是一种无效批评，因为模式化认知教育是青少年教育的基本特征之一。幼儿园教育甚至更为模式化、同质化，饭前洗手这个行为模式就要反复教学至少一两个学期。青少年精神建构需要强化基本的情绪反应模式、认知—行为模式，以及基本的伦理观念，升级打怪故事是这些精神建构需求的集中体现，并且这些建构任务需要在不断重复体验中才能达成。反复体验这种故事，是青少年认知教育的刚性需求。

所以，神幻小说，即使是"小白文"，也并未远离现实，它们恰恰是在用幻想故事接近我们最炙热、最基础的愿望和情感，服务于我们的认知 — 行为 — 伦理模式的建构，起到了其他种类的文艺作品不能起到的作用。

三、唤起思考的效能

关于大众文艺如网络文学、大众电影等的思想性评价标准，有一些由来已久的误解。一些人认为大众文艺主要是发挥娱乐功能，不应有思想性要求；也有人认为文艺作为精神产品应该具有正确而深刻的思想表达，创作者应该是思想家，同时应该远比一般人更加高尚或高雅，这样才能写出合格的作品。

这都与实际情形不符。

当然，任何人都应该追求思想的深刻和精神的高尚，但这并不等于说创作者一定要在作品里表现出自己深刻的思考结论，直接表达自己对社会对人性的洞见，或者一定要写出高雅的文字，表现高雅的人格风范。许多著名作家在写出自己的代表作的时候，这些作品并不具有深刻的思想能力，然而其作品却被认为具有深刻的思想性。这就说明，文艺作品的思想性表达另有其道。

神话叙事 — 大众文艺经典作品常常具有久远不衰的思想伦理效应，其思想性主要体现在对体验者思考活动的召唤中，而不是体现在思想结论的直接灌输动作之中。

神话叙事 — 大众文艺对思考活动的召唤，依赖一个一个带有具体情境的想象 — 体验 — 认知 — 伦理结构，如《俄狄浦斯王》《西游记》等名著，都存在着自己的经典性神奇故事模型，有着独特的想象 — 体验 — 认知 — 伦理结构，并对后来的创作者产生思想伦理表达的示范作用。它们在故事情境中，唤醒体验者的生命经验、情绪倾向，调动体验者的知识系统和判断能力，优化体验者的思考效率，让体验者得出自己的结论。亦即是说，不是大众文艺直接表达了思想，而是大众文艺的故事、精神结构，与读者的精神需求和精神质地相结合，产生了思考成果。

神话叙事—大众文艺作品创设的想象—体验—认知—伦理结构，具有以下几个召唤思考的效能。其一，是大量诉诸我们的感知觉如视觉的经验和想象，令我们产生情感伦理倾向。很多文学作品看起来只是在对人物外观、心理和行为进行描写，似乎并未阐释高深的思想，但作品对角色的阳光明媚的面容、阴险狡诈的面容、城府甚深的面容，甜蜜的声音、充满诱惑的声音、冷酷的声音，对他人友善的行为、具有侵略性的行为、背后攻击他人的行为等的描写，或对超现实的角色的描写，如邪魔生物或萌宠生物的差异极大的外观和行为描写，对于我们都具有强烈的暗示性，都能够调动我们的生命经验和潜意识。我们会不知不觉地接受创作者的描写、暗示的影响，对人物和事件产生某种情感伦理倾向。如丑恶形象的恶魔一出场，什么也没做，你就已经有了自己的情感反应：厌恶和恐惧。自然，对与它有亲密关系的人物，你也会产生厌恶之情。

其二，故事的社会情境描述、情节的走向、人物的行为、对立观念和对立的人际关系所形成的情感冲突，会把我们的社会经验和阅读经验召唤起来，让我们在精神世界搭建出一个社会性想象场域。作品情境与体验者经验互相渗透融合，驱策了体验者对作品的理解。

如《魔戒》作品中并无宗教伦理思想的直接表达，但是主角一方和反派一方围绕销毁至尊魔戒的过程，展开了激烈的战斗，也在主角一方的伙伴们内心,展开了欲望和责任的斗争,这就激发人们对人性、欲望、伦理、社会历史、种族等问题进行思考,与宗教神话的体验效果就颇为一致,产生了很强的思考召唤作用。

在《黑暗物质》中[1],设定每一个人都有自己的守护精灵。守护精灵与人的灵魂相连,他们保护着人类。守护精灵死了,人就会死;人死了,守护精灵就会化成一阵青烟。这种关系象征着人的自由和情感支持关系。邪恶一方企图通过科学实验,切割守护精灵与人的灵魂联系,切割之后,人就会变得"纯洁",其实是变得呆滞、简单,可以听任他人控制。而主角一方极力解救被控制的儿童。这种冲突建构,让青少年很容易产生代入感,与人物一起产生切肤之痛,认同主角与精灵伙伴的灵魂陪伴关系,辨明善恶是非观念,帮助青少年建立反对精神控制的自由意识,建构独立自主的人格。

《间客》《盘龙》《牧神记》等神幻小说的核心冲突,同样是人类的自由精神与皇权、主宰神的精神控制之间的冲突对立。主角为人类自由而奋斗不歇,其想象—体验—认知—伦理结构唤起的现代性思考,大于作品中直接表达的思想内容,在帮助青少年形成现代性精神架构方面很有效用。

其三,神话叙事—大众文艺的思想伦理表达还常常诉诸快感奖赏机制和惩戒机制,对大众思想伦理倾向的塑造起到刚性作用。神话叙事—大众文艺通常会用主角大获全胜来褒奖主角的正义行为(快感奖赏机制),用人物的肉体痛楚和死亡惩戒其罪错(惩戒机制)。

---

[1] 《黑暗物质》三部曲是英国作家菲利普·普尔曼(Philip Pullman,1946—)创作的奇幻小说,获得许多重要文学奖项。普尔曼被评论界认为是继《魔戒》作者J.R.R.托尔金之后最优秀的盎格鲁-撒克逊奇幻小说家,作品已经被改编为电影、电视剧,在世界各地上映、播出。

这些快感奖赏机制和惩戒机制都来自古代神话，比如在希腊神话、北欧神话中，主宰神或他们中意的角色经常会大功告成，以此表达神赏意图，而悲剧英雄、反派角色却经常因为违反主神的意志而遭遇死亡或肉体痛楚的惩戒，以此表达神罚意图。后来的神话叙事常常用神赏和神罚来表现思想伦理倾向，形成伦理信条。

如希腊悲剧《俄狄浦斯王》和近年来风行全球的电视剧《权力的游戏》[1]具有同样的神罚结构，其主要人物由于命运的拨弄和欲望的驱使，犯下近亲通奸、背信弃义、滥杀无辜、纵欲等恶行，结果遭受肉体痛楚和死亡的惩戒。主要成年人角色几乎都受到了肉体折磨，或被命运之手杀死，直接唤醒体验者的肉体感受和伦理情感。大批角色轮番死去，观众并未反抗创作者的行为，而是顺利承受了这些神罚结局，这就强化了人们心中的基础伦理框架。这种作品与人物的走势和结局形态，其中的悲情反应，对于体验者的思考召唤是一种强功能的精神结构，几乎可以直接左右体验者的思维判断。

其四，神话叙事的种种想象—体验—认知—伦理结构，是神话以降的大众文艺传统与创作者的创造性共同塑造的。有时候传统的影响甚至大于作者的独立思考或时代思潮，由于作者采用了某种经典的想象—体验—认知—伦理结构来统御故事，作品就能产生超出作者思想状况的"思想性"。

比如青年曹禺创作的《雷雨》，其故事主旨是"乱伦者及其后裔会被不可知的命运处死或遭受肉体痛楚的惩戒"这个乱伦禁忌，这

---

[1]《权力的游戏》(Game of Thrones)是美国 HBO 电视网制作推出的一部中世纪史诗奇幻题材的电视剧。该剧改编自美国作家乔治·R.R.马丁的奇幻小说《冰与火之歌》系列，获得许多重要奖项，被英国《卫报》评选为 21 世纪 100 部最佳电视剧第 7 名。

是自《俄狄浦斯王》以来屡屡建功的经典性想象—体验—认知—伦理结构,与作者的左翼革命思想(只有革命造反才能改变命运)完全相反。但是人们被召唤出来的思考,显然会向"乱伦禁忌"这个经典性结构倾斜。因为故事的神罚结构、情感体验指向非常清楚,人们会哀伤地接受大少爷、二少爷和四凤的死亡,繁漪的疯狂,在死亡和肉体痛楚体验中,强化乱伦禁忌观念,而不会期待革命者鲁大海能够改变人物的命运。

大众文艺会把各种古代神话传统的象征性元素,加入种种想象—体验—认知—伦理结构,从而戴上文化传统的袖标,产生宏大的思想性背景。在《红楼梦》中,佛教、道教神话成为作品的精神背景,笼罩着人物的行为和结局,人们在体验、理解这部写实风格的"红楼梦"时,就会牵引出整个华夏神话世界的意义网络。《水浒传》中的造反者或流寇,因为具有"天罡星、地煞星"的神奇来历,而显得个个不凡,其行为就不仅仅是人类个体的胡作非为,而具有历史宿命的意义,所能够召唤的思想活动就远远越出作品的梁山泊小世界,令读者对天下大势展开联想。

现代科幻电影中经常加入各种古代神话元素,让体验者把自己的神话想象叠加到科幻想象场域中,使得作品召唤的思想情感变得宽阔无边。如《星球大战》《黑客帝国》,都因此产生了各种意料不到的思想性效应,让故事成为人类整体命运的象征,令观众产生缥缈的幽思。

网络神幻小说则更加擅长运用"神赏"传统,营造想象—体验—认知—伦理结构,让主角修炼战斗成长获得各种成功,来奖赏他的意志品质和不懈努力。神幻小说创作经常调动体验者全部的东西方神话想象资源,让体验者把自己神话化,身处神话意义的网中央，与人类精神的全部底层架构产生联系。人们在神幻性想象－体验－认知－伦理结构中，会思考起一切宇宙自然、生命、社会的宏大命题，而又直接把体验者置身于超能力修炼场域，调动各色各样的生命内部活动的想象。这些大到宇宙、小到一个一个生命细胞的想象－体验成果，都会被体验者反馈给作品，把作者未曾设想的意图归属于作者。

那些人类神话代表性作品，就常常用经典神话的或自创的想象－体验－认知－伦理结构，对人类整体命运进行演示，召唤青少年读者的体验思考活动，建构好人与坏人的基本行为伦理判断，建构基本的社会思想的思考框架，对日后形成系统的社会思想打下坚实基础。

其五，神话叙事的这种思想性表达的特点和内在力量，是作品与体验者精神结构共同铸就的，由于体验者精神构成各不相同，他们在一部作品中获得的思考成果是天差地别的，而这都应该是思想性表达预期之中的事情。

我们可以认识到，神话叙事－大众文艺作品的想象－体验－认知－伦理结构才是作品真正的"思想器官"，是它召唤出了体验者的思考活动，与体验者的"思想器官"相拥抱，从而产生了思考成果。

一部优秀的神话叙事－文艺作品就在于它的"思想器官"具有文化传统的广谱精神背景，又具有某些独创性，给人以新鲜的思考刺激，具有鲜明的情感倾向与社会人性的包容性，以及阐释的弹性。它能够巧妙地利用体验者的能动性，利用体验者的精神资源，产生无数的思想成果。所谓文艺经典，就是其想象－体验－认知－伦理结构能够跨越个体和时代局限性，能够与任何时代的体验者的精神需求、自我建构行为相结合，产生新的情感、思想、伦理效能。

作者在故事和想象—体验—认知—伦理结构之后隐身，节制地表达自己的观念是比较明智的，而在作品中直抒己见，有可能被一时一地的读者所激赏，但很容易被个人认知和思考的局限性、时代局限性所拖累，反而阻碍了很多体验者的精神探究。

神话叙事的思想性表达，既取决于它干了什么（建构有弹性的精神结构—故事），也取决于它明智地没干什么（避免作者思想局限性对体验者的干扰和限制）。人们往往高估了"经典作品"的"思想性"，却低估了体验者的思考能力。其实，是体验者自己特别是职业读者——批评家在作品召唤下，与作品的"思想器官"一起想到了许多"思想"。

第七章

神话叙事的精神建构效能（下）

人类灵魂、精神秩序、想象世界以及大地上的社会、国家是人类自我建构的产物，只是经常通过神话叙事假托于造物主的旨意，而造物主神话来自凡人的巧思妙想或胡思乱想，人类想着想着，就创造了世界又毁灭了世界。

本章论述神话叙事特别是人类神话对灵魂、人格、精神秩序与观念世界的建构作用。

第一节　灵魂神话和人格神话：建构和变迁

相比"人类是进化而来的灵长类哺乳动物"这种科学的描述，通常人类更加愿意自认为是有灵魂的人，人们会说，"是我的灵魂支配着我的行为"，"这件事情考验了我们的灵魂"，等等。如果我们说一个人是没有灵魂的人，那将是非常严重的人格或伦理指控。

对于灵魂观念的塑造，经验 — 实证知识谱系的作用并不显著。人类的灵魂观或人类的核心自我认知，是在想象 — 体验知识谱系中成型的，与神话、宗教、哲学、文学艺术密切相关。人类历史上，由于神话叙事、学术研究的进展，对人类灵魂的认知发生重大改变，就会带来剧烈的社会历史变迁。

人类建构灵魂的过程，全程都伴随着神话叙事，这个过程也是想象—体验知识谱系的创造过程，是人类文明的诞生、发展、重构的过程。

一、古代神话叙事的灵魂、伦理秩序建构效能

人类文明自开始阶段就有一个显著的倾向，那就是对于人类生存、发展繁衍非常重要的事物，人类就会把它神圣化、绝对化，增加其魅惑力和神奇性，把它与绝对力量、绝对意志相融合。而事物的神圣化和绝对化，就要借助于神话叙事。如把灵魂、生命、大地、天空、部落、国家、祖先、夫妻、儿女，把人类的战斗、恋爱、繁殖行为，都神圣化，就繁衍出祖灵神话、创世神话、英雄神话、爱情神话，以及国家神话，让人们崇信之，爱恋之，建立牢固的情感联系，让人类个体与自然、与社会组织建立密切的关系，这就给人类的生存、发展和繁衍提供了保证。

在原始部落社会，泛灵论是主导性思维。人们认为，自己是祖灵的后代，体内有着祖先一样的灵魂，灵魂是有力量、有欲望、有态度的一种事物，有时如同小小的婴儿，可以在不同身体中流转，这个灵魂观维系了部落的血脉连心般的团结。人类一边创造神灵的故事，一边模仿神灵的行为，建立了自己与神灵的关系，建构了自己的灵魂，因而建构了人类自己。

神话叙事配合相应的宗教—巫术体验仪式，就具有了管理人类精神秩序的功能。人类讲神话故事讲出了宗教，这是想象—体验知识谱系具有灵魂建构功能的第一个里程碑。

人类普遍运用神话叙事发展出自己的宗教，制定某些社会伦理

规范,神话叙事从欲望叙事(如希腊神话),向管制人类欲望的宗教神话形态转化,就把欲望管制起来,如禁忌神话依靠惩戒性的故事结局来表达原始禁忌。

如在《俄狄浦斯王》中,俄狄浦斯杀父娶母,结果父母子女皆死,自己刺瞎双眼,终身陷于痛苦。这样就以角色的死亡、肉体痛苦体验建立了乱伦禁忌,帮助人类摆脱近亲繁殖,从族内婚走向族外婚,推动人类进行大范围的通婚与合作,部落联盟与国家的建立才成为可能。

在造物主创造世界、主宰世界的主宰神话发展过程中,人们不断细化、人格化造物主和精神主宰形象,把社会秩序教义化、神圣化,让人们相信人类的身体与灵魂是主宰大神的产品,应遵守主宰大神订立的秩序规则。人们从神及其使者那里获得精神指引,感知神与自身的关系,感知生存意义和价值观信条,而不需要再追问其他答案。人们在主宰大神设定的精神框架内构造个性,在主宰神话与仪式活动的体验中,感知内心情感,感知当下自己的灵魂模样,人们因信而觉其真,因信而内心安稳。

主宰神话的主要效能就是建构人类理想中的灵魂和精神秩序,让主宰神保护和指导下的灵魂时刻保持自己的纯洁,保持谦顺,明辨是非,履行自己的使命。人类通过神话叙事建构了灵魂以及与主宰神的关系,就让人类世界得以相对有序地运行,让人类合作所必须具备的伦理基础更为稳固,为人类的生存与繁衍提供了相对稳定的社会环境。

在基督教世界,人的生命和灵魂是上帝创造的,死后灵魂受上帝使者的审判,依据在世表现,得到上天堂或下地狱的不同处置;道教、佛教世界的灵魂是先天存在的,道教、佛教强调灵魂的转世,依据在世时的善恶表现,判决转世结果的好坏,所产生的灵魂风景更多。

宗教场域的灵魂都有实体,与本人形貌相似,受到因果律的影响,如同时空旅人,在不同世界穿梭。这样,原始神话——巫术创造的可以到处乱跑的灵魂,穿上了体面的衣服,做起了体面的事情。

主宰神话的核心关切始终是人的繁衍、人的生与死,为之创造出各种活动仪式。人们去教堂结婚,或者拜天地、拜高堂,洞房花烛,让婚姻得到神力加持,在神的监督下恪守伦理,增强男女灵魂力量相融合的凝聚力,建立婚姻繁育行为的社会关系,婚姻就能稳固长久,从而有利于后代的成长。

人们相信人的生死轮回由神主宰会更有序,更合理,更有规律,人在神的护佑下,在相信同一个神的群体中相互依托,灵魂才现世安稳,未来可期。

人们这样实践着神话故事,就会增强主宰神的力量,让更多的人相信神力具有稳定性。沧海桑田,人类讲故事的能力越来越强,模式也不断变化,但婚姻与生死活动始终需要神圣的仪式来确认其意义,予以神圣感的加持。

几千年来的神话叙事、古代文学艺术的灵魂观念内核,始终是围绕凡人灵魂与神的关系来展开的。这是古人的愚昧行为吗?不是,人类创造的事物,若是普遍存在于世界各地,那它必然是对人类有着重要作用的。我们的研究工作不是要证明造物主、主宰、灵魂的真实存在,对于我们的神话学研究,重要的是搞清楚人类创造并相信神的存在对人类起到了什么作用,它们的功能和形态建构是如何相互促进的,它们的观念演变对人类文明产生了怎样的影响。

二、人格神话与古典灵魂观念的瓦解

古代一神宗教神话不断消灭离经叛道的灵魂,人类的创造性受到压制。欧洲文艺复兴以来,人的欲望和才智从一神宗教严厉管束下解放出来,宗教机构独霸精神裁决的正当性逐渐被颠覆,宗教神话被赋予新的阐释,上帝还在上方俯视人间,但凡人走上了独立自治的道路,个人权力本位、自由平等的信念日渐深入人心,科学与工业因此得到发展,人的能耐越来越大,农业文明时代产生的神祇无奈松开手里的缰绳,看着人类创造工业奇迹。

启蒙主义思潮兴起后,欧洲知识分子相信可以用学术、文学艺术和教育塑造灵魂。伴随着大学制度和新闻出版事业的兴起,学者、作家等人文知识分子——新型人类先知,开始充当人间的精神导师,从神职人员手中,争得了部分灵魂塑造权。数百年来,人类产生了许多人文知识分子精神导师,如同一神教独霸灵魂塑造权之前的苏格拉底、柏拉图、亚里士多德、老子、孔子等那样,行使为人类精神秩序立法的权力。

启蒙运动以来最被普遍接受的人文主张,是通过学术、教育、文学艺术对人进行人格教育,培养人的独立自由的主体意识、真挚自然的情感、理性的思维状态、高明的认知判断能力、美好的道德品质,这些因素融合在一个人身上,可以构成完美的人格。大众的人格美好可以让人类社会变得美好,独立而高尚的人格支撑起人类精神架构,可以成为社会秩序的稳定器。现代学术凭此建构了一套人类自决的伦理秩序,这是现代性文化的基础。

"高尚的人格"成为一种神话,它代替"神格"神话进行灵魂塑造工作,"欲望 — 情感 — 人格"这个人性共同体,可以称之为古典灵魂的一种现代替代物,是人类自由精神的象征物。

在此过程中,文学艺术塑造灵魂的作用上升了,文艺越来越成为神圣的事业,文艺活动代替了许多宗教活动,作家、艺术家代替了神父,成为人类灵魂的工程师,文艺代替宗教裁决人间精神事务,人类灵魂越来越艺术化了。

当人们恐惧与焦虑、心思不决时,可以去祖宗牌位前烧香,可以去教堂祷告,也可以在文学艺术的欣赏活动中,调协精神秩序,融化心中块垒,安定不宁的心境,让情绪得以舒展,找到价值判断的指南。

这样,人类灵魂多了一个窗口,人既可以拥有神格也可以拥有人格,人们自己为自己的灵魂雕刻花纹,清洗尘土。

但是,人类在精神世界并未高奏凯歌,而是陷入了迷茫。现代人类从神的奴仆地位解放之后,创造了工业文明与科技文明,能力越来越大,古典灵魂观受到了真正的冲击,受到人类自己的创造物——科技的冲击。科学占据了人类文明圣殿的顶端位置,围绕古典灵魂观建构的人类文明受到颠覆。灵魂的迷茫,在很多地区很多时代都是社会问题的根源之一。

科学对人类生命和灵魂观的第一重冲击是进化论颠覆了神创论。十九世纪达尔文创立的进化论,证明人类不是神创造的,而是从卑微的爬虫—猴子经过自然选择一路进化而来的。进化论代替神创论,成为一种新的人类起源认知的"源代码",现代学术以此为出发点解决人类生存与繁衍的很多课题,创世神话与宗教受到责疑,人们尚无法找到神创论与进化论可信的融合方案。

从现代生物科技理论的角度看,人是一种携带遗传密码的生物,人体是一种用过就扔的基因载体,人类个体的主要价值就是繁衍后代,所有思想、情感和感觉都只是生命体的生物算法,是神经系统的功能显现,灵魂是神经活动的光辉或投射的影子。

如此,灵魂神话幻灭,人格神话也同样消殒,漫长的人类文明史将只剩下一堆瓦砾,无非是秦砖汉瓦或者是埃及方尖碑残片的区别而已。

这就令人恐惧了,人类精神秩序的基础消失了,虽然普通人还可以在神的怀抱安睡,但知识分子作为人类先知,只能在自我怀疑中失眠,茫然无措。

第二重冲击是信息时代与生物科技时代的叠加,人类开始憧憬一个新的人类文明时代:人类将拥有改造自身基因,创造更完善生命体的能力,也将拥有把人类意识上传至各种信息载体,而让人类意识永远不灭的能力,亦即意识层面的人类将会脱离肉体而永生。如此,人类制造多种新型人类迫在眉睫。

人一边信仰自己的创造性和科技能力,一边因为人类身体的局限性而蔑视自己,驱动着针对自身的改造运动。一部分人会因为生命得到完善,或拥有改造、创造人类的能力,可以永生,成为"科技神",成为掌握先进技术的造物主。另一部分人则成为被生产被改造的产品,成为低等级的人类,人类分裂为意识信息层面的人(可以永生)和自然生命体的人类(必然消亡)。

这就昭示我们,我们的灵魂认知、人类生命认知被颠覆之后,科学发展本身就会出现根本性的问题,会出现人类自身难以驾驭的生死存亡的问题。进化论与科技发展颠覆了原有的人类灵魂及其价值体系,颠覆了人类生命的定义。那么,由谁、以什么标准,判断科学发展方向的合理性呢?如果人类继续以科技进步为价值指向,以增强人类生命力量为发展目标,那必然就意味着自然进化而来的自然人类将灭亡,那么科技发展的意义何在呢?

那些能够判断是非的灵魂、人类价值观的裁决者,去哪里了呢?

由此看来,灵魂并不是可有可无的东西。灵魂是什么?谁来塑造灵魂?人类的精神价值究竟何在?人们需要能够抚慰现代人核心关切的答案。没有灵魂——这个人类精神价值的源代码,人类将永失安宁。

第二节　现代神话叙事如何重建灵魂

我们仍然要从想象—体验知识谱系中寻求重塑灵魂的资源,在人类的想象和创造中重建精神秩序。

人类仍然是人类,只要人类灵魂的构建有助于人类的生存与繁衍,能够让我们兴致勃勃地继续创造我们的文明,那么我们就会继续建构灵魂并让灵魂神格化。最初,人类创造神话故事为人类精神活动提供了源代码,现代人类也可以通过造神来寻求自救之路。人类神话来了。

我们应该庆幸,一般人对人类文明的变迁还未觉知,或还在自我怀疑、犹豫不决之中,现代神话叙事其实一直在重塑人类的灵魂。好莱坞电影、神幻小说经常在无意中推出自己的灵魂创意产品,接过了灵魂想象的箩筐,兜住了四处飞散的人类的神力。

尤其是神幻小说吸收了世界各地的神话资源,特别是把佛家、道家的修炼观念及灵性思维,与欧洲神话和现代科幻文艺的想象元素相嫁接，兼顾了神格与人格构造的思想资源，创造出多维度的灵魂面貌。

这将是人类面临灭亡危机的时代，也是人类又一个凶猛的神话创作时代；是颠覆的时代，也将是一个科学文明与灵性文明共同繁荣的时代；是重建人类文明的辉煌时代。

我们来看看新型神话叙事是如何建构人类灵魂的，现代人类生活与神话叙事创作是怎样互相促成、交替推进灵魂塑造的，新型灵魂观有着哪些功能特征，也许我们能够从中觉知人类未来会发生什么。

一、强化灵魂的自主自由意识和开放性、创造性思维

好莱坞电影、美剧、英剧、日剧和日本动漫、中国网络文学中的现代神话叙事——人类神话的共性之一，是尊重人类精神解放的历史潮流，强调人的自主性和精神多元性。大多数现代神话叙事的主角对人类自身充满敬意，不会在任何主宰大神的威压下自我奴役。他们为自己赋能，信赖自己的选择能力，自己建构自己的灵魂。他们相信每个人可以有不一样的灵魂，有着与他人区别开来的人格特征、情感倾向、思维方式，可以容忍别人相信不同的主宰神话。

神幻小说主角更加自我飞扬，他们相信如果世界上应该有主宰，那就只能是人类自己。他们相信自由意志是成神的主导力量，在修炼中，按照自己的修炼目标去努力，从世界神话资源中选择各种金光闪闪的灵性构件，亲手组装自己的灵魂，自己修改、升级精神程序，灵魂的外观是自我意志的显形，如同可以不断升级的元婴。

他们是复古的，正如原始部落的巫师，漫无目的、肆无忌惮、随心所欲地创造着新人类神话，把古代神话的主宰神灵、天使、精灵、

树人、魔兽与外星人纳入自己的神话叙事，成为自由世界的角色，与他们一起自由翱翔。他们又是开放的，偏爱体验新奇的世界，拥抱各种有趣的灵魂，扮演自己想定的任何神灵角色，具有灵魂的冒险性。神幻小说通常都可以看成是冒险小说，主角凭着自己的意志完成自己的奇异灵魂旅程。

人类个体夺回了灵魂塑造的权力，人们可以成为自己的神、自己的先知。这应该就是现代人理想中的自己，人们在神话叙事——大众文艺中体验到灵魂的自由舒展，自己描画自己的灵魂建构蓝本。

虽然也有很多人并不想要这样。

二、平衡肉体与精神秩序需求

某些主宰神话贬抑人类的肉欲，要求人们遵从教条，让严谨的灵魂管制自己活蹦乱跳的肉体，这是人类失去自主性和创造性的原因之一。建立精神秩序的目的是规范欲望，但不应该任其窒息肉体欲望和创造力，那将失去建构灵魂的初衷。没有欲望就没有人类的生存与繁衍活动，欲望是生命体从事各种活动包括创作神灵故事的驱力。

如漫威世界、DC世界的英雄们，如神幻小说主角，与古希腊神话中的大神和英雄一样，追求欲望的达成，他们爱恋着，追求成功的人生，为生命的欢娱而激动和痛苦。但他们也渴望代替造物主和天使展示人类的精神秩序，也追求神格的伟大，尽力保护人类，创造理想世界，有时候甘愿为了人类生存而牺牲自己。

这样的神话英雄，是人性与神性的结合，对于现代人的灵魂建构更有示范意义。

第七章　神话叙事的精神建构效能（下）

三、对观念和思维程序的混同效能

在好莱坞幻想电影与神幻小说中，科幻元素与玄幻、奇幻元素越来越兼容合流，未来科技想象与超能力想象越来越融合，如系列电影作品《复仇者联盟》《正义联盟》及神幻小说《间客》《放开那个女巫》《修真四万年》，多数主要人物都是同时掌握科技之力与超能力的神奇英雄。

这就可与现代人的思维特征交互印证。现代神话叙事软化了人类的信仰壁垒，人们可以在短期内体验多个主宰神话情境，可以在多个相互冲突的故事——行为模式中自由切换，也可以切换不同的思维程序。

世界各地的科学家与新型神话人物一样，可以在科学实验室中按照科技逻辑、实证思维进行科技创新，乃至像造物主那样创造生命，可以与孩子一起观看科幻电影，而周末他可以虔诚地向造物主、主宰神祷告，让造物主的光芒照亮他的内心，他又可以在精灵、兽人等题材的网络游戏中，在一个自己信奉的造物主原本不可能兼容的虚拟世界，按照造物主不能容许的游戏模式行事。这样的精神局面是有灵性的，有创造力的，保持着各种可能性，又有某种紧张感。一神论与多神论原本是相互解构的，科技思维与神话思维、灵性思维是彼此对抗的，然而现在可以同处于一个现代人的精神世界之中，他却平安无事。

古代人类往往真的相信一种神话故事，大脑中装配着一套程序（统一的文化——思维——行为模式），保持观念——行为的一致性，才会感到圣洁而幸福。而现代人类大脑中装配几套程序，自由切换几套观念——行为模式,才会觉得有趣而快乐。并且人类还在不断升级或装配更多的故事模式,以激励自己的创造性和多元性建构,这才符合许多现代人灵魂建构的自我期许。

这并不说明人类变坏了、不纯洁了,只是说明人类大脑的功能提升了,灵魂的容量变大了,装得下许多相互矛盾冲突的观念、程序和角色剧本。事实上,在科技迅速发展的时代,只有大脑能够兼容几种观念和程序、可以在几个故事模式之间自由切换的人,才能更有创造性,才能更好地生存与发展。

这与神话叙事的情感统一性与兼容性密切相关,在人的情感体验这个平台上,可以兼收并蓄,开放各种思维的花朵,所有的香气都被灵魂吸纳,人的灵魂观因此变得圆融,可以同化一切异己的观念。

四、凡人神的灵性生活——修炼文明的灵魂滋补效能

对于人类个体来说,追求自我完善,体验脱离俗世的羁绊,建构超凡脱俗的人格,感受到自我意志舒展和力量成长的生命形态,这样的自我形态就是"神我"。它映照在神幻小说中,就是经过修炼,灵魂逐渐丰满、滋润、壮大而成神格的状态。

好莱坞电影、神幻小说是以凡人成神为核心的新人类神话,对于观众和读者,它当然不提供真实的武林秘籍,而是提供一个又一个体验灵性生活的精神秘境。

许多神幻小说依据道家、佛家修炼的玄思,创造性地再造出许多玄妙的修炼方法、境界、等级状态,在我们心里,它们仿佛是可以验证的通向天台的成神通道,把神话故事的体验性放大到极致,诱导我们进入灵性状态。

这种阅读体验，比欧美流行的冥想训练，更加真切可感，更加丰富细腻。我们在修炼中，想象与感受自己的生命力量正在不断升级壮大，心湖中的神我日渐伟岸，我们在体验中确信生命的意义，对自我产生信赖。同时，神幻小说把宗教神话中神对人的支持护佑关系，替换为一起修炼——战斗——成神的灵魂伴侣、道侣、生死兄弟之间的精神支持关系，这就已经具有宗教神话的效果，它是凡人自持其"性"与"命"的"修炼文明"，是一种在体验中融合生命与宇宙、消融物我界限的独特文明。

这样的阅读体验就是自由证道的心理历程，能够滋润补养灵魂，帮助灵魂保持其独立自由而自信的状态。

五、对传统主宰神话的柔性化安置

一般现代人类为了应对外在威胁和内在心理冲突，还需要以固有的主宰神话信仰作为精神支持，人们把神看作是面对生活压力的护佑者。

传统主宰神话仍然是许多地区人类灵魂的底色，又借助于大众流行文化，扩展其想象与体验的外延作用，比如圣诞节与圣诞老人具有完整的大众文化仪式符号系统，全面进入了现代世界的日常生活。华人的春节、端午节、中秋节及其背后的神话故事，也逐渐在世界各地展现自己的魅力。如是等等现象，在全球化叙事中会越来越普遍，各地区的传统神话可以凭借独特的故事模式与流行文化包装，在世界大众文艺的集体叙事中，在人类想象——体验知识谱系的自然延伸中，成为现代人类精神价值的共同源代码和行为模本。当它们成为一种大众文化，确实也增加了不同文化之间的兼容性，成为不同文明体系的人类加强合作的文化范式。

当然不同主宰神话对灵魂建构模式的竞争关系是存在的，在开放环境中，各地主宰神话要么主动以鲜活的形态去加入世界大众文化竞争，让自己的故事成为人类共同的故事，祖灵复活，让别人体验你的神的力量，要么闭关不出，让自己的祖灵萎缩湮灭，你只能去信别人的神话故事。在互联网时代，人类传播故事的速度是迅速的，一个社会缺乏故事创造，其他社会的故事就会更显魅力，会趁虚而入，一个地区控制打压故事的自由创造，恰好为他处神话故事的进入扫清了障碍。

如此一看，神幻小说把东方神话元素，借助于修炼文明的艺术体验，推介给了欧美青年，神话传统也就成了一种文化竞争的资源。但更大的功绩，还是神幻小说广纳世界主宰神话资源，在自己的大众文化"炼丹炉"中，炼出了火眼金睛的新的灵魂，有功于人类精神秩序图谱的完善和平衡。

六、强化人类神话与全球合作意识

好莱坞电影、神幻小说在各种神话资源的基础上，重新创造出跨地区跨文化的人类神话，胸怀宇宙的人类神话英雄，已经纷纷走上了众神云集的世界精神舞台。好莱坞的英雄们——来自不同种族的凡人神，根据自己的良知和判断，联合了起来，不断在各种人类灭绝危机中拯救人类。神幻小说的主角经常在整个宇宙，自主地吸纳各种族势力、各种文明建构自己的世界，其实就是人类合作的一种新的蓝本。

这是历史发展的必然。人类狩猎文明与农业文明时期创造的主宰神话，只能管理一个地区，在全球化潮流中，在工业化、信息化社会,已经暴露出它们的口径狭窄、排他性的弱点,难以胜任全球合作的精神支柱。

在全球化时代,总体而言,人类个体、企业、民间组织的跨国家、跨文化合作越来越多,促使人们在原有主宰神话叙事的秩序之外,建立人类个体的合作秩序、信用与良知秩序。人类自立为神的好处是人类不需要主宰在天空进行监督,也不需要仰望星空,就可以做出一切人类自主的善行。

这与全球化叙事、人类命运共同体建设相互推动,极大地促进了人类是一个整体的观念形成。人类神话的核心就是人类个体在心中神意的指引下,展开自主合作的故事。现代主宰神话的雏形已经产生,全球人类合作的集体意志——人类种群的公共神意,将是最终的主宰意志。

七、凡人神的故事——拯救人类的源头密码

我们从神话叙事和人类实践中,可以发现建构人类的关键因素是:人类有一个根深蒂固的源头性的思维程序,反映了人类的根本精神特征,这就是搁置现实,创立一个假定性设想(如上帝说要有光,于是就有了光),用虚构的故事描绘世界来源和人类行为依据,以确定精神秩序。只要这个故事设想是合理的或者是有用的,我们就可以信以为真,且不断用神圣化手段强化它的真实性,从而为人类精神世界确立蓝本。

人们较容易看到科技发展对世界的贡献,却可能看不到一个根源性的问题——文学艺术的发展提升了人类的虚构能力。人类合作可选择的行为——伦理模式越来越多,人类个体可以脱离原有的硬性的社会组织体系,而随时按照一个公认的"故事",自主联合、自我组织,随机诞生新的临时性组织,人类的创造活动与相互合作就变得广泛而高效,世界前进的速度也就越来越快。

文学艺术在大多数历史时期,都是以神话叙事为主导的。神话叙事最大限度地扩展了虚构的可能性。一个神话一旦被人发现是有用的,就会迸发出建构灵魂、建构世界秩序的巨大能量,人类创造神话的能力是每一个末法时代解救人类的关键因素。故事拯救人类。

好莱坞电影与中国神幻小说是人类神话传统的优秀后裔,它们一年创造的神话故事,比古代人类一千年都要多。它们创造出许多人格(凡人自主意志)与神格(绝对意志与绝对力量)相融合的凡人神话故事,为人类自己立法,半人半神的英雄们为人类正义事业而献身,总在关键时刻拯救人类,企图改造人类灭绝人类的反派角色都最终走向失败。这就帮助人类应对和驾驭了科技发展的挑战,为人类重新安宁下来调整了身体姿态。

是的,新神即位了。灵魂的意义,人类发展的意义,由凡人神自主确定。凡人神越多,世界就越安全,因为凡人神充满合作精神,又会受到各种规则制约,且互相竞争。人们不允许某一个神垄断大众的信仰,垄断人类灵魂的塑造权。

尤瓦尔·赫拉利说:"到了21世纪,虚构想象有可能成为世界上最强大的力量,甚至超越自然选择,因此如果我们想了解人类的未来,只是破译基因组、处理各种数据数字还远远不够,我们还必须破解种种赋予世界意义的虚构想象。"[1]

---

[1] [以色列]尤瓦尔·赫拉利《未来简史:从智人到智神》,林俊宏译,中信出版集团,2017年版,第133页。

斯言有理，只要人类创造故事的能力在增强，人类就能找到最好的灵魂与精神秩序蓝本。当然，新型灵魂的建构并未大功告成，神话作者仍需努力。

神幻小说创造的凡人神已经冠绝全球，多数与希腊神话的神灵相似，欲望的达成多于欲望的管理，个人愿望的实现多于公共精神秩序建构，他们的灵魂是欣欣向荣的、功能强大的，是活泼的，但还不够安宁。

最重要的疑问仍然是：在科学发展的持续颠覆作用之下，人们对自己亲手构造的灵魂是不是无条件信任呢？若在灵魂世界遇到精神风暴，向谁求援呢？

灵魂是什么，灵魂在哪里，或者将会有更好的答案？看看现在和未来的神幻小说在干什么、能干什么吧。

第三节　人类社会建构效能

基于人类的超自然力想象、灵魂观、伦理秩序观，人类建构了地上的国和脑中理想的国。神幻小说继承了世界各大神话的"世界观"，也不断新创自己的"世界观"，我们从古代神话对世界的漫长建构过程中的作用，可以探测到神幻小说创设的未来世界建构的蓝图。

神话故事看起来与现实世界迥异，但其实神话对于现实世界的建构作用无所不在，它为现实世界提供了一种精神模本，引领着人类的行为倾向和对世界的想象。神话模本的改变会带来现实世界的改变,对神话的此等建构功能,人们却往往习焉不察。

神话故事建构了灵魂精神秩序的蓝本,建构了人类合作的蓝本,从而为建构社会组织提供了各种创意。

一、君权神授与古代国家建构

原始人类的进步是从神话创作开始的。有了较完善的神话,有了灵魂与神灵的观念,人类才真正组织起来,开始进行较大范围的合作,并遵守一定的秩序。在人类历史的各个阶段,有共同信念、能够有效合作的少数人,都能够战胜或者操纵大量的乌合之众。

历史学家尤瓦尔·赫拉利说,从"认知革命"以来,人类觉醒为人,"智人"一直就生活在双重现实之中:一方面,有像是河流、树木和狮子这种确实存在的客观现实;而另一方面,我们也有像是神、国家和企业这种想象的现实。人类创造出想象的现实,就能让大批互不相识的人有效合作,创造故事的能力与合作意识,使得现代人类祖先——智人,能够战胜个体比智人强大得多的尼安德特人,成为地球世界的霸主。[1]

一个祖先神话或图腾神话,就可以令几百人的狩猎部落内部得以合作,进而扩展为一个足够大的部落联盟。但是对于"国家",单有祖先神话是不够的。现实的需要与神话叙事的发展相互推动,神力有限的祖先神灵,向神通广大且具有精神主宰功能的创世神形态进化。为了寻求更大范围的合作与防范侵略,人们创造了君权神授

---

[1] [以色列]尤瓦尔·赫拉利《人类简史:从动物到上帝》,林俊宏译,中信出版社,2014年版,第33页。

的神话,为神话增加了行为秩序规范的内容,又以人们创造出来的法律、伦理学术加持其威能。

神的神通越大,授权国王管理的地方就越大。一个图腾负载的神力只能管一个部落或部落联盟,但是创世神如上帝或奥丁大神,或如东方天帝,可以授权国王或皇帝管理一个国家乃至整个天下。如尤瓦尔·赫拉利在《人类简史:从动物到上帝》中所说的,只要人类住在相信同一套故事的地方,就会遵守一样的规矩,这是国家存在的精神基础。

王权的基础是国王或皇帝具有神力,或者神授予君主管理国家的权力,那么君主就是绝对力量与绝对意志(天的意志)在人间的代表。人类用绝对力量的想象建构了国家,也建构了君主,把君王向神圣化方向塑造,他本身就能够影响自然力量,能够影响国家吉凶,如古代英国国王、法国国王、日本天皇都具有神力,他们为万民敬仰,维系整个国家的安危。

也因为君权与绝对力量、绝对意志关系紧密,古代国家如中国统治者——天子,在发生重大灾难之际,要下罪己诏,因为大家都认为君王失德辜负了上天的期望是导致灾难的原因。所以神——绝对力量又成为一种世俗世界之上的监督力量,会通过世界上的异象或神职人员传递的谕告,监督、警示人间最高统治者。天子治理天下、征服异邦立下了功绩,亦要举行祭祀仪式,向上天报讯,邀得上天的荣宠。

同样道理,其他掌握超自然力的角色也应该掌握一定的人间权力,对人世间具有话语权。在世界各地,天师、巫师、萨满、德鲁伊、教皇、主教都受到尊重,拥有精神宰制权力,他们对社会建构发挥了各自的作用。君主社会必然对信仰同一神话故事的神职组织加以抬举，宣示其拥有某些特权，因为他们共同的神是君主社会的权力来源，是君主社会的精神基础。所以古代神话是君主社会一切权力的塑造者。

要让人相信这些神话故事的真实性，信仰其中的神意——权力秩序，就要把这种故事的作者塑造为神或者圣人。在古代社会和近代社会，大多数人类不会觉得自己所信仰的创世故事、国族故事和社会秩序是由人类个体虚构的，人们要么把它们当作神创的，要么认为是圣贤们奉行神的绝对意志而共同创作的。这些信仰已经渗透进人们的精神深处，构成了基础性的运行程序，以此驱策自身行为，建立与他人的联系，并在整个文化体系中不断体验和强化这些信仰叙事。因为这些叙事具有神圣性，所以神的故事是一种不容颠覆的客观事实。

二、现代权力神话与现代国家建构

也正是因为神话具有塑造权力的功能，神话以出人意料的方式进入了近现代社会的政治现实。法国社会学家乔治·索雷尔在《论暴力》[1]中说，神话是一种具有活力的、实用的、积极的创造性力量，它直接源自人类内心最深处的"冲动"，在欧洲革命中，是基督教教义唤起了"原始"情感与革命"暴力"的本能，人们借助于基督教神话的牺牲精神、对革命事业充满胜利信心的憧憬参加了街头运动。

法国大革命是一个进步"神话"，它是一个鼓舞革命者慷慨悲

---

[1] 乔治·索雷尔（1847—1922），法国社会运动的亲历者，著有《论暴力》，提出了"总罢工神话"学说。

歌、血洒疆场所需要的前进号角,自由女神高举旗帜,带领人民向专制势力宣战,就是一个在世界各地经常被运用的现代英雄神话的范式。伊万·斯特伦斯基在《二十世纪的四种神话理论》中说,在德国魏玛时代,右翼政治思想家和文化革命派,也常把"民族精神"运动的各种诉求,借用到"原始的"德国民族史之中,仪式、神话和部落主义的社会特征,与一种非理性的狄奥尼索斯式的破禁连接在一起,以追求权力的意志。[1]

人类历史上有很多政治派别利用神话或者制造神话,塑造权力来源,进行政治煽动和强化自我组织、自我识别。卡西尔在《国家的神话》中告诫人们,在当代政治思想的发展中,也许最最重要的、最令人惊恐的特征就是新的权力——神话思想的权力的出现。有些论者认为神话是幼稚的或者原始愚昧的,但是我们从历史上看,任何一种伟大的文化无一不被神话原理支配着、渗透着。卡西尔意图对"国家神话"进行祛魅,将法西斯主义的意识形态作为批判目标,认为应该预防新的国家神话的出现。但我认为国家神话是不可避免的,因为任何重要的东西,都不可避免地会被人类神圣化、崇高化和信仰化,按照神话的模式讲述故事。无论是联邦制的美国还是某些民族主义国家,国家总会被当作一种信仰,按照神话祭祀活动的仪轨塑造其国家仪式。

现代国家都拥有一整套象征物(图腾)——国旗、国徽、仪仗队、开国领袖、纪念碑、国家公墓等,现代国家都会创造自己的超凡的英雄神话,用一整套国家行为仪轨和敬拜仪轨,向英雄致敬。国

---

[1] [美]伊万·斯特伦斯基《二十世纪的四种神话理论——卡希尔、伊利亚德、列维-斯特劳斯与马林诺夫斯基》,李创同、张经纬译,生活·读书·新知三联书店,2012年版,第266-268页。

家英雄不是神,他们会为国战死,但是却在精神上处于神一样的地位,为精神秩序建构提供意义。其实这是君权神授理论和仪式的翻版,牺牲的英雄成为民族国家的奠基者,是在强化权力来源的神圣性,也是在用"神"塑造人们的信仰与灵魂认知,塑造社会情感体验的范式,以建立社会情感联系和社会组织。如同古代祭祀活动,现代国家通过国家故事的讲述与仪式体验,来控制着人们最深切的精神权力的渴望与焦虑,协调人们的"舞姿"。

我认为,人们能做的不是消灭主宰神话、国家神话,而是要有制衡主宰神话、国家神话的力量存在,也就是说一定要同时存在许多神话叙事模式,并且人类要有选择神话信仰的权利,要有重新创造神话的权利,这样才不会让任何一种权力神话控制所有人。

三、共信神话故事的改变导致社会变迁

古代神话与现代国家神话,存在于大多数人类的共同想象之中,任何一个独立的个体都无力撼动这些故事。要想改变它们,就需要大家一起信仰另外一些神话故事。人类历史上发生重大社会变迁,就在于少数人改变了神话信仰,进而带动多数人改变了神话信仰,由此改变了人类合作和社会秩序的基础,从而改变了社会制度。

如祖灵神话信仰让位于造物主神话,导致部落联盟向国家形态变迁,无数祖灵和图腾以及部落被消灭,或被"国立"神话所同化。在一些国家、地区,若一个主宰神话被另一个主宰神话所取代,则整个国族认知和国家组织结构都会被颠覆。如某些信仰佛教、基督教的地区被伊斯兰教所主宰,这个地区的各种权力结构都被重塑了。

第七章 神话叙事的精神建构效能(下)

现代社会的诞生,肇始于相当长时间的思想启蒙。自由平等的故事在欧洲流传,人们相信"天赋君权"是虚妄之谈,国家应该由人民当家作主,"人民"神圣化,代替了创世神,成为绝对意志的代表和象征,到 1789 年,即使是法国王宫也经常积极谈论平权问题。法国大革命不光摧毁了王权,也彻底摧毁了天主教机构,而王权复辟时,天主教机构也同时重建,因为它们的权力来源都是上帝。经历反复建构,民权社会最终代替了王权社会。这种权力来源与权力主体改变,导致社会变迁的历史进程在世界各地不断重演,整体上使得人类进入了近现代社会。中国近现代史的变迁,也正是按照这种皇权故事向人民主权故事转换的蓝本进行的。

这些国家组织建构的观念潮流,与神话叙事 — 文学艺术关系密切。法国大革命与自由主义的精英文学关系密切;中国百年变迁与中国近现代文学关系密切;二十世纪加速发展的经济文化全球化组织建构,与好莱坞电影关系密切;欧洲的团结与欧盟的诞生,与欧洲文学、电影重新塑造"欧洲大陆神话"关系密切;现在与将来,中国融入、支持乃至推动进一步的全球化,全球化的加速与再平衡,亦可能与网络文学创造的人类神话关系密切。

于此可见,神话是神灵的故事,也是关于权力的来源和权力的边界的故事,对于任何社会的成员,都是核心的社会观念的提供者。

任何个体都渴望与某个权力来源融为一体,青少年同样如此。人类社会的青少年都渴望力量,迷恋超自然力与超自然角色的故事,正是因为所有的权力神话都告诉他们,掌握力量就掌握了权力,权力决定了他们能够行动的范围。在神幻小说中,一些主角拥有神通,也就在尘世中拥有话语权和支配权,甚至于凌驾于王权之上,成为一国一个世界的主宰,就是这种神力等于权力的观念的反映。

也有许多神幻小说主角具有道家式的个人主义倾向,避开俗世纠缠,修炼自我,偶然入世,快意恩仇,但很快就脱离凡尘。虽然他们相信神力就是权力的来源,但更想要的是个体的行为自由、选择自由,所以他们的权力仅限于自己的神圣不可侵犯的"小世界",他们是用一种现代社会的个人权力神话塑造自由行动的权力,塑造自己与世界的关系。

第四节　观念世界与想象的异邦建构

我们的精神故乡——我们观念中的祖灵所遗的"世界",是通过神话叙事建构的,它与科学意义上的实存的世界不同,与人们对实存世界的认知和想象也不同。集体的神话叙事建构了一个一个想象中的、漂浮在世界之上的精神王国,它们与大地上的世界刻意保持着距离,但它是通过精神脐带与人们相互连接的父母之邦。

一、观念世界建构的历史性和扩展性

我们的神话性的世界观是一个不断变化的精神构成,来自祖先和我们创造的各种神话故事,人们创造的神灵的功能越强,想象中的世界就越大。从远古神话到人类神话,世界从一隅之地扩张到横跨几个大陆、整个天下、整个世界,到现在好莱坞电影和神幻小说中的整个宇宙、无数个平行宇宙,神话叙事不断扩张、完善世界蓝图的过程,也就是人们的世界不断膨胀的过程。

第七章　神话叙事的精神建构效能(下)

人类的集体世界观不是由一个或几个创作者建构起来的,大多数时代的大多数神话叙事创作者,并不知道自己在创作集体世界观的蓝本,创作者依据自己的愿望创作了自己的神话作品,描绘自己想象中的世界与人类生活,被同样无意识延伸、漫染的人类社会选择、组合成为完整的相互渗透的集体精神世界的蓝本。

比如《山海经》等典籍中许许多多的独立、散碎的神话故事,在后世许多神话故事创作中凑在了一起,在华夏儿女的不断想象与再造中才描绘出了"华夏世界"的模样。同样地,北欧神话无数的讲述者创造了许多神奇人物的故事,最终凑成了奥丁大神统治下的大陆,又在世界各地的大众文艺的不断再造中,变得越发框架宏大、景观神奇,因此也就越发具有生长性。

许许多多的神话叙事作品,不断延伸着、完善着神话的世界,而这些作品也成为世界的一部分。如明清神魔小说最主要的价值之一就是扩展了华夏世界观,今天的大众读者所想象的华夏神话世界,多数来自《西游记》《封神演义》等作品。

即使是被某些人看作是现实主义杰作的《红楼梦》,也呈现着华夏神话背景的传奇故事形态。主角贾宝玉,其本体是女娲炼石补天剩下的一块顽石,在青埂峰下无所事事,动了凡心,于是他降临温柔富贵乡,体验了人间情感百态,作为大观园中唯一的男性,与美丽的姐妹们交换了温情体贴,在人间留下了后代,达成所愿之后,回归大荒。这就把个人的情感体验与华夏神话世界融合在了一起,让这个世界更有质感,也丰富了这个华夏世界观的细节。不管《红楼梦》呈现的日常生活景象多么有现实真切感,故事中的世界都是一个想象中的佛、道相容的神奇世界,而不是对现实世界的描摹。

在漫长的历史中,人类后代通过文字传承这个世界观。人们一边迷信奉为经典的"故事书",如《周易》,如《山海经》,如诸子百家,如《圣经》,但是不可避免地,人们对世界观的想象与阐述带有个人的愿望、时代的愿望,每一代人类理解、想象的世界与祖先创造的世界观并不完全相同。炎黄祖先、孔孟老庄所想象——描绘的华夏世界,与今天华夏后代想象、理解的世界显然差异巨大。

虽然神话世界与现实世界不同,却又在牵引着现实世界的发展。若没有华夏神话世界观,若没有世代创作者不断完善它,也就没有现实中的华夏天下。若没有圣经神话的世界观,也就没有欧美文明共同体,整个现实世界的格局会变得遥不可知。所有的族群认同,必然有一个精神家园,这个家园就是祖先想象出来,并被后代不断改编再造的自己的世界。

我们相信某个故事,要发挥这个故事的功能,要能够促成人类大规模合作,就必须将它提升到信仰层面。大多数古代华夏读书人被教育与权力体系确立了基本的信念,相信盘古开天地,相信炎黄始祖,相信玉皇大帝,相信天子有权统治世界,相信君君臣臣父父子子秩序,相信五德始终说,相信许多族群祖先起源的同源性,这才能把无数的"边地"变成"华夏",才能把游牧民族统治纳入华夏历史叙事,才会有中国古代历史的数千年世代传承的故事,才会有大一统华夏的天下。

玄幻、修真、仙侠小说就是按照这个华夏神话世界建构的源代码进行自我叙事和国族叙事的,并且让它与人类的普遍世界观相融合,把带着华夏密码的世界观扩展到无数个宇宙。

今天的人们凝望遥远的天空,自然会产生幽古浪漫之情,还有什么比神话故事更能衬托人们的心?今天,华夏神话的神已经集体升空了,中国空间站叫天宫,探月工程叫嫦娥工程,月球车叫玉兔,中继通信卫星叫鹊桥,载人航天飞船叫神舟,全球卫星导航系统叫北斗,全球卫星星座通信系统叫鸿雁,太阳监测卫星计划叫夸父计划……华夏神话向遥远的宇宙延伸了自己的触角,与美国太空项目阿波罗、阿尔忒弥斯(阿波罗的孪生姐姐)在太空世界美美与共,人类的神在宇宙中携手翱翔,这是人类携手共赴星辰大海的先导。

神幻小说每天都在建构新的想象的异邦,为想象——体验知识谱系增添兴奋点。一个有理想的神幻小说作者,其首要创作目标,就是建构一个独特的、有真实感、体验性良好的神话世界。网络文学二十年所创造出来的"世界",比人类几千年创造的"世界"总和还要多。神幻小说的主要功绩之一,是接续了一度中断的神话世界想象,在精神上接通了一个丰厚的想象体验传统,驱使我们去想象、探索更遥远的世界。

神话叙事建构的"世界"不会被科学发展所击碎,即使宇宙大爆炸学说尽人皆知,太空望远镜观测到的实存宇宙世界越来越细致真切,我们虚构的"世界"也仍然存在于人类的精神活动中,与自然的客观的宇宙并存。盘古开天地的那个天地还在,伊甸园与天堂、地狱都还在,它们是开放性的永恒的人类家园;同时,它们与现实世界又是永远连接在一起的。

现实生活中,有各种符号提示着神话的作用,它们是神话世界的象征物。如世界各地矗立在城市中心的巨型纪念碑,从古埃及的方尖碑(太阳神崇拜载体)到美国的华盛顿纪念碑(美国精神的载体),都体现了对"创世神"的美化、崇高化的增魅行为(增加其魅力,以强化其吸引力、感召力),体现了国家精神力量源泉、政权合法性与个体的关系。它们在实存意义上仅仅是一些建筑材料和特殊的建筑形式,但是它们连接了现实世界和神话世界,是一些特殊的时空之门,让人们的"世界观"不断为现实世界赋能。

二、神话世界观的民族性和世界性

我们也要注意到,神话世界观具有民族性和世界性两个面向,神话世界想象既可以是人类全球合作的模本,也可以是煽动民族国家对抗的理由。

十九世纪与二十世纪初叶的神话学者,身处民族国家建构的世界性潮流中,民族主义思维附着于一切文化意识中,寻求文化传统中的民族特质成为一种本能性行动。他们经常把神话的民族性看作神话神圣不可动摇的特性,并且希望自己的"祖灵世界"碾压他人的"祖灵世界",占据更广阔的现实世界。

自然,当某一民族把某些创世神话当作本民族起源的故事,以这些神话作为民族构成的源代码时,神话中的精神气质自然也就参与了民族性建构,所以说某些神话具有民族性是有道理的。就如卡西尔在《国家的神话》中所说,神话是民族的基石,支撑着民族情感,给一个民族以力量,无法想象没有神话的民族会是怎样的。

但是不能把神话的民族性绝对化,认为它所代表的一切精神气质都是某些民族独有独享的,更不能把它当作支持民族主义意识形态的理由。

历史上,欧洲、西亚地区一些民族,迷信其种族具有高贵血统,比其他族群更有特权,迷信其主宰神话更具有道德优势,其他主宰神话都是邪恶的,所以其排他性具有神圣的理由。当这种神话民族性迷信、宗教排他性与国家主义相结合,就成为战争的诱导剂,这些地区主宰神话排他性与战争历史相伴始终。

第七章　神话叙事的精神建构效能（下）

中国现代民族国家的建构晚于欧洲，民族主义思维与神话研究相结合也来之较晚，而且还未被祛魅。在中国当代文学中，一直具有强烈的文化民族主义精神，一直潜藏着再造民族神话为民族主义增加薪火的原始激情，相当多的作家具有美化历史上暴力"大帝"的倾向，把他们塑造成为民族之神。

在网络神幻小说中，用民族主义意识再造神话也相当普遍，如站在道家立场上贬抑外来的佛教神灵，贬抑西方神灵，在玄幻、修真、仙侠小说中，东西方神灵对立，构成冲突双方，民族之神消灭了异己的神灵，获得最终胜利的故事模式，如是等等，皆是二十世纪民族神话意识的表现，这种种神话的民族性迷思都背离了人类追求合作的普遍人性。这种民族主义的"祖灵世界"在向世界传播的过程中，会面临许多不可克服的阻力。

神话产生与传播本身就具有跨区域性、跨民族性，许多神话是多民族共创共有的神话。我们从苏美尔神话、古希腊神话、圣经神话、北欧神话、印度神话、佛教神话、道家神话的传播过程中，都可以看到世界各地各民族人类的基本人性与神话思维的结合，看到神话的基本伦理观念的普遍性。某些被认为是民族特质的东西很容易地被其他民族所认同与融合，被世界各地的神话叙事进行创造性转化，所以世界主要神话体系都具有显著的世界性。影响越大的神话体系，其世界性就越显著，其"祖灵世界"就越能够被全人类所认同，就越可能成为人类共有的精神家园。

自托尔金《魔戒》再造北欧神话开始，现代奇幻文艺走遍世界，被世界各地的人类当成自己的故事。中国网络文学再造道家神话、佛教神话以及欧洲神话，许多神作走向北美、欧洲，被世界各地越来越多的人类普遍接受，说明"民族生活""民族精神"并不是神话的唯一生命源泉，神话自己会长腿，在地球上到处寻找水源，然后就地生根发芽。

好莱坞神奇故事、某些神幻小说，为何能够突破不同社会文化壁垒，被世界各地读者自发地理解与接受？就在于它们与人类思维的底层认知结构、与普遍人性是同构共振的，因此对于世界各地的读者，它们具有超越地区文化障碍的可理解性，而无须更多社会、历史、文化语码的转换性解读。

强调神话的民族性还是世界性，主要看人们的话语动机是希望人类走向对抗还是走向合作。不同的动机就会强调神话的不同倾向。今天我们更加需要能够促成全球有效合作的人类神话，虽然不断面临挑战，人类建构命运共同体的历史方向是不会改变的，人类需要更安全的世界环境和更有效的全球合作。

神话故事延伸出许许多多的人类行为模式，人类依靠文化传播，把故事—行为模式传播到世界各地，或如理查德·道金斯在《自私的基因》（The Selfish Gene）中所讲的模因（meme）：一系列可复制模仿的语言、观念、信仰、行为方式，吸引着人们相互模仿，导致很多地区的人类越来越具有相似的行为模式和相似的心理背景，让人类更容易合作。

而好莱坞电影和神幻小说创造的人类神话就包含着这样的一系列模因，我们不知道未来人类相信的创世神是谁，但它一定能让我们加强合作，把人类基因与人类文明传播到整个宇宙。

很多好莱坞科幻电影是人类合作的先锋，它们把人类看作一个整体，把"地球世界"看作全人类的父母之邦，把宇宙当作人类的家园，世界各地的人类英雄们携手战胜共同的邪恶敌人。如《黑客帝国》就是这样的人类神话，它是人类与自己的创造物搏斗的故事，也是人类各种族命运共同体团结奋斗的故事。《星际迷航》是地球人类联合进军宇宙深处,与其他文明种群既进行战争也进行合作的故事。这些故事及其人类观、世界观、价值观在世界各地迅速传播。

而神幻小说亦有后来居上之势头,如《盘龙》《间客》《修真四万年》《诡秘之主》等。这些年轻的作者,每个人都架构了自己独有的世界,在宏大的世界舞台上,人类各种族加强了合作,在宇宙中拓展了人类生存繁衍的广阔空间。

人类神话是全球人类正在合谋的叙事:人类虽然还会互相争吵,甚至彼此屠杀,但是更要全面合作。好莱坞电影、美剧、英剧、欧洲电影、日本动漫、中国网络文学,正在互相启发,彼此借鉴,从不同山头向上攀登,共同构成人类神话的叙事运动。全人类正在把各自的"世界"拼接融合在一起,形成人类共有的兼收并蓄的大世界、共有的灵魂故乡。最后无论哪一方的神话叙事贡献最大,其成果都会是全人类共享的文明成果。

心有多大,世界就有多大。人类神话终将建构一个包容各种祖灵世界的大世界,滋润全人类的心灵,陪伴人类进军宇宙。

第 八 章

人间传奇小说中的神话叙事

明清小说中的历史演义小说、英雄传奇小说、世情人情小说，与网络小说中的历史小说、都市小说、爱情（言情）小说，都是传奇小说，也都是模拟神话叙事，虽然其神话叙事的形态较隐蔽，容易被研究者忽略，但神话叙事因素却是传奇小说的根骨，应予以重视。

本章对明清传奇小说代表作，以及相关联的网络小说进行神话叙事研究，以澄明大众文学基因遗传的脉络，辨认网络文学的发展路径。[1]

第一节　人间传奇小说的基本观念

明清小说中的历史演义小说、英雄传奇小说、世情小说、言情小说，与网络历史小说、都市小说、爱情（言情）小说相比较，虽然类型名称有异，但是其发生发展具有相同的缘由，都是由人类个体的基本愿望生发出来的传奇小说，因此具有许多共性，可进行比较研究。

---

[1] 本章沿用了拙著《网络小说与明清小说之比较》《历史小说中的"历史"与"历史人物"建构》部分观点，参见王祥《海上牧场——网络文学研究论文集》，作家出版社2019年版，第99—137页。

一、凡人欲望叙事和传奇故事形态

上述传奇小说都表现了凡人个体追求基本愿望达成的想象,都具有传奇故事形态,以营造神奇化效应为能事,都以人间世界为主要故事背景。因此,都可以称之为人间传奇小说或凡人欲望叙事。

在人间传奇小说中,凡人个体的基本愿望是塑造作品的最主要力量。

人类个体渴望得到权力、财富、爱情,这是个体生存、繁衍的基本保障,所以是凡人的核心关切。大众文学作品的主要构成,就是主人公追求财富、权力、情爱和生存安全感目标达成的进程。

人物追求愿望达成的动机—行为—结果的内容,与历史情境结合,就形成历史演义小说或者穿越历史小说;与官场元素结合,则为官场小说、政治谴责小说;如偏向于爱情目标的实现,则是言情小说、世情小说;与江湖情境相结合,就是英雄传奇小说或武侠小说。

多数明清小说人间传奇叙事的经典作品,都能在网络小说里找到愿望动机行为主题或者作品构成方法相一致的同类。

《三国演义》的主角,卖草鞋的刘备、卖枣的关羽、屠夫张飞,趁着黄巾起义天下大乱之际,有意于天下权柄,搞了个桃园结义,拉拢小弟赵云、在野知识分子诸葛亮等,凝聚成最为草根的天下争夺者集团,同样身处底层的《三国演义》的作者、传播者,为刘关张集团的每一步成功而欢呼。

《水浒传》是英雄传奇,也是作者以史喻今、疏解抑郁心胸的乌托邦梦境,以底层官员、武勇、游侠结拜聚义,寻找政治出路的过程为作品主体,他们上了梁山以后,扬眉吐气、自由快活,又因为希求政治前途而被招安，结果水浒团体被解构，它说明获取权力需要依赖恰当的社会组织与社会伦理，而庙堂有庙堂的秩序，江湖有江湖的规则。

网络小说中，忍受着日常平庸生活的小人物，穿越到历史时空之后，找小弟，拉队伍，攒实力，打天下，行为与三国、水浒好汉颇为一致。《商业三国》《回到明朝当王爷》《1911新中华》这三部历史小说，虽然主角的社会理想不同，但是愿望动机相似，在获得个人权力之外，还要创造一个意志得以伸张的理想天下。

《金瓶梅》作品主体部分，是展示西门大官人在追逐财富、权力方面的成功，追逐貌美已婚女性潘金莲、李瓶儿等种种男性情场的冒险逞能，以及妻妾竞争吃醋的日常生活逼真情节的展示，是作品的主要卖点。

而许多网络都市小说神作，如《重生之官路商途》《重生之官道》，主角获取财富、权力、情爱方面的丰富景象，作为男性欲望对象的各种姹紫嫣红的女性人物的塑造，展现社会生活面的开阔视野，故事情节的构成技巧等方面，则有过于《金瓶梅》，而主角的精神面貌、作品文字表达皆比《金瓶梅》清洁。

《红楼梦》是最为雅致的大众小说，它的意义当然不止于"意淫"，但是作品的主体构成是男性意淫的情感世界：天赋异禀的、住在大观园里的唯一的男主角，目光所及皆美女也，各种仪态、性格、品性的美女都很乐意与主角交往，纷纷产生温柔情愫、风流痴情，祖母、母亲、长姐都很宠他，其他男性其实都嫉妒他……如此全面的美人世界、全面的艳福，只能是很擅长幻想的人才能构造出来，任何单个人的生活里都不可能如此兼美，皇帝后宫也不行。

虽然还没有任何一部网络小说作品在整体构成上与之相似，但

《红楼梦》之意淫、风流态度与灵异、架空、穿越等艺术技巧，对网络小说影响很大，女性写作靠近《红楼梦》优雅灵动暧昧情调的更是蔚然成风。

这些作品的主要人物是凡人，主角的经历充满巧合、奇遇，给人以神奇、新奇的观感，人物可能拥有低强度的超自然力，也可能并未掌握超自然力。故事往往营造各种贴近生活的真实感，试图让人们相信它们表现了真实的人类生活，与人们的生活经验、历史想象比较形似。因此，这些作品也仍然被看作是历史小说或都市小说。

二、神意：命运或因缘

我们从上述人间传奇小说中，可以透析出一些基本的叙事观念。

它们往往比较写实，人们会误以为它们是在反映现实生活，在描画人间景象，而其实它们是神话的后裔，是对神话的模仿，其基本故事范式都来自神话，给予读者的体验效应也与神话体验效应相似。

我们研究人间传奇小说中的神话叙事元素，既要关注神话基因的显性表达，亦即超自然力和神灵直接出现在作品中，直接对剧情产生作用，也要关注隐性的神话叙事元素，亦即超自然力和神灵并未直接作用于故事情节，但是人物行为、命运与故事行进却是按照某种潜藏的神意进行的，作品呈现出模拟神话状态。了解这个真相，对于揭示文艺创作的内蕴十分有益。

这些传奇小说中，有一种凌驾于人物之上的力量在操纵人物行为，如同神仙在摆弄人类角色，并且如果撤除这个因素，作品就缺少逻辑情理基础。可以说这是超现实性质被小心隐藏起来的神奇故

第八章 人间传奇小说中的神话叙事

事,而这是古今小说中的常见故事形态,难以用现实生活的逻辑情理去阐释。

现实生活有这样一些真相:生活是多中心的,没有任何人是世界的中心,也无法把某个人的生活孤立地摘取出来说那是生活的典型,生活在整体上是无法用故事进行讲述的;没有神规定谁的愿望是必须达成的,即使是掌控天下大权的君王,但凡对自己的职责有所要求,就会被无尽的困顿阻碍所烦恼,需要各种娱乐来补偿精神的平衡;个体愿望达成需要社会网络的运转,无数个体在自己的愿望动机驱策下,为达成自己的目标而努力,又在各种社会合作和交换活动中兑现自己的利益;社会整体上可以是有序的,但是许多事件是随机的,一个人的生活与另一个人的生活可以完全互不关联,一个人也可以突如其来地介入原本没有关联的另一个人的生活;并未有什么绝对意志在安排社会生活,进行伦理判断,安排某个人的遭遇得失,也没有某个绝对意志即时对个体进行奖赏或惩罚,社会对个体行为的评判反馈可以是滞后的,甚至是永久缺位的。生活中的"西门庆"可能永远不会受到命运的惩罚。

而文学与生活不同,即使是现实主义文学,也只能假定某个人的故事是可以从生活中摘取出来的,在有限然而又是决定性的人物关系和生活情境中自成世界、自有结果,逻辑情理自洽。

大众文学的故事,与生活更是显著相反,通常故事有自己的主角,他们是故事的中心,他们在自己的愿望动机驱策下不断行动,遭到了敌人的阻碍、盟友的帮助。故事中的人物一般都与主角有情感和利益的关联,主角追求愿望达成的进程中,各路人物的行为被组织起来,扭结成故事情节,最终主角一方获得胜利,各路人物获得自己该有的结局。与这个故事构成无关的人物和事件,通常会被清理出故事世界。这个故事世界是自成体系的，仿佛有一个主宰在安排它的运转秩序。

这不是生活，这是神话繁衍出来的传奇故事。

大众文学通常是通过主角愿望达成，给予主角以奖赏，而实现作者与读者的愿望，体现了神话叙事中的神赏精神。但这种神赏是作者—读者—主人公的共有愿望，而不是生活的本意，它是把共有愿望比照绝对意志—神的意志进行人格化和传奇化而形成的，在作品中具有绝对支配力量，亦即是说，这是创作者模拟的神意，它是对神的意志的模仿。

同时，传奇小说创作者模拟的神意，与神话中的神的绝对意志一样，都是人类集体意志所确认、凝聚起来的产物，或如荣格的"集体无意识"描述的那种潜隐的集体想象和集体意志的混合物，并不是某个神真的颁下旨意，也不是创作者个人灵机一动的产物。

比如权力、财富、爱情当然是个体生存、发展、繁衍愿望的目标物，但在大众文艺作品中安排人物愿望达成的结局，又是人类集体生活通过一定的社会评价体系来确认过的合理行为，反映了人类的集体意志、集体共识，对个体欲望既有鼓励又有一定的规范和制约。当一个作者写出自己或人物的愿望时，其实已经被社会评价体系规范过了，是集体意识整理过的个人愿望和意志的集合物。

这种集合物也受到神话—文学表达传统的规范。创作者在创作时，这种神意既代表着个体的欲望，也代表着集体共识和意志，还代表着想象—体验知识谱系中无数惯例的力量，但创作者可能认为那道神意就是自己的创作意图。

如在元杂剧、明清小说的凡人传奇叙事中，"张生外出获得奇遇抱得美人归"等经典的故事范式（参见《西厢记》剧情，但不限于《西

第八章 人间传奇小说中的神话叙事

厢记》),就不仅是"张生"个体愿望的体现,而且是无数个张生的集体愿望和集体意志的体现,其中自然也就包含着社会评价体系和文艺传统的作用。在作者创作剧情时、在读者观众观赏剧情时,如同有一个神在冥冥之中做出裁决:张生应该抱得美人归,这是公平合理的,上天有好生之德,男女互相爱慕符合天意。

这自然不是生活的本意。一个远方来的、偶然进入豪族巨宅的赶考书生,却能在匆忙间赢得主人的掌上明珠、美貌多情却又品德完美的贵族小姐以身相许,从来就不是生活的本来面目。它恰恰是现实生活的规则所不能允许的。在生活中即使有,也是社会罗网的漏网之鱼,当事人也不会这么完美。正因为此类事件稀罕,但凡有一件类似传说,"故事"就一定会自己长腿,到处传播,被人间众生添油加醋,变得无比繁杂、无比风流浪漫。这就是"人间传奇",凡是生活中没有的或稀缺的,但又是人们所向往的,它就会迎风而长,成为神话 — 传奇叙事。它是生活伦理所不能允许的,但在神话 — 文艺世界,确实又是能够通过神意审察的,是被鼓励的美事。—— 少数时代除外。

在文艺作品中,神意往往表现在人物命运安排中,而命运有时候会表现在偶然或巧合事件之中,偶然、巧合代表着低概率的可能性,但往往被我们当作是命运的确凿证据,因为这么稀罕的事件也会在此出现,当然更说明命运的力量不可阻挡。

命运、因缘、缘分,在生活中当然都是有的,但生活中的命运与文艺作品中表现出来的命运是不同的,甚至是相反的,比如好人有好报,恶人会受到惩罚,生活往往对此等神意无动于衷。"报应不爽"在文艺作品中才会是"规律"一般的命运现象,因为这是符合人们的集体愿望的。我们在文艺欣赏活动中,认识、判断"命运""因缘",主要不是依靠生活的迹象，而是依靠我们精神世界浮现的种种神意，表现为种种神话开创的"想象 — 体验 — 认知 — 伦理"精神结构。

创作者表现出来的命运、因缘、缘分等，都是神意 — 绝对意志的代名词。大多数文艺作品都会寻找、虚拟一个绝对意志，在作品行进过程中，把它显灵出来，附身于披着现实生活外衣的人物，让人物沿着"命运"给定的方向走完自己的路。所谓命运，就是这种为世界订立规则的绝对意志 —— 作者心中的集体意志或显灵的神意 —— 在驱使人物完成他们的运动轨迹。这是创作者在模仿主宰神为世界立法执法。

这就是在创造模拟的神话。这也就意味着在一部人间传奇作品中，要保持绝对意志的统一性，不能任意改变绝对意志设定的目标，否则作品就会崩塌。就像神话中的主宰神的神意，在驱使它的世界中的芸芸众生按照规则生活一样，它是权威的、不容否定的，否则神和它创造的世界就会崩塌。

人们已经习惯了创作者为人物安排命运，而忘记了这种创作企图、创作方法本身就是对神话的模仿。

现实主义文学或自然主义文学企图让人物按照生活本来的样子去生活，承诺会反映生活的本质真实，但这是难以完成的承诺。事实上，现实主义文学杰作如《红与黑》《安娜·卡列尼娜》的主角都按照神意走向了死亡，这些作品中的生活真实，都是作者心中的生活真实，主要人物按照作者的伦理观念，按照特定人物的命运，走向了自己的结局，因而作品仍然是传奇故事，是"神罚"主导的欲望故事。而在生活中，或者在另一种"神意"结构中，勾引了许多贵妇的"于连"，在情夫和丈夫之间如鱼得水的"安娜·卡列尼娜"，都可能不死，都可能善终，子孙满堂时，再与后代从容叙述往事。

人，有着自己达成愿望的意志，并希望自己的意志具有绝对力量。所以人才是人，人才会创作神话，创作传奇故事。创作者比一般人更加意志坚定，很少有创作者能够允许自己的人物逃离自己安排的命运，除非他打算冒险，让作品崩塌。在神话中，人类把自己的愿望和意志塑造成神的意志；在都市小说中，人们把自身愿望和意志塑造为命运、缘分、因缘；在历史叙事中，人们把自身的愿望和意志塑造为历史"规律"，它们都是神意的变体，且在故事走向和人物结局中得到了贯彻。

《三国演义》《水浒传》《红楼梦》《金瓶梅》都是这种神意驱策和组织起来的人间传奇，其中各色人物按照设定的命运走完了自己的路程，生动地展现了神意发挥主宰作用的风采。

但却有很多人把它们看作是生活教科书或历史教科书。

三、现实、符号系统与虚构

人间传奇小说因为充斥着现实生活的材料，或创作者营造出来的具有现实质感的生活景象，容易被人收编到现实主义阵营中去，如《红楼梦》《金瓶梅》《三国演义》《水浒传》都曾经被称作是"现实主义杰作"或"充满现实主义精神"的杰作。

这当然是误解。

文学的表达依赖文字，主要构成手段是虚构。文字符号系统本身就与事实两层皮，文字符号系统不需要生活事实进行推动就会产生自己的意义网络。人类文明史越长，社会越开放，与其他文明的交流越频繁，这种现象就越明显。一部长篇小说表达的意义，很大程度上是它使用的符号系统自动承载的想象——体验知识谱系在发挥作用。亦即说，人类从神话以降创造出来的故事情节、想象成果和体验效应，都会自己跑出来，进入一本表现现实世界背景下"现实生活内容"的小说作品中，帮助人们体验、理解作品和生活。

比如写"现实"的小说中，写飞翔的故事情节会让作者和读者想起嫦娥、小爱神丘比特；"这是开天辟地的创新工作"让人想起盘古开天地、希腊神话泰坦神、上帝说要有光；一个男孩爱说谎让人想起小木偶匹诺曹一说谎鼻子就猛长一截；一个人力大无穷让人想起鲁智深、绿巨人等；一个足智多谋的人让人想起诸葛亮。如是等等，而事实上作品根本就没有写出这些内容来。

是的，是文字符号系统和人们的阅读史自带故事和意义，自带各种刺激想象的信号，自带"想象—体验—认知—伦理"结构，它们会抓住现实小说，如同老鹰抓着小羊羔，在现实之上飞翔。文字符号系统帮助创作者虚构一个新的故事，又同时奉送作品许多额外的精神意义，激发体验者的精神资源，共同构成现实小说的意义。如阅读《金瓶梅》自然会想起《水浒传》，想起武松残忍而痛快地杀掉潘金莲，今天的读者还会想起西方艳情文艺，会把它们进行比较。这些想象和体验，都可能与读者身边的现实生活关联不大，也远远大于作品所直接表现的内容。

文字系统擅长表达想象与虚构的结果，也会唤起读者各种想象和虚构，而读者会把想象出来的形象或意义归附给文字作品，并经常以为那就是作品本身所表达的。也就是说，读者会帮助文学作品二次虚构，一千个读者有一千个虚构结果，而这正是文学需要鼓励的想象—虚构能力和独创性的表现，这本身就是文学的功能之一。

所以文学创作会在符号系统帮助下，创造出一种有作者味道的"现实"，被想象—体验知识谱系附身的"现实"，而不可能再现或反

第八章 人间传奇小说中的神话叙事

映任何客观现实。客观真实应该具有唯一性,但一千个作家去写同一个现实人物或事件,他们写出来的和读者体悟到的,肯定是各种各样的,甚至相反的,这既与作者个人认知和情感倾向有关,也与他使用的个人化的符号系统有关。人们应该要求作家写得一样吗?还是应该要求他们写得不一样呢?当然无论如何,文学创作的结果都是不可能一样的,除非是抄袭。

我们进一步设问:那些具有生活原型、历史原型或文学原型的文学作品,如《三国演义》《红楼梦》《金瓶梅》,如《红与黑》《安娜·卡列尼娜》,是因为反映了生活真实面貌,或反映了原著面貌才产生价值,才引起关注的吗?不是,是因为它们不同寻常的神奇性,具有产生意义的富足精神结构,才会引起普遍关注。

在现代文学研究中,人们可能忽略了一个问题:写实文学吸引读者的策略是什么?是呈现像生活一样平凡而真实的情节吗?不是,是把神奇性因素包裹在日常生活的面皮里,伪装成生活本身,或者是用某些叙事招数把日常生活讲述得具有新奇性。否则,读者稀少。

况且,一个原型在生活中的意义,与在一个文学作品中的意义是不同的,因为原型所在生活世界与文学作品中的世界是不同的意义结构;一个文学原型在原来的作品中(如《水浒传》中的潘金莲),与在新创的文学作品中(如《金瓶梅》中的潘金莲)也是不同的,因为不同文学作品中的意义结构也是不同的,所以人物的意义也是不同的。作品呈现给读者的意义主要在于作家发掘、创造和表达的独特意蕴。从创作者角度考虑,任何人理解、叙述任何事,都一定含有虚构成分,一定是按照从小到大学会的各种理解、描写或叙述模式来把握和表达的,它一定是偏离事实的。

因此用文学反映客观现实是不可能的,通过文学作品认识生活是很危险的。比如把《红楼梦》看作是生活教科书是很笨拙的。《红楼梦》是老资格的"凡尔赛"文学经典,它所营造的高雅高贵生活,是作者的意淫且顺从了读者想象需求的结果,《红楼梦》只是被神话附体过的浪漫温情传奇罢了。

如果说,现实主义文学的虚构还是力图遵循现实的逻辑情理,力图让人感到是在反映生活(虽不能至,心向往之),而人间传奇小说的虚构,则是利用了人们的幻想偏好,创造神话思维映照下的幸运者传奇,营造现实生活情境下的神迹,为读者营造新奇、神奇的体验感,满足人的猎奇机制和情绪追求,以抓取读者。明清小说与网络小说皆然。即使是非常写实的《金瓶梅》,其实也一直在努力营造神奇感,主角能力很大,愿望不断达成,快感连绵不绝。

网络文学的现实题材写作同样如此,唯有营造新奇、神奇感,才会获得读者支持。它应该向网络都市小说、历史小说学习,在创作方法和创作效果预期上,贴近读者需求。神意驱策小说行进,同样适合现实题材写作。

传奇小说不是在反映现实生活,而是在模仿神话、创造神奇故事,这是我们理解传奇小说的钥匙。《红楼梦》《金瓶梅》《三国演义》《水浒传》的创作者会把他们的故事与所知的想象—体验知识谱系相勾连,创造神奇性,而我们在理解体悟这些作品时,也会把我们被大大增容了的想象—体验知识谱系融合进去,为获得神奇感、为获得丰富的想象成果而喜悦。

但是,我们却常常被作品的"真实感"和我们自己内心连续呈现的影像所蒙蔽,我们会认为自己从文艺体验中获得的生活认知和人生感悟是真的,认为那就是人类生活给予我们的感悟,所以文艺作品中的"现实生活"也应该是真的。而其实那些"现实生活"是为了满足我们的精神需求营造出来的,是我们在文艺体验中想象、感悟出来的生活真相,是我们和创作者合谋创造出来的、被想象 — 体验知识谱系融合和修改过的关于人类生活的想象而已。

四、历史、历史人物与虚构

历史小说创作自然更依赖虚构,《三国演义》与《三国志》大相径庭,《水浒传》与《宋史》大相径庭。历史与历史小说天然不同,历史小说只是使用历史资料进行创作的小说而已。

通常,历史学的目标是运用各种方法、各种来源的资料追究历史真相,力图呈现给受众的是事实,是呈现"有"。而现实主义历史小说声称自己是在不违背历史事实、历史走向的前提下,进行有目的的虚构,呈现的是"有""可能有"或者"应该有",达到与历史学著作一样乃至更高远的目标:反映出历史真相和历史发展规律。

而多数大众文艺谱系中的历史小说是在描述"不可能有"的"历史故事",特别是在当代人穿越历史时空引起"历史变迁"的历史小说中,"历史"通常是幻想与事实搅拌在一起的不明物体。在网络历史小说中,常常是一个"设定"引起的变化与结果:主人公穿越、进入某一段历史,改变了历史走向,因而产生一个新的平行时空。主人公在这个时空中,实现了自己的愿望,创造了新的"历史",而在我们这个现实时空的真实历史中,它们当然是不可能存在的。

这些网络小说中的"历史"是对历史资料的幻想性重组,反映的是人类的愿望而志不在反映历史事实。历史资料的运用是为主人公实现愿望服务的,小说中"历史"的主体是人物追求愿望达成的生活史与成功史。当然历史的真实感是有用的,作品中历史情景越是符合读者的认知和预期,就越是有助于读者代入故事主人公,享受故事提供的情感体验与快感补偿。在这个意义上,历史情景呈现的真实感是有价值的、必要的,但是真实感只是读者的感受,而非事实。

历史学著作与历史小说能够反映历史真相和历史发展规律吗?历史真相只能有一个,而对真相的认知、言说却可能有无数个。无数相互矛盾相互颠覆的著作在描述同一历史事件,谁,根据什么,来评定它们的真实性?尽管那些对历史的认知或言说竞相宣示自己反映了真相,但它们至多呈现了部分真相。

欧美新历史主义学者提醒人们注意一个重要却一直被忽略的事实,人们感知历史的时候,历史真相并未亲自出席,历史只能在文本中出现,亦即"历史的文本性"[1]。这个事实的揭示,减淡了历史学经典的明黄色辉煌。历史学文本中描述的所谓历史的"真实",实际上是事实与作者观念、愿望的混合构造。历史研究者只能在其著作中构建历史,他们经常以故事的模式来组成历史叙事,当历史成为按照时间序列叙述的历史故事,历史就存在虚构。[2]

比如《史记》《三国志》以及诸多正史(官方修史),当然只是包含着作者愿望与观念的(官方择定的适宜人选和倾向)、存在虚构的历史文本,而不是历史本身。因此历史学文本是否能够公允,是否

---

[1] 新历史主义学者孟酬士提供了一种对称的新历史主义的特征界说——"文本的历史性和历史的文本性"(the historicity of texts and the textuality of history),为新历史主义学者普遍接受。参见 Louis A. Montrose,*The Poetics and Politics of Culture*,in H. Aram Veeser,ed.,The New Historicism, Routledge,1989, P15.

[2] 参见张京媛主编《新历史主义与文学批评》,北京大学出版社,1993年版,第162-166页。

第八章 人间传奇小说中的神话叙事

能够超越时代局限、通向历史真相是难以确定的。

人们通常只能找到被叙说、被编织的"历史",并且选择自己认同的历史来信任,这种选择又往往带有政治或者道德立场因素。在人们对三国历史的认知中,常见挺刘备或挺曹操两派,他们相互诋毁,其道德倾向、身份认同就在起作用。一些官修正史被奉为"信史",相比于肆无忌惮的"野史"可信度当然会高一些,但其实也就是选择信任"信史"的人比较多而已,而不能把它们看作是历史本身。

一方面,历史学著作因为存在虚构,其真实性、可信度被人责疑,史官的虚构是破坏历史真实的一种漏洞,是历史学著作的负资产。但是另一方面,人们却要求以虚构为主要构成方式的历史小说去反映历史真相,而且认为因为其虚构反而更能够反映历史的本质真实,更能够揭示历史发展规律,这显然是不合情理的。

虚构是小说包括历史小说的第一指征,历史小说同样是在神意的驱策下组织起来的虚构故事,虚构是小说家的吃饭手艺,取消虚构就取消了小说,自然,错误不在小说家的虚构。

在科学主义时代,宣示小说像科学一样追求真相,因此能够配得上庄严的殿堂,既是羁縻手段,也是一种生存策略,一种心照不宣的策略性话语。

事实上,擅长虚构的历史小说家宣示自己的作品是真实的大有人在,其中自有奥妙。小说用虚构的手段,反映人们自身的愿望,并且人们希望反映自身愿望的故事文本被当作"公认的事实",是历史变迁中正确的一方,以宣示自身愿望及其虚构行为的合理性合法性,这反映了"人类愿望情感"的真实一面。但是,用依靠虚构而存在的文学作品反映历史真相,只能是一个谎言,历史小说比起历史学著作,其真实性更加不可靠。显然,人们不能用伪造的"事实"去反映历史事实,谎言不可能是历史的本质真实,揭露谎言才能靠近历史事实,这本应该是常识。

但是,人们希望历史小说对自己有利,导致人们把某些历史小说神圣化,认为它们像神迹一样表现了真相,表现了历史规律,这种欲望太强烈了,太符合某些社会要求了。人们需要那些表现了历史神迹的历史小说作为精神世界的"锚",以稳固精神结构的合理性和神圣性,不愿意揭穿经典和人物的"伪神"角色。

文学观念与经典作品必须互证其真理性,被奉为经典的历史小说在教科书的言说中就是"历史真相""历史规律"的表现者,其虚构的人物与故事情节就可能脱胎进化为"历史真相",为人坚信与膜拜。如《三国演义》《水浒传》等小说中的历史故事具有不可动摇的"历史真实性",人们通过它们去认识历史是正当的,人们甚至把影视剧改编了《三国演义》的剧情当作是对历史的篡改。

就这样,经典历史小说扮演着玄奥的伪神角色。人们就这样生活在谎言之中,并且对网络历史小说的颠覆历史、穿越和架空设置感到不适乃至于愤怒,却忘了《三国演义》《水浒传》等经典作品正是颠覆历史的前辈。

虽然历史学著作与历史小说都存在虚构,人们也因为各种原因混淆虚构与事实,但是并不能因此就同意新历史主义学者海登·怀特在《话语转喻论》等著作中认定的:史学家与文学家的话语形式以及他们的写作目的往往一样,历史作为一种虚构形式,与小说作为历史真实的再现,是一样的。[1]

---

[1] Hayden White, *Tropics of Discourse*, The Johns Hopkins University Press, 1978, P122.

第八章 人间传奇小说中的神话叙事

历史学与文学的目标显著不同。努力的方向不同，其呈现真实性的程度不同，评价标准也就不同。历史学的目标就在于努力追究、呈现历史真相，即使在古代社会文史不分家的情况下，许多史家的工作目标也是竭力切近历史真相，虽不能至，心向往之，虚构和想象正是手段不足之际的手段；而在晚近时期，探究历史事实的各种方法各种科技手段日益增多，更有助于历史学追求真相。历史真相的探索对于文明的延续，对于现实社会治理，就如同为奔跑的人群提供坚实的大地。人类社会无法安心建立在虚构的基础上，人们不断把某些"历史事实"宣示为"真相"，正是因为真相对所有人都是重要的。

因此，还是把追究真相的任务交给历史学，把虚构与幻想的权力还给文学。在历史学界很有反对历史虚无主义的必要，而对历史小说写作宣示要反对历史虚无主义的口号可能就瞄错了靶位、哭错了庙。

第二节　明清人间传奇小说中的神与神意

明清人间传奇小说如世情小说、言情小说、历史演义、英雄传奇小说中，既存在超自然力、神灵这种显性的神话叙事元素，也存在着神意的隐性表现。它们都是神意驱策下的虚构作品。

一、神灵的身影

超现实世界架构、超自然力、灵魂、神仙等神话元素几乎在每一

261

部经典传奇小说巨著中都有着自己的身影,以至于人们应该把这些作品看作是神魔小说《西游记》和《封神演义》的近亲。

在《红楼梦》中,主角石头兄原来存身于青埂峰下,是一块女娲炼石补天剩下的顽石,很有多余人之感。他痛心于自己"无才可去补苍天",决意到人间体验荣华富贵生活,寻找存在感,以建构自己的精神特质,深入生活获得诸多感悟之后,回归仙界。通晓玄机的僧道二人,始终参与、见证这一过程,经常点化、接引主角,为主角安排首尾,也向众人宣示主角的不凡出身。这就把整个故事与读者心中的神话世界进行了粘连。

《水浒传》在整体上是道教神话在人世间演化的天道命数故事。大宋天子在天界都有神仙身份,反映了君权神授的根脚,开国皇帝宋太祖是霹雳大仙的化身,第四位皇帝宋仁宗是赤脚大仙的化身。人世间的一切,都是天意的演化,人世间的错误导致的灾难其实都是命数使然。如嘉祐三年天下瘟疫盛行,太尉洪信奉旨抵达龙虎山的上清宫祈禳,却执意进入了一座封闭的殿宇,看见一座石碑上凿有"遇洪而开"几个字,他难以抵挡好奇心的诱惑,命人掘开石碑下面的大石板,一道黑云从地穴中冲了出来,裂作百十道金光,向四面八方散去,他们就是数十年后化身为绿林英雄的三十六员天罡星和七十二员地煞星。他们命数在身,自然会相互寻找,共同在梁山聚义。

后来,宋江梦遇九天玄女,觉悟自己乃是"星主",应该承担天命,担当组织核心。九天玄女送他天书,助长其智慧,帮助他成为梁山聚义团伙的领袖,起到了故事情节的枢纽作用。整个故事中,众好汉上梁山聚义、接受招安、征辽、打方腊,都是"替天行道",包括设计陷害许多好汉,逼迫他们上梁山落草,都是神意驱策的应命之举,所以一旦上了梁山，领悟了天意，都对团体毫无怨言。与这个神话框架相对应，多数好汉都有自己不同凡响的特长，甚至于具有神通，可以呼风唤雨。

即使是历史小说《三国演义》，也经常让掌握超自然力的角色跳来跳去。如道士于吉可以用道术耍弄奸臣曹操；主角诸葛亮更是可以凭借对天道的感悟，掌握天下大势，可以借东风完成使命，可以作法为自己续命；主要英雄关羽、张飞、赵云、吕布等生有神力，虽然还不是神仙，但也不是普通凡人，都与天下气运有关，很多英雄死后会成神灵。

这些传奇小说的主要人物来自神仙界，或与神仙界有因缘，或者能够窥探天机，荷载着天命、神意，这既是小说叙事传统使然，也是读者偏向所致。这类故事中身份特殊的主要人物是连接神仙界与凡人界的关节点，读者喜欢这种代入神话故事主角、参与天地宇宙大事的感觉，扮演"与众不同""身负使命""一身系于天地气运"的角色，这是一种隐秘难言的快感，也是吸引读者代入主角进入故事情境的重要手段。

二、神意与神像

在明清人间传奇小说中，隐藏在命运、因缘、因果报应之后的神意更应该被我们重视。这其中的神意的表现，说明人间传奇小说、凡人欲望叙事并不可能成为真正的写实小说，而是神意驱动的人间传奇。

人类愿望、集体意志凝聚成的神意，在明清小说中往往隐藏在儒佛道的神像后面，人物的命运、因缘皆由"真神"意图确定，比现代传奇故事更加靠近古代神话。

明清小说呈现了儒佛道互相竞争也互相补充，又以儒家儒教为主流的意识形态。佛、道学说都有神话体系在做支撑，儒教没有神仙，但孔孟诸圣人不光有着学术、圣迹留存，也有浩然正气在支持着信徒，四书五经、三纲五常对于信徒来说宗教意味也不遑多让，儒教的祭祀仪式与道教的祭祀仪式也相去不远，所以说儒教是有着圣人崇拜的准神话体系也不为过。

儒教对古代社会具有很强的组织作用，是中国皇权社会的精神基础，正如基督教是西方社会的精神基石一样。儒家以家庭伦理晓谕天下、治理天下，古代中国最重要的社会组织方式与伦理就体现在"家天下"观念中，它其实是人类愿望、情感、伦理的氏族化神意，会驱策人们的行为和目标预期。

《三国演义》中刘关张结义为兄弟，即共有共享权力。选择刘备接班人问题，是刘关张的"家事"，诸葛亮等权臣都要表示谦顺，不能轻易对此表态，否则就是逾矩。而关羽正是因为全心全意地忠于兄长，而成为朝廷、士族与民间社会一致认同的千古道德楷模。把《三国演义》看作是家天下伦理的演绎，是最为恰当的。

《水浒传》中一百单八个首领结义为兄弟，是整支军队的领导力量，作品以"大家庭愿景""同生共死愿景"来统一各路好汉的精神世界，结义兄弟之间可以分享权力，而兄弟之外，士卒皆为无名无姓的喽啰，梁山泊之外众生，则更如猪马狗牛，无须对其讲究道义。宋江与李逵的兄弟伙伴之情，可以让宋江在发觉自己喝了毒酒之后，让李逵也喝毒酒，而李逵绝对服从，欣然同死，去另一世界做兄弟。

这种家天下的组织方式和理念，支配着古代中国社会意识形态的运作，要求人们积极入世，在君臣父子兄弟的儒教罗网中，庄敬自强,履行义务。这深深地影响着每一个社群的发展,也影响着单个人的价值取向和选择。

然而古代中国人又不乏精神上的退路,普遍把佛、道思想当作自留地,和尚可以上梁山,与结义兄弟一起战斗,最终也还可以回归佛门,出家也是在中国特色的佛教伦理中,在师徒、师兄弟关系中安身立命——那是对"家天下"组织伦理的比拟和仿照。

《红楼梦》一边兴致勃勃地进行欲望叙事,构建快感体验的美妙情景,一边又准备了佛家色空思想,贾宝玉不过是来红尘体验一番,摆出游走红尘而灵台清净的姿态,时刻准备勘破红尘脱身而去。然而,深情款款的情圣与翻脸无情的佛子哪一个才是其真面目?这两种对立人格、对立的精神倾向形成的内在精神世界是何景象?作品并未深究,也无法深究。但是主角不管是进入红楼梦境,还是出离红楼梦境,都是一种"神意",一种被佛道化的集体愿望所驱策的结果。

在宋元话本与明清小说中,佛教的因果报应思想经常影响着故事的进程与结局。《蒋兴哥重会珍珠衫》亦复如是。主角蒋兴哥去外地经商,外地来的客商却诱骗了他的妻子,那客商身死,蒋兴哥却在外地得到了那客商的妻子,自己的妻子也幡然悔悟,重归家门。欲望叙事,主角定律,与因果报应共同构造了这个故事,或者说欲望满足的幻想和家庭伦理,在因果报应的调度下得到了妥善均衡安置。

《金瓶梅》中的西门庆淫邪过度,特别是不断勾引有夫之妇,严重毁坏儒家伦理底线。作者先是极尽所能地详尽渲染淫乐景象,最后却给他安排了惩戒性结局,自身邪死,而妻妾一一到了他人怀抱。在情理上,古代作者与看官既喜欢观赏主角的得意得趣,也希望过度得意的人最终受到惩罚,大众需要这种安慰:享尽了艳福的会受到严惩,恪守本分的会获得平安之福。

因果报应未必是生活的必然,生活中的"西门庆"们未必会受到这种惩罚,但因果报应是平民读者心灵秩序的平衡砝码,儒家伦理与佛教秩序用大众情理的糨糊粘连在一起,成为明清小说故事进程与结局的伦理校正器。而从神话叙事的角度看,因果报应其实是"神赏"和"神罚"的代名词。

在《金瓶梅》序中,弄珠客曰:"读《金瓶梅》而生怜悯心者,菩萨也;生畏惧心者,君子也;生欢喜心者,小人也;生效法心者,乃禽兽耳。"然而菩萨与君子少,而小人为众,小说是写给大众看的,即使对西门庆做出了死亡惩戒,大众对那些能够带来快感的生动景象,还是无法克制地喜欢。

但文学做出了神罚安排,就做了自己该做的事了。文学不是用来消灭欲望的,而是用来驾驭欲望的。阅读欲望叙事作品,只见肉欲而不见神意,是低俗的,只见神意而不见肉欲,也是很异怪的。通过文学艺术温养人类的自然欲望,对于人类生存有着重要意义。这就意味着,那些生动的欲望达成的景象描写也是有价值的,被神赏和神罚修正过的欲望叙事,更是有价值的。

第三节 明清人间传奇小说的造神方法与造神的历史进程

我们从《三国演义》和《水浒传》造神的方法和历史进程中,可以进一步了解神意的构成。

第八章　人间传奇小说中的神话叙事

一、《三国演义》的神赏

历经了数百年，官方和民间合谋进行了神赏行为，把关羽和诸葛亮塑造为神：他们不断表现出优秀品德，所以总是受到天意的奖赏，获得成功和荣耀。《三国演义》是历史上最为成功的造神演义。

一般认为，《三国演义》是三分事实七分虚构的演义体历史小说。对照产生于晋朝的《三国志》等历史著作，会发现迭经戏剧、说书累积，而集大成于明朝的《三国演义》，其中关羽、诸葛亮的光辉事迹主要来自虚构，而虚构的目标是造神，造神的方向是彰显关羽的忠义武勇，使其成为大众的伦理、人格榜样，彰显诸葛亮的智慧近妖，塑造高风亮节的智慧神形象。

请看关羽事迹的真伪：

桃园三结义——《三国志》等史籍中没有刘关张结义的记载，只说三人情同手足，并无诗情画意的"桃园三结义"情节，而这个关键情节，是生发出后续的兄弟深情厚谊、兄弟团体奋斗史的基点。

关羽温酒斩华雄——史籍记载中，斩华雄是江东猛虎孙坚的事迹。在《三国演义》情境中，如此爽脆的事迹只有前期第一主角关羽才配，原故事的主角反而不配。

斩颜良，诛文丑——斩颜良确有其事，诛文丑的却是曹操，配角做出牺牲给主角凑戏是必须的。

过五关，斩六将——关羽离开曹操后，直接从许昌南下往汝南投奔刘备，并未发生过五关、斩六将的曲折故事。这些故事是用来展现关羽为了兄长百折不挠，不达目的誓不罢休的决心的，以塑造关羽重情重义的天神品格。

华容道捉放曹操——在华容道拦截曹操的是刘备,而且刘备去晚了,被曹操跑掉。让关羽捉住又放掉曹操,是让关羽报答曹操善待自己的恩德,以表现其知恩图报的忠义品性。

关羽单刀赴会——史籍记载是鲁肃单刀会关羽,但是这个大义凛然视群雄如土狗的戏码,在《三国演义》中,只有关羽的枣红脸才能与之相配。

麦城拒降——史籍记载是孙权使人劝降,关羽诈降,在城头虚插旌旗,从别门撤退,被吕蒙料到,半路截杀关羽。有此诈降一事,关羽形象全毁,只能是拒降、慷慨就义的情节才适合红脸关公。

关羽的八十二斤青龙偃月刀也是虚构的,三国时期没有这样的兵器,彼时也没有后世的马鞍双镫,手拿战斗实效低的狼牙重兵器,骑在简易马鞍上,很容易被对手打落,或者自己失去重心摔下马来,在战场上那是找死。[1]

关羽满身亮点,竟然只有斩颜良确有其事,其他都是从别处挪用的,或者干脆来自虚构。

再看《三国演义》中后期主角智慧神诸葛武侯诸葛亮是如何被神奇化的:

诸葛亮火烧博望坡——实为刘备所为,发生在建安七年(202),而建安十二年(207),诸葛亮才出山。

草船借箭——是孙坚、孙权父子的事迹,分别发生在跨江击刘表和濡须之战,在《三国演义》中孙氏父子与部将成了主角一方的垫脚石,光鲜的英雄事迹经常要给主角奉献出来。

---

[1] 参见陈寿撰、裴松之注《三国志·蜀书》卷三十二、卷三十六,中华书局,2006年版。

赤壁之战系列情节中只有智激孙权有史籍记载，其他诸如舌战群儒、智激周瑜、群英会、苦肉计、连环计等均为虚构，是"诸葛亮"这个人物生长的过程中被作者们不断创造出来的。

七擒孟获——诸葛亮南征是确有之事，也确有孟获其人，七擒孟获则没有史籍记载，但是戏剧性擒拿与释放部族首领的事迹，凑个七次，更能彰显出诸葛亮的智慧与仁义。

六出祁山——诸葛亮只伐魏五次，只有第一次和第四次到了祁山。两次太少，六出祁山，凑个大数，才能显出诸葛亮不辞劳苦，为国事天下事而殚精竭虑的盛德。

空城计——当时诸葛亮驻军今陕西安康县，司马懿屯兵今河南南阳，根本没有相遇，何来空城计？但是历史小说最怕无聊无趣的史实叙述，必须把乏味的日常实况，变成有趣的主要人物正面冲突的传奇故事，于是就有了诸葛亮弄险之举。故布疑阵的空城计，彰显诸葛亮深谙人心、大智大勇，又彰显出大反角司马懿狡诈多疑的性格。

《后出师表》——可能是后人伪作，并非诸葛亮所作。[1]

可见，诸葛亮的漂亮事迹，同样大多为移花接木或虚构而来。

《三国演义》中的关羽与诸葛亮，不是史实中的关羽与诸葛亮，他们经历的历史也不是真实的历史。如此动了手脚的三国历史人物事迹，能够反映历史真相与历史发展规律吗？显然不能。

文学作品中虚构的历史不是真实的历史，虚构的故事比之于事实更能满足接受者的心理需求，它们为读者提供情感代入、角色扮演、高潮体验的角色幻境。读者代入这些梦境中的主人公，获得愿望实现的快感，并对这种快感体验上瘾，进而自发维护快感体验的

---

[1] 参见陈寿撰、裴松之注《三国志·蜀书》卷三十五，中华书局，2006年版。

真实性，这是一种快感奖赏机制在起作用，是经典历史小说中的神迹被当成历史事实的心理基础。

是的，这些历史事迹是虚构的，对表现历史的真实性毫无帮助，是历史虚无主义的典型症状，但是对于造神，却是必需的神迹。数百年来在官方与民间合谋下，人们一再为关羽封神晋级，到清朝已经成为关羽大帝，最后定格，神迹就不可怀疑了。关羽就在庙里看着人们烧香，结拜兄弟，生存发展，繁衍后代，然后面庞越来越红。

每一个神都是人们拜出来的，人们需要关帝庙里这尊闪闪发光的"忠义之神"，也需要武侯祠里这尊高深莫测的"智慧之神"。这些虚构而来的故事、遍地香火的庙宇参与了人们的精神塑造，它们已经成为人们精神之舟的锚，参与了无数故事的意义网络建构，参与了无数历史阶段的发展进程，那些神迹已经植入了人们的精神世界，不可更改。

我们从《三国演义》的造神案例分析中，也能窥探上古神话半人半神的三皇五帝等大神的塑造过程，它们也是历史与神话的融合，这是中国古代神话创造的重要特点，在文学与历史不分家的古代自然没有问题，但是在今天，我们创造新的人类神话，又当如何对待这种造神传统呢？

二、神意的民间立场 —— 兄弟乌托邦

在《三国演义》中，如果把其他人的传奇事迹挪到刘备身上，那就是官方主导的神话叙事，但是把帝王兄长刘备的传奇事迹挪到民间社会榜样关羽的身上，那就是反映了作品的民间立场。官方最需要的是仁义和忠诚品质，所以会塑造仁义的君主和忠诚的臣子，而

民间叙事最需要的是忠于兄弟情义的兄弟,兄弟情义就是"神意",就是民间社会的愿望—情感—伦理的集中体现。《三国演义》主要故事、主要人物形成的早期,显然民间立场占了上风,等到关羽被朝廷封神,官方立场对民间立场进行了确认,褒扬忠义之神就成了官方和民间的共识。

在《三国演义》的历史建构过程中,那些寄托着广大读者愿望的忠于兄弟情义的人物,就成为历史舞台上的主角、"历史"的宠儿、受众代入对象、核心价值观代言人。同时,标举理想品性,亦是政治、军事团体对成员进行精神塑形的必然举措。具有精神塑形功能的那些小说,其虚构的方向也必然是让主要英雄人物具备团体所需的理想人格,把尽可能多的漂亮行为集中到主要英雄人物身上。在《三国演义》身上,官方与民间找到了伦理意识的共同点,找到了共同的神意和神像。

在《三国演义》的神奇化叙事中,刘关张集团前期颠沛流离寄人篱下,主要靠内在的兄弟忠义来维系团体生存,所以力捧忠义武勇的焦点人物关羽,为了兄弟情义,威武不能屈,富贵不能淫,连倡导"兄弟如手足,妻子如衣服"的大哥刘备,都要给他捧哏。而后期刘关张集团崛起,需要突出才智之士的作用,需要一个智慧神,这就形成力捧诸葛亮的内在动力,赋予其公而忘私、大智大慧的品格,庞统、周瑜、鲁肃等智谋出众的人物,都只能是他的垫脚石,所以作品把他们干过的漂亮事都拿来装点诸葛亮的漂亮羽翼。

刘备则是最委屈的人物,他的光辉事迹前期转移给了关羽,后期转移给了诸葛亮,以至于人们怀疑这个人物别无本事,只是善哭,只会用假仁慈的招数利用他人,窃取他人的成果。果真如此,刘备又如何做得了蜀汉之主?显然,在反映历史真相、历史变迁的轨迹方面,《三国演义》因为那七分的虚构而弱于《三国志》,但是在兄弟团体建构、得到读者情感认同方面,则远远超过《三国志》。三国历史中,蜀汉的主角是刘备,《三国演义》的主角却是关羽与诸葛亮,而《三国演义》中的"历史"与"历史人物"的建构,深深地影响了后来的戏剧、电影、小说的创作,影响了读者的历史认知。

《水浒传》比《三国演义》更加专注于兄弟乌托邦的构建,也更为明确地彰显底层社会价值观。这里的神意更具有鲜明的阶层分化意义,官方与民间的立场是对立的,但造神原则是一致的,梁山好汉中的主要人物也必然是小说虚构的受益者,最被强化的品性,就是对团体与兄弟的忠义,而这是维系团体生存的伦理基础。

在《水浒传》的作品构成中,神意的体现过程,就是群雄聚义的过程,是各种失去出路的豪杰,如宋江、武松、林冲、鲁智深等人,上梁山聚集成一个兄弟团体的历程。《水浒传》虽然是多路英雄人物分头行动的故事情节,而作品并不显得凌乱,皆因情节从未离开"兄弟聚义"的主题,"兄弟聚义"是引发读者共鸣的情绪事件,勾连着读者的兴奋点。

《水浒传》兄弟团体奋斗史的建构,需要展现民间团体的内在凝聚力与伦理根基:拥有公正贤明的领袖权威、内部互利性规则、兄弟情义为核心的价值观、整体上反对官场建制派的政治倾向。人们希冀托庇于这样安身立命的团体:对兄弟不放弃不抛弃,为了兄弟,不惜对任何势力发动战争,让每个团体成员得到归属感与安全感,在团体中实现自身价值,得到生活的意义感。即使是喝酒(对于中国特色的团体,喝酒是重要的组织生活),与兄弟同醉或者为了兄弟而醉,都能凸显喝酒的意义。这是乌托邦团体生活的魅力所在:赋予团伙生活以仪式感、戏剧感,"历史"将会记住兄弟间每一次披肝沥胆的倾诉、每一次剧烈争执——其实是喝醉了。

这样的团体所在的梁山泊，就是具有神性的小世界，是人们虽不能至然心向往之的快活神殿，是民间乌托邦的典范性建构，是朝堂的对立面，而天庭与梁山泊是权力神话的一体两面，是大世界秩序与小团体情义的两种代表。

但是梁山小团体或快活天堂并不是自由的代名词。聚义团体当然会要求异性兄弟间具有思想、情感、行为的一致性，在团体内部会产生去性别化、去家族化、去除原有政治身份的心理行为趋势，所有人都同化为一个身份——兄弟。人们会被要求自觉去除不利于团体的行为秉性，把兄弟情义视为正确的精神面向，而把原本个人化的随意性的习性视为负面状态。

女性在《水浒传》的语义结构中，被污名化处置：要么如潘金莲、潘巧云、阎婆惜一样美而淫邪害命，从而被英雄人物杀死，为兄弟们解恨；要么如孙二娘、顾大嫂那样，没有女性魅力，又认同兄弟伦理，成为"兄弟"中的一员。这样显著的为女性祛魅行为和禁欲倾向（梁山泊口号之一：好色的不是好汉），正是因为女性魅力、性欲的迷狂作用容易引起兄弟内部为异性而争斗，是对群体归属感的颠覆性力量，对于团体一致性伦理是有害的。激进宗教团体因为需要内聚力和思想行为一致性，同样会要求成员禁欲，并在外观上去性别化，道理相同。单一价值观的极致化强调，必然导致激进的行为规范。

在这样的神意中，团体意志是远远大于个体意志的，团体操控力、凝聚力越强，个性空间就越小。所以乌托邦建构往往以自由价值观为开始，而以追求统一意志为结局，或者因为无法协调行动而散伙。

在《水浒传》中，官方立场与民间立场是尖锐对立的。《水浒传》

中的主要矛盾,其实是"梁山好汉"这个乌托邦团体思想、组织方式,与普遍的、世俗的社会系统之间存在的对立。招安可以为每个兄弟谋得人生出路,是基于现实利益选择,但是却消解了乌托邦团体,是对团体伦理的背叛。在艺术作品中,"背叛者死"是一条古老的禁咒,也是"历史人物"命运构建的原则之一,与"乱伦者死"一样不可抗拒。所以招安后,《水浒传》主要人物要么惨死,要么遁入空门,这是从反面呈现了团体聚义主题,也是一种神罚的体现。

金圣叹本《水浒传》以七十回大团圆为结局,道理就在于众兄弟安身立命的聚义团体已经形成,快感体验已经到了高潮,作品的愿望主题已经完整呈现。后面的招安以及为朝廷而战,导致兄弟凋零,实在是对快感的消解,给予读者的感受是松懈和沉沦,所以一刀砍去,岂不快哉!

但是对于完成神意的表达,这个七十回本是不够的,全本中众英雄各得其所,升天入地的结局,对于读者心理才是一种完满的安排。一伙强盗、"天降祸星"、水浒英雄,这三种身份都需要神意给出带有神罚和神赏意味的结局。在人们的想象 — 体验 — 认知 — 伦理的精神结构中,固然梁山泊是快活的天堂,但是强盗 — 杀人狂是需要受到惩罚的,正如风流快活能干的西门庆大官人,也会受到身死人散的惩罚。三十六天罡星、七十二地煞星,这些天降祸星,则应该回到原有的天道秩序中去,无罪过的英雄则应该得到善终。更重要的是,水浒英雄们其实最终在人们的想象中,应该是在天道 — 神仙世界中重新相聚了。

如此了结,水浒英雄就不再是强盗 — 祸星 — 凡人,而是民间社会可以祭拜的神了。

对于被压抑的、在各种政治制度之下潜行的华人民间社会,《三国演义》《水浒传》的"兄弟忠义团体"是历久弥新的榜样,是社团价值观与组织方式的教科书,是一种愿望实现方式,一种华人文化标识,一种建构社会认知的方式,更是一种造神指引。各路社团对"兄弟忠义团体"行为模式的模仿,按照忠义天神们的角色,塑造各种社团内部角色,等等,又反过来强化了《三国演义》《水浒传》的"历史"与"历史人物"建构的真实性认同,强化了这种神意的文学运作方式。

在人们的精神世界,历史被神奇化效应重塑了,历史建构向着模拟神话这个根本任务倾斜,必然拆散历史本身的逻辑而重组神话叙事自己的逻辑,因为历史远远不如神话那样振奋人心、温暖人心。

兄弟乌托邦故事,这样的神话叙事在世界各地的人类史上是普遍存在的,而且都与人类基本伦理有关,与神话叙事有关。所有重要的事情,都会被人类神圣化、规范化,兄弟情义亦然,神话叙事就这样重组了人类精神史。

神意无所不在。

第四节 "三国""水浒"亲族网络小说的神话叙事

如同巴赫金、克里斯蒂娃、罗兰·巴托等人曾经论述过的那样,文本之间存在着相互缠绕的语义互联网,在阅读阐释活动里构成复杂的互动关系。[1]三国、水浒题材亲族小说与其原型就是典型的互

---

[1] 参见[法]蒂费纳·萨莫瓦约《互文性研究》,邵炜译,天津人民出版社,2003年版,第3—13页。

文性景观。网络小说作者们对《三国演义》《水浒传》的历史背景、人物与故事，进行了承接、扭转、颠覆、重构等写作实践。考察这些网络小说，必须同时打开《三国演义》《水浒传》的语义系统，才能捋清完整的意义网络。分析这种文学形态，可以进一步探讨人间传奇小说或历史小说中的"现实""历史"与"历史人物"的建构问题，获取"神意"变迁的脉络。

《三国演义》《水浒传》都是传奇叙事代表性的样本，对网络小说创作有着显著的影响。许多网络历史小说、都市小说与三国、水浒题材有关，也是人间传奇的叙事形态。但它们也往往是旧神的亵渎者、颠覆者，随心所欲地摆布历史和人物，它们更是新神的塑造者，反映了现代人以自我为神的精神倾向。

这些网络小说的神话叙事同样有着显性和隐性两种状态。

其显性状态如有些穿越、重生小说，与《水浒传》意趣相同，佛道相融合的神仙世界支配着人物穿梭时空，是故事的神话叙事基础。在张小花的《史上第一混乱》中，阎王的部下判官们出错，导致整个东方天庭与地狱系统忙着弥补错误，玉皇大帝化装为闲汉刘老六，寻到当铺经理萧强，把各朝代的开国皇帝们、名人们弄到了现代社会，由主角安排在家里和武校中。而《三国演义》中的关羽等人、《水浒传》的一众英雄也都来了，他们按照原著中给定的能力禀赋和性格逻辑，在现代社会继续创造自己的英雄事迹，梁山好汉们甚至出国参加了世界武术大会，争金夺银，为国争光。这就把人间与神仙世界焊接在了一起，日常的凡人世界也成为神话世界的一部分。

我们重点关注与《三国演义》《水浒传》相关的穿越、重生、架空类历史小说，分析其中的神话叙事的隐性状态。

与《三国演义》《水浒传》一样，神意——集体意识整理过的个人愿望和意志的集合物，驱使着这些历史小说作品运转，主角成为事实上的故事主宰，这与创世神话、网络神幻小说主角创造自己的宇宙一样，是人类创世欲望的显影。只是这些凡人传奇故事的主角不掌握超自然力，或者拥有低强度的超自然力，主角是凭借自己对历史的"先知"、奇特的气运和智慧、艰苦奋斗的精神，以及各种可能的金手指，创造了一个自己想要的历史。这是传奇故事模拟神话的典型形态，只是人们可能并未意识到它与神话叙事的关系而已。

这种神意改造历史、塑造历史的状态，亦可以从两个层面进行描述。

其一，创世。

在网络历史小说的历史建构中，主人公介入前的历史可以称为前史，而主人公介入后创造的全新的历史，才可以看作网络小说中的历史主体、故事的主体。比较起《三国演义》《水浒传》在历史事实大框架下的团体奋斗史、命运史的建构，人物事迹移花接木偷梁换柱式的虚构，街头算命式的历史趋势言说，网络历史小说的姿态则彪悍得多，是一种"创世纪"式的历史建构模式，也是一种飞扬的小说态度：我来了，世界变了。

三国是汉末历史上各方诸侯称霸的舞台，也是各路网络小说作者依据自己心头漂浮的神意展开称霸游戏的舞台。穿越者们依据自己的社会理想，建构了各色三国历史景观。三国题材网络小说最能够说明人们需要什么样的模拟神话，需要什么样的历史，传奇叙事又是如何构建历史的。

在公民社会建立之前的任何历史时期，底层社会精英唯有抱团作战，才有实现愿望的可能，分散时潜伏爪牙忍受，动乱来临时则结成暴民团体，如凶残的群狼，这正是梁山好汉行为模式深入人心的原因，也是穿越小说中"暴力团体模式"流行的原因。如《大汉帝国风云录》反映了平民阶级与底层军人的诉求——得到上升社会高层的机会。主人公李弘是一个穿越到汉末的现代军人，他收拢大汉北疆各民族骑兵、招降黄巾军组成强大的北疆武人集团，建立护佑穷人的北疆家园，对于世家门阀势力则随时举起屠刀。但是，当为国为民的初愿与自身这个武人集团利益之间发生冲突，他只能选择捍卫武人集团的利益，因为刀把子是他们实现"阶级理想"的保证，他们关于社会公平的理想就只能成为一种过时的誓言。这正是《水浒传》式兄弟乌托邦神话的现代版。

《商业三国》则反映了启蒙知识精英的理念与愿望。几个教师出身的人穿越到了汉末，带领流民与工匠进入辽西屯田，开办工商企业，开创共和体制，以契约精神重组汉末社会，用宪政制度统一了三国，并不断吸引周边各个民族地区加盟超越种族的大汉体系。这是另一种革命，是用文明匡正野蛮，改造人类社会基础的革命。

而改良主义倾向的作者在《水浒传》中的历史时代——北宋中后期，发现了建立文明国家、重铸世界文明史的更好机会。

《新宋》主人公石越从开创现代学校制度、创办报纸入手，带来有序的思想解放，从顶层设计和制度建设开始变法，创造了新的大宋历史。《宋时明月》的主人公赵兴穿越到了宋神宗时期，则从开办工商产业、开展海外贸易入手，进而建立了具有军事优势与财政优势的"特区"，开创了另一条改良通道，把与士大夫共治天下的"太祖之誓"用法律确定下来，成为君主立宪制度的起点，把《蓝田乡约》指引下的乡老会逐渐转化为有立法权监督权的议会。主人公的政治特区对于大宋具有广泛的示范作用，而文明巅峰的大宋对世界具有广泛的示范作用。

第八章 人间传奇小说中的神话叙事

《高衙内新传》则对大宋朝廷体制内改良的成功做出了乐观想象,可以称之为"建制派"的改良。一个现代青年与宋徽宗时代高俅之子高衙内高强互换灵魂,高强运用穿越者预知历史的优势与大宋"体制内"丰厚人脉相结合,与盘根错节的利益集团共享改革红利,协调体制内力量,解决了冗官、冗兵、冗费的北宋痼疾;利用大宋的经济军事优势,与辽国协议收复燕云,帮助辽国攻打金国(与历史上宋徽宗胡搞"联金伐辽"而导致北宋灭亡相反),并最终收取辽东,改变了大宋溃亡的命运。主角在改良大宋之外,谈了几段很有难度的恋爱,与潘金莲、武松三角恋,与权相蔡京女儿蔡颖、名词人李清照三角恋,颇享受成功人生的滋味。

当然也有人对宋朝不满,特别是对以文御武的军事制度不满。《宋时归》主人公萧言,是在现实时空找不到存在感的热血青年,穿越到了北宋末年,找到了历史使命——挽救华夏民族的命运。在北宋即将被金国打垮的关头,萧言降身于北宋"联金伐辽"的前线,得到溃败宋军将士的信任与跟随,特别是收服岳飞、韩世忠为部下,死战收复燕京,然后扩军以自固,养寇以自重,长期控制一支强大的、忠诚于主人公的军队,坚定地在权臣兼军阀的道路上走了下去。虽然主人公声称控制军队是为了挽救华夏,但是他的行为本身就是在破坏华夏文明,用大声嚷嚷的民族主义的口号掩盖着军队忠诚于军阀、凌驾于国家利益之上的倾向。建立文明制度需要付出几十年几百年的血腥代价,而破坏它却只需要乱世的一个野心家。人们不该忘记,在革命与改良之外,城头变幻大王旗也是常见的历史形态。

在每个历史时期,网络小说中的革命者与改良者都在相互竞争,改良主义者重视建构规则,而革命者享受激情,其中蕴含着不同的情感伦理认同与快感模式,因此他们构建的"历史"是在不同方向上运转着,体现了不同的"神意"。

其二,对人物与故事原型进行承接、扭转、颠覆,以及重构意义网络。

三国、水浒题材亲族的网络小说作者们对《三国演义》《水浒传》的人物与故事,进行了承接、扭转、颠覆、重构等写作实践,这些小说中的穿越主人公们,通常会重新串联、组装三国人物与故事。

如质朴、忠诚、武勇而精细的赵子龙,是许多三国题材网络小说作者的最爱,无论价值观、社会理想如何,每一个穿越者到达三国时期,都会设法把亲爱的赵子龙收为小弟,他在不同的"建国大业"中,都扮演了同样的角色——沉默而可靠的伙伴,主角追随者,发挥了镇国大将的功能。诸葛亮与此相似,一个高明的军师与内政高手,同时也是骄傲的君子,只要得其一诺,尽可举国相托,对其忠诚信义毋庸怀疑。这类人物的个性与角色,承接了《三国演义》中的人物塑形,是合格的功能性人物,在三国题材网络小说中,发挥"三国历史元素""三国元器件"的作用。

历史上梁山好汉除了宋江、史进、杨志等几个人有可靠历史记载外,大多数是虚构的"历史"人物,史实中的宋江团伙应该是规模不大的一股流寇。《水浒传》是累积型的作品,自南宋出现一部名叫《大宋宣和遗事》的著作开始,继之以说书人的水浒篇目,到后来的水浒题材的杂剧,水浒人物形象一直在市井社会中不断生长,梁山好汉的规模也在膨胀,作者、传颂者、接受者都希望梁山事业红火起来。到元末明初之际,《水浒传》在杭州衍化而成。以宋江起事作为缘起,到小说成书,走过了漫长的两个半世纪。[1]但这并不

---

[1] 参见央视《探索·发现》栏目 2011 年 4 月 10 日播出的《寻找水浒传》。

第八章 人间传奇小说中的神话叙事

是"水浒"故事衍化的终结,在后来的戏剧、话本、影视剧改编中,水浒人物仍然继续生长着。在网络历史小说中,水浒人物也被各种重构。

改良主义者必定否定《水浒传》背后的价值观和历史态度。《宋时明月》作品中没有出现《水浒传》人物,但是针对性地呈现了人文鼎盛、诗情画意的大宋,解构了《水浒传》对大宋的丑化描述。《新宋》则直面了《水浒传》人物,主人公穿越后,秉持华夏文明的"守护人"立场,组织了新式军队,打垮了宋江、方腊两大烧杀抢掠的土匪集团,作者认为梁山好汉式团伙是文明秩序的破坏者,是不应该得到赞美的。

《宋时归》故事时代背景与《水浒传》是衔接的,因为作者要写的历史不是《水浒传》里虚构的那种历史,而是具有历史真实感的历史,除了主角穿越而外,人物都是真实存在过的。史实中水浒人物对历史影响很小,是可以忽略的,所以《宋时归》没有出现《水浒传》里的人物。但是它对《水浒传》进行了戏仿,也有燕青这样的帮闲人物——与岳飞一起投靠主人公萧言的张显,去勾引李师师身边的侍女,让李师师为了主人公的事业,去勾搭宋徽宗。《宋时归》还构建了《大宋宣和遗事》的仿制品——《大宋宣和北地述异》,在一些章节的开始,言述主人公介入后的大宋"历史"也与《宋史》《水浒传》构成互文关系,作品中没有《水浒传》人物,《水浒传》却一直在场,使读者的阅读具有多重兴味。

《高衙内新传》是一部特殊之作,它全面承接了《水浒传》与《金瓶梅》的故事,两部书的主要人物都在该作中出场,成为作品的元器件。但是根据作者的需要,该作继承了部分人物性格原有塑形,却扭转了一些人物性格、人物命运与行进的方向。作品中,高衙内的爹高太尉,是几十年屹立不倒的官场老手,很干练,很忠君。对于主人公,他是一个慈祥的父亲,并为主人公的改革出谋划策。这是主角作为高太尉之子的身份设定,并且是主角决心从事改良大业所必需的,比之于《水浒传》中不问缘由一味祸乱大宋的首犯高太尉,该作中的行为逻辑更有可信度,更有人性基础。

而承接《水浒传》《金瓶梅》两大人物谱系角色原型的潘金莲与武松,其经历与形象则被大跨度扭转。一切为潘金莲打抱不平的文人骚客们,都不如穿越者来得干脆爽快。由于主人公穿越介入了"历史",潘金莲杀夫事件被避免了,没有这一"原罪",天地为之一变。武二郎与潘金莲虽然互生爱慕,但是武二郎不是主角,高强才是,敢爱敢恨的潘金莲像人们期待的那样爱上了高强,并孕有一子,因为与高强正妻不合,自愿到寺庙中禅修生子。

宗教洗礼之后的潘金莲,进化为光彩照人又心怀悲悯的圣母,能够把压抑悲苦的文艺青年范儿的武松像婴儿一样拥抱在怀中抚慰其伤痛,治愈其多年心结,使武松毅然走上国战之战场,为达成主角收复辽东的心愿,迭经苦战,建立功勋。在主角与潘金莲的影响下,武松等水浒人物不再是梁山团伙成员,而是有家国情怀人生追求的新式军人。

这些三国、水浒题材亲族小说建构历史与历史人物的效果十分脆甜,历史是为主角特供的"历史",人物也是为主角实现愿望而存在而行动的角色。作者笔下显灵的神意,驱动着人物的行为,去创建一个主角理想中的世界。这是对神话叙事的更直接的模拟,说明现代青年人主体精神强大,敢于自立为神。

这很好。

第九章

中国百年新文学中的神话叙事

我们可以把鲁迅小说、金庸小说看作是神话叙事吗？当然可以，而且应该。人类文学艺术都有着或隐或显的神话基因，或者我们可以说，人类的文学艺术都是在模拟神话的过程中发展出来的。鲁迅小说、金庸小说中既有显性神话基因，也有隐性神话基因，都有着神话叙事的绝对意志、神秘力量支配叙事进程的形态特征。

本章以鲁迅和金庸小说作为焦点，牵引中国百年新文学中的神话叙事、传奇叙事的研究。以神话传奇叙事为主流形态的网络文学，是在百年中国文学的变迁中发生发展的，而鲁迅与金庸是两个重要坐标，可以帮助我们在中国文学与世界文学谱系中，找到网络文学的自身定位和可用资源。网络文学的兴盛，也为我们重新打量中国文学与世界文学的关系，为文学理论的再生提供了一个契机。这种定位寻找与理论再生，攸关网络文学——大众文艺的形态、功能认知和价值评判，应予重视。[1]

---

[1] 本章沿用了拙著《鲁迅小说、金庸小说的谱系、形态与功能——百年中国文学给予网络文学创作的文化资源》的部分观点，刊载于《网络文学评论》2019年第2期。

第一节　鲁迅与中国作家的神话叙事之路

鲁迅小说在二十世纪中国文学神话叙事传统复归潮流中，发挥了自己的影响，而他的创作取向和特质又是在欧洲文学的影响下形成的。

如前所述，创造与现实世界不同的想象世界，是神话以降的文艺传统，人类从神话开始，构造了许多超现实的幻想世界，形成一个主要在人类想象—体验活动中起作用的知识谱系。除了大众文学，近现代东西方神秘主义文学自然也在其中，但人们可能忽略了"普通"的现代文学作品中，也存在神话传奇叙事传统的影响，其显著征兆是作品的逻辑情理基础是超现实的因素，作品的支配力量是一种悬置了来源的"神意"。

现代欧洲文学重返神话叙事传统的过程中，现代主义文学有利用古代神话叙事遗产再造神话的意图，但并未直接创作神话，如乔伊斯的《尤利西斯》，古希腊神话英雄故事构成了作品的半张脸，它与作品中现代人庸常疲软的生活之间的对比，存在广阔的想象空间，是站在现实世界的现代社会，向祖先的英雄精神致敬。这与神话叙事处于彼此挑逗又彼此保持距离的关系，开启了现代主义文学半神话半人间的神话再造传统，构成一种想象的张力，但把古代神话的神灵召唤了出来，却不肯让它们充分表现，只是作为一种现代人的精神对照物，这到底不是神的主场叙事，神话能够发挥的作用还是有限的。

第九章　中国百年新文学中的神话叙事

我们对现代主义文学的神话叙事的价值取向有着这样的研判：它们谨慎模仿了古代神话精神建构效能，创作者们借用神话的造神逻辑，凝聚出自己的"神意"——现代性集体意志，以干预现实生活；它们借助神话—宗教思维，对现代性观念进行重置，让人类思维更有灵性；它们用神话叙事手段为"现代文明"增魅。这种价值取向对中国现代文学亦产生了显著影响。

我们从现代主义文学的神话叙事潮流中，还可以觉知到，文艺是为人类服务的，但是，这并不等于应该要求文艺作品的主角就一定是凡人，神话—传奇故事同样是为人类服务的，并且起到了写实文学不能达成的作用，这种观念对于当今中国文学界尤为重要。

虽然二十世纪以来，世界各地的文学潮流并不同步，但是趋势曲线相似。中国现代精英文学是在西方近现代文学，特别是现实主义文学与现代主义文学的影响下发生发展的，明清小说的神话—传奇故事形态被抑制，被新文学人士认为是旧文学，在新时代用明清小说的传奇故事构成方法写作，被视为"通俗文学"。

由于现代文学的"新形象"光芒万丈，人们容易忽略一个显著的事实，即很多"新文学"作品有着神话叙事的思维、传奇故事的形态，但因为有着西方文学的衣着打扮，而不被看作是"旧文学"。鲁迅小说就是如此。

鲁迅创作具有强烈的现实关怀，却又吸收了西方现代主义文学中的象征思维、神话思维，故事与角色构造具有浓烈的超现实意味，呈现出戏剧化和风俗化的倾向，这正是传奇故事的重要形态特征。而任何传奇故事，与神话都是脱不了干系的。鲁迅的传奇叙事是神不在场的传奇叙事。

鲁迅笔下的鲁镇与未庄，是一个象征着古老中国精神世界的"世界设定",这里的人们按照传奇故事的形态——功能的要求说话办事,显示出神奇性,他们没有机会像浙江乡下人那样生产和生活(类似茅盾小说那样),没有机会展现江南文化底蕴和风采(类似金庸小说那样)。他们相信来生、相信神灵,始终在神话——宗教精神的支配下行动,他们的世界是按照神话思维来运转的。

鲁迅对他们的精神世界的基本秩序当然是否定的,并且期望他们更换一套精神秩序。然而这绝不能说明,鲁迅小说的创作思想与现实主义文学观念相同。阿Q这个角色是按照现实生活、现实人物的行为逻辑在行动吗?显然不是,他的一系列行为如撩吴妈和小尼姑,斗小D、王胡,要革命,到被捉去审判,为画一个像样的圆而努力,上法场想唱一句像样的戏文,也只是喊出一句"二十年后又是一个好汉",等等,都具有传奇故事的精神背景,具有舞台喜剧丑角的表演范式,也只有在喜剧的范式里,其神奇性才合理,才具有艺术的"合理性"与"真实性"。

阿Q、孔乙己、祥林嫂等角色的奇异行为,都是在固执地按照作者意图行动——不可违抗的"神意"、一种现代性的"神罚"意图——呈现着某种特殊的性格或特殊的人格特征,向着死亡的黄泉路而去,他们不是令人向往的、愉悦的,给人以正面情绪体验的传奇角色,可以说是反向的传奇故事角色形态。金庸笔下的郭靖、杨过、令狐冲、段誉、韦小宝的故事是迭经惊险的幸运传奇,阿Q、孔乙己、祥林嫂的故事是永远倒霉、永远失败的厄运传奇。幸运传奇与厄运传奇,都不是日常生活的情态。

鲁迅创作后期更是有意识地恢复神话叙事传统,改造中国神话与民间传奇故事,如《故事新编》中的《补天》《铸剑》等等,鲁迅赋予其一种冷色幽默的个人风格,激发一种脱离凡俗的创造性,塑造一

第九章 中国百年新文学中的神话叙事

种坚忍不拔壮怀激烈的人物性格,这些故事的主角不是人间凡人,而是凡人的人格榜样。这与《呐喊》《彷徨》中阿Q、孔乙己、祥林嫂、华老栓等精神麻木的人物,构成剧烈的对照。

而这与乔伊斯等人的神话再造的手段很合拍。乔伊斯的《尤利西斯》把希腊神话中的英雄故事,与现实世界中爱尔兰人的凡人生活进行对照性呈现,用希腊神话的英雄人物气概映射现实生活中芸芸众生的精神猥琐,审视、批判民族的国民性格。这种写法,也正是鲁迅小说的写法。如果把《故事新编》与《呐喊》《彷徨》放在一起观看,像乔伊斯为精神祖先而骄傲,为现实世界的爱尔兰民族感到忧愁、难堪一样,鲁迅是在为华夏祖先感到骄傲,为现世中国民众而忧思、愤怒不安。

鲁迅是中国新文学的先锋之一,开启了一个启蒙主义的新文学传统,但同时他也在西方文学的影响下,实践着古老的神话—传奇文学传统,对华夏神话进行了创新性再造。可以说,鲁迅小说处于多重文学传统的交汇之中。

鲁迅并不孤立。现代中国作家中,还有许多作家在个人信仰领域和艺术创作领域,迷恋神话思维和神秘主义文学观,如:郁达夫、俞平伯、许地山在作品中描述了佛教体验所激发的个人感悟;沈从文在作品中渲染湘西巫灵吞云吐雾的氛围;闻一多、冯友兰、徐志摩、李金发等人对西方神秘主义文学倍加推崇,强调精神灵性的发展,强调美的超现实因素,主张文艺向神话传统靠近。如是等等,构成了现代文学精神世界的重要一极。

同时现代作家又普遍认为在国家建构与社会治理领域应该信奉民主与科学,他们在创作思维上也经常处于神话思维与科学思维的混搭状态。这也许是一种时代性的、冲突和平衡之间的精神摇摆，但却又是正常的人类精神现象。只是有着欧美留学背景的学者作家，更容易与西方学说、西方神话传统对接，而留学日本和本土成长起来的学者作家，更容易与华夏上古神话、佛道神话传统对接。

自二十世纪七十年代，中国再次打开国门，当代文学再次以二十世纪世界文学为参照系，再次同构共振，特别是拉美魔幻现实主义文学的兴盛，激活了中国作家大脑中的神话思维区域，许多人把神话思维、民间崇信物与小说创作结合起来。

如韩少功在《爸爸爸》等作品中，推崇上古神奇浪漫的楚巫文化，却用象征性人物把近世与现世的愚昧粗陋的民间生活，以审丑的态度呈现出来，形成一种民族精神审视，与鲁迅、乔伊斯的创作倾向相仿佛。

马原在《冈底斯的诱惑》《虚构》等作品中，对西藏高原的神秘想象与表现，令人对精神高原顿生向往之心。

残雪的《黄泥街》《种在走廊上的苹果树》《苍老的浮云》等作品的迷幻与神秘气质，令人对女巫文化进行想象与问询。

叶梅的《撒忧的龙船河》《花树花树》《青云衣》等作品，呈现了超自然力在鄂西地域的晕染景象，人们可以看到扁舟"豌豆角"、"花树"等象征之物，在神话世界与日常世界之间，在生与死之间来回摆渡，在中国腹地为世界文化地理增添了神奇的绿色地带。

陈忠实《白鹿原》之朱夫子与白嘉轩的圣人气质，还是具有非人间性的，儒家代表人物作为崇信对象，如同孔庙中的塑像，自有其神秘之处。

而贾平凹把中国传统神话—传奇文化从山野和民间挖掘出来，赋予其神秘、浪漫的魅惑之力，其笔下主角如《废都》中的庄之蝶，带有通灵的颓废的传统名仕气派。

第九章 中国百年新文学中的神话叙事

阎连科笔下"耙耧山区系列小说",《日光流年》《年月日》《受活》等作品,是原始神话、深山寓言与时代精神的碰撞。耙耧山的魔幻与现实世界的疯狂构成超现实的复调。

这些作家文化态度不同,但是其作品都在重返神话 — 传奇传统,并在神话资源再造方面,显示出一定的独创性。

最接近鲁迅小说内在精神的,把神话 — 传奇故事传统与国民精神审视结合起来,把幻想 — 喜悦体验与焦虑 — 超越体验结合起来,着力揭示人性 — 神巫精神跨度和深度的,则有莫言的"高密东北乡"小说,如《红高粱》把野性武勇的充满酒神气质的"我"爷爷那一茬人,与现实世界被精神阉割的老实巴交的父兄一辈进行对照,与乔伊斯和鲁迅的国民精神审视相通。

而莫言在《檀香刑》中,展现了杀人者、被杀者和观众一起合作上演的刑罚 — 牺牲大戏,把血腥刑罚变为狂欢的人间奇迹,而其背后是启蒙与神话双重传统。其主角之一孙丙,是这场富有激情和民间宗教精神的悲喜剧的受难者,也是导演兼主演。他是一名地方戏演员,在义和团运动年间,因为杀死"德国鬼子"事件被当政者判处死刑 —— 但需要被折磨五天才能死去,以警示乡民。他渴望得到好评,积极配合着针对他的程序复杂的示众酷刑,在观众的注视中始终表现良好,而他确实从整个刑罚 — 牺牲仪式中,得到了男女老少充分的尊敬。他的精神世界混杂了神灵世界观、侠义与牺牲精神、创造历史与自我实现的欲望与坚忍的秉性,呈现出独特的"孙丙精神"。

施刑示众是政治,但牺牲仪式是神话。在这种刑罚 — 牺牲仪式中,刽子手一方也在配合牺牲者的表演,承认他具有某种精神权利,牺牲者有权表演自己想定的角色,有权享受喝彩,刽子手一方并未堵住他的嘴。这种"牺牲"前,好好表演一番,成为一个传播久远的人间传奇,显然,阿Q想要表演却没能成功的那种好汉故事,就与此接近。

这种牺牲大剧,内在范式是一种遍及世界各地的民间宗教仪式,可以把阿Q和孙丙的表演,与弗雷泽在《金枝:巫术与宗教之研究》中多次描述的,世界各地的民间宗教仪式中,杀死神的替代者以祈祷真神显灵的祭祀仪式进行比较。

在这些"杀神"仪式中,经过某些程序选择出来的牺牲者,被好好供养了一番,得到足够的尊敬,得到刻意安排的性爱,然后抖擞精神去扮演神灵,同时人们磨刀霍霍,载歌载舞,与神秘力量沟通,经过漫长的宗教仪式,把演神者——牺牲者慢慢杀死,他的血肉被传布到足够多的土地上,然后人们就可以期待本地区风调雨顺和丰收了。这种死亡仪式上的表演与观看,类似于吃人血馒头治病的巫灵思维,是某种麻木的民族性的表现吗?未必,这种表演与观看仪式,从牺牲者的血肉中汲取生命能量或道德品质,是至今还在花样翻新的、遍及人类各地的精神现象,可以把它看作人性深处的某种"神性""巫性"的表现。

在人类文明史上,牺牲与启蒙向来是相互连接的,在不同时期与不同意识形态相结合,会产生不同的表现形态。在基督教信仰体系中体现为信众领取圣餐,以饼与葡萄酒象征耶稣基督的血肉,信众分食耶稣的血肉,以纪念他为大众而死,等他回来,也是为了得到他的滋养,与他的生命融合,以强化信仰。在欧美、苏联与中国的国家主义启蒙的激情戏剧中,展现启蒙者、奉献者甘愿牺牲的刑场就义仪式,牺牲者精神不断升华,形象高大完美,而刽子手一方在精神上节节败退,彰显其丑陋和必将失败的命运,牺牲者手捧国家象征物，用热血浇灌国土以开出希望之花，促使国民觉醒，决心为理想为国家做出奉献牺牲，如是等等，其内在范式都是神话传统的牺牲仪式。

第二节　新武侠小说的拟神话形态

在大众文艺中，神话传统从未消退，只是有时会被屏蔽，不引人注目而已。

二十世纪中期以后，金庸一代武侠作家在中国大众文艺领域全面恢复了神话——传奇叙事传统，也吸收了五四新文学的思想艺术成果，创造出新派武侠小说，并在八十年代以后进入内地，掀起阅读浪潮，引发了内地大众文学的复苏，为后来网络文学神话传奇叙事的起步奠定了心理基础和艺术范式。新派武侠小说和网络文学，自然也都是中国当代文学的一部分，都是中国大众文学的华彩篇章。

在金庸、古龙、梁羽生等作家开创的新武侠小说中，世界上没有出现神仙，但是人物可以经过修炼而具有神通或超自然力，并以超自然力解决问题，因而新武侠小说是神话的直系后裔。

金庸"武侠世界"的时空可以是真实的历史时空，如《射雕英雄传》之南宋，《天龙八部》之北宋，也可以是架空的历史舞台，如《笑傲江湖》中不明朝代的古代时空，但那都是为武侠人物实现自身愿望而设定的世界。故事情节中的"历史事件"是不能计较真伪的，考证金庸小说的历史真实性，是一件很可笑的行为。其神出鬼没的武功，如降龙十八掌、吸星大法、葵花宝典，都是一种超自然力想象，而不是可以现实复制的武术。少林、武当、峨眉、昆仑等门派势力的创设，主要来自想象，是武侠世界的基本元素，用以构成敌—我—友不同人物关系。这些与神幻小说中的世界架构、势力分布、角色创设显然是同一种创作思维。

金庸武侠故事的核心构成是人类经过修炼可以获得超自然力，并用超自然力达成人生目标。他创造了许多掌握着超自然力的有神性的人物，如郭靖、黄蓉、杨过、小龙女、令狐冲、任盈盈、萧峰、段誉这些俊秀主角，如黄药师、周伯通、洪七公、风清扬等导师型传奇人物，都是神性与人性融合而成的人物，是住在人间的，低于神仙而高于凡人的，创造着人间奇迹的大侠或超人。

金庸创造的自由的神性的武侠世界，与现实世界构成对立而平衡的关系，犹如我们头顶两个相互对立交叉的房梁。我们笑傲江湖，可以发狠爽一把就死，之后，面带笑容，回到现实世界，继续工作与生活。同时，金庸世界里侠义对抗邪恶，并且最终侠义获胜，亦使我们精神秩序安稳，增厚了我们的良知土壤。因此，也可以说它们起到了神话—宗教的安魂作用。

互联网时代到来，中国网络文学全面继承发展了大众文艺的神话—传奇传统，而金庸小说是最直接的精神指引之一，网络文学中的主角们，在这条武侠小说开创的修炼—掌握超自然力—升级—战斗的道路上狂奔。

在现当代文学包括武侠小说中，神仙鬼怪只是投下了影子，或者附体于人物，决定了人物的命运，却很少正面出场，而且创作者们对这些影子将信将疑，想要又怕。但中国百年精英文学与大众文学回归神话—传奇传统之路，佐证了神话—传奇故事形态，是一个植根于人类基本精神需求的想象传统，一个时代的文学有可能离开它一会儿,但是神话基因的后裔终归会回来。

网络文学标志着神话——传奇的文学传统在中国文学中的全面回归,这是一个趋势性潮流,并不是少数人的癔症。当代中国作家包括网络作家的神话想象谱系,既显示了民族文化的特性,也深受世界文学艺术发展潮流的影响,是同构共振的,这同样说明中国文学是世界文学的重要组成部分。

如果武侠小说、网络文学及其产业链条中的大众文艺的"神仙鬼怪大侠当家、不食人间烟火"的状态令你感到担忧、不适,那只是因为你对人类生命运行机制和大众文艺传统不够了解而已。中国网络文学不这样做,其他国家地区的大众文艺如好莱坞电影、美剧、英剧、日本动漫也会这样做,它们一直在这样做,一并构成了当代世界大众文艺的神话——传奇品性,中国网络文学只是后起的学习者和竞争者。不要为网络文学的正常发展设置障碍,否则就是在帮它的竞争者开路。

第三节 两种神意与两种精神建构状态

研究现当代文学与神话叙事的关系,不仅要关注神话元素在叙事作品中的直接表现,也要关注隐性的变体。我们向文学内里凝望,可以发现在精英文学与大众文学中,其愿望达成创作方法、情感体验效应都呈现出拟神话状态,是神话基因的隐性表达。

文学创作中,最为普适的创作方法是愿望达成创作方法,无论精英文学还是大众文学,主角的行为与结局通常都会荷载着作者或读者的愿望,并且都会达成这一愿望,从而表达其思想——情感倾向,满足读者的不同情感体验需求。

但是大众文学与精英文学愿望达成的方式有所不同。大众文学通常是通过主角愿望达成,给予主角以奖赏,而"实现"作者与读者的愿望;精英文学却可能让作者(读者)的愿望与主角的愿望相分离,乃至用主角的悲剧性结局来实现作者(读者)的愿望,给予人物以惩戒,这就决定了作品的故事走向与情感调性的不同。这是"神赏"与"神罚"传统的不同表现。

如在上一章人间传奇小说研究中所说,在文学艺术作品中,作者的愿望和读者的愿望,都是一种虚拟的"神意",而不是生活的本意,作者为人物安排命运,就是在模仿神话的"绝对意志",我们创作神话和文学艺术作品,就是企图为世界订立规则和运动轨迹,就是在代神立法和执法,这本身就是在模仿神话。

而精英文学与大众文学的神意表达显著不同,以鲁迅小说与金庸小说进行比较,可以清楚地呈现出精英文学与大众文学中虚拟神意和绝对意志的区别。

鲁迅小说的构成是主角不断展示劣迹和谬误,然后受到命运惩戒,走向了死亡或没落。而金庸小说的构成是主角做对了事,就不断达成自己的愿望,不断获得人生的奖赏。他们的创作方法或作品构成原则,都来自神话传统,是惩戒和奖赏这两种神意的不同体现,其体验效应迥异。

且看金庸的《鹿鼎记》与鲁迅的《阿Q正传》对神意运用的比较。

《鹿鼎记》展现了一个底层男性愿望达成的人生进程。主角韦小宝,出生于妓院,其母为不走运的妓女,其父不知为何人。因为意外事件(金手指),主角改变命运,他被"反贼"茅十八带进皇宫,做了假太监,成为最高统治者少年康熙的伙伴,从此走上了康庄大道,不断获得权力、财富、美女,在各种权力关系中既如鱼得水也烦恼不断,最后逃离开权力斗争的旋涡,带着七个各有性格特色、各种身份符号的美女老婆和巨额财富,隐居江湖,获得自由,达成普通男人的主要人生愿望。这就成就了大团圆的喜剧调性,故事显然没有现实生活的逻辑情理依据,是作者—读者—主角的愿望凝集的神意在支配故事进程。这个故事中,狡猾的满口谎言的韦小宝获得了大团圆的结局,可能在创作伦理上,金庸感到了压力,所以企图把作品改成韦小宝妻离子散的结局,但是读者不买账,且背离了作品整体的神赏形态与功能,艺术上并不能自洽,所以最终仍保持大功告成和大团圆的调性。

金庸小说的故事形态基本如此,《射雕英雄传》之主角郭靖,《神雕侠侣》之杨过,《笑傲江湖》之令狐冲,《天龙八部》之段誉,他们都在迭经磨难、艰难修炼和战斗之后,达成武功、爱情、荣誉等方面的愿望。在愿望达成的过程中,主角完成了自己的成长历程,体验各种酸甜苦辣的情绪反应,并最终指向人生高潮体验,完成了传奇性的神赏故事。

读者在金庸小说的故事里体验了奖赏性神意,体验愿望和意志得逞的成长历程,体验生命力量的增长感,把焦虑和紧张转化为战胜敌人突破障碍之后的愉悦,引导读者把日常生活中的挫折、沮丧转化为具有情色意味的成功想象,人类生命中不能缺少的情感(包括各种感觉、情绪、感情),在金庸小说中都能细致、曲折、劲爆地体验,所以金庸作品是体验性最好的当代小说。而这种体验与多数网络神幻小说是一致的,都是遵循着一种自我达成、自我肯定的神赐快感取向。

这种愉悦的成功想象似乎很通俗，但这却是人类个体自然的和必需的一种机能在起作用，帮助我们战胜现实生活的糟糕处境和负面情绪纠缠，让我们能够长期存活。当人们在自我身份标注为人类个体的时候，就会关切个人基本愿望的达成，就会代入这样的神奇故事主角，体验、认同、融合其中的情感反应过程。

即使是一个大学教授（男性），代入韦小宝或者俄罗斯民间故事中娶公主的幸运小子，都会体会到一个男人的成功快感。这既不需要感到羞愧也不用感到惊奇，大多数人类个体都需要这样的情感体验和快感补偿反应过程。韦小宝故事的甜蜜快乐情绪体验，是人生长途跋涉的能量补充剂，如果一个医生对长期处于饥饿状态的人说，糖是一种会带来糖尿病的食品，那他是一个很不专业的医生。

这是一种神话、世界各地民间故事传承下来的，幸运小子叙事传统＋好人有好报的人类愿望，共同铸就的想象—体验—认知—伦理结构。正是这种精神结构，召唤了我们的情感活动和思考活动，构成了我们内心同样的神意。

但是当一个大学教授阅读《阿Q正传》这类作品时，就会很容易意识到自己的社会文化身份，在情感上与故事主角脱钩，另一种神意被激活：我们是高高在上的智慧神，我们怜悯或者讥讽地看着阿Q，看着这个角色在追求自身愿望达成的过程中走向失败和自我否定。阿Q想要与吴妈困觉，被呵斥，性欲受到严重挫折；想要发财，终究不能得逞；想要在他的社会里获得尊重，然而总是受到同侪嘲笑；想要革命，获取权力，改善地位，然而革命者们不带他玩；阴差阳错被捉，签字画押，想画一个圆却画成了一个瓜子；判了死刑，去法场之际想要唱一句得劲的戏文，扮演一回英雄好汉，却发不出响亮的声音。

阿Q很努力了，但是作为一个男人的常规人生愿望没有一样是能够达成的，这自然也不是生活的本来面目。而正是阿Q彻底的失败，彻底的否定性人生结局，使得读者意识到自己与阿Q的不同。人们通常不会代入这样的否定性角色，而是有距离地审视阿Q的行为与情绪反应，也许善于自省的读者会发现自己也具有阿Q精神，但通常不是为了认同，而是为了剥离、拒绝与摒弃。

在阿Q追求愿望达成而走向全面失败的过程中，在阿Q精神的展示过程中，作者与读者（自我身份标定为有思想的现代人）的愿望却实现了，否定阿Q，或否定追求愿望达成而失败的祥林嫂、孔乙己、华老栓，就是为国民性改造的主张增添证据，并且强化了自我身份标定，激发了我们的智力优越感与愉悦体验。

我们正是通过对阿Q、祥林嫂、孔乙己的否定和拒斥，唤醒了另一种想象—体验—认知—伦理结构，召唤了我们的思想认知和情绪反应。这是一种神话中的神罚结构，我们和作者一起执行了对人物的惩罚。

这同样是在文学艺术体验中屡屡建构的精神结构，我们能够凭此自我审视，能够直面焦虑和沮丧，目光冷厉而坚定，努力脱离低能与失败人格，超越自我局限，到达自我完善，获得另一种把沮丧、焦虑转为愉悦想象的能力。这是我们获得精神进化的另一种途径，我们因此能够清醒理智地认清现实与幻想的差距，认清人类实际存在的短处，能够有意识地改造社会环境，为我们的后代提供一个更文明、更安全、更有益于身心发展的社会。

阿Q与韦小宝都是底层社会中的最底层的男性角色，但是在不同的神意驱策的故事形态中，却经历了完全相反的经历，引起读者不同的情感反应。两类作品使我们意识到，我们具有双重乃至多重自我身份认同：在代入韦小宝时，我们是普通男性，是神的宠物；在俯视阿Q时，我们是思想者，我们是智慧神。

那么在我们的精神建构过程中，鲁迅式的精英文学与金庸式的大众文学是彼此冲突的吗？需要我们做出非此即彼的选择吗？显然不是。执着于非此即彼或者一定要分出高下的思维倾向，假如不是出于现实利益的考虑，那就可能是因为对我们人类的需要和能力，对我们人类的运行机制还不够了解。我们需要各种不同的精神食品，并且总是在创造各种不同的精神食品。

我们可以运用自组织理论，去理解把握人类精神世界的这种种运行态势：在人类精神世界这个自组织的系统中，可以运行很多不同，乃至相互矛盾冲突的心理模式子系统，其相互矛盾之处恰好能够协同解决不同的精神问题。精英文学与大众文学都是我们人类根据自身需要而创造出来的精神产品，体现人类精神凝聚的绝对意志，以满足不同社会层面、不同身心部位、不同精神频道的需要。

我们能够进入韦小宝大功告成的喜悦体验中，时隔不久就进入对阿Q的俯视拒斥的精神姿态，这两种心理需求的满足都是自我实现的。我们会自发寻求金庸式大众小说的阅读体验，激发想象成功 — 体验愉悦 — 自我肯定的心理体验模式，以补偿生命中必需的而现实生活中又缺失的各种高潮体验，激励生命的成长，也会自发寻求鲁迅式精英小说的阅读体验，激发拒斥失败 — 审视 — 自我超拔的心理模式，以自我改变、自我完善。而鲁迅与金庸正是因为在各自的情感 — 认知谱系中做到了极致，所以成为各自谱系的代表人物，成为构造人类精神世界的两类不同的筑梦师。

鲁迅和金庸小说在现代人的精神结构中，发生了混搭式的化学反应，起到了塑造灵魂多面体的作用：我们既反对阿Q的精神胜利法，审判精神上的因循依赖恶习，又利用幸运小子韦小宝的精神胜利法——男性白日梦，让自己得以将息精神的疲惫。

可以说，鲁迅小说与金庸小说的比较性呈现，对我们理解精英文学与大众文学中的神话叙事谱系各自特征有着重要启示，也昭示着现代人对精英文学和大众文学不同神意的双重接受的态度。

第四节　美神、爱神、情圣和爱情神话

欧洲文艺复兴以来，通过文学进行情感教育，让人懂得爱，精神趋向于高尚，以养成完美的人格，是一些"人类的良知"、精英作家自觉的创作意图。卢梭、雨果、托尔斯泰、梅里美、茨威格、罗曼·罗兰等情感作家与伦理作家对此都有贡献，这是现代性意识的必有显现。

但其实他们笔下情感故事中的人物塑造，都显著受到神话叙事的影响，可以看到神话叙事传统中的理想人物、理想爱情及美神、爱神、情圣形象的影响，如雨果笔下的美神"艾斯米拉达"、梅里美笔下自由而邪魅的女神卡门、茨威格笔下那些在人类激情驱使下为爱情而奋不顾身的情圣们。这些神奇人物都有某种极致情感和品性倾向，与希腊神话中雅典娜、维纳斯、阿波罗、海伦、美杜莎等美神范式有着基因关联。我们可以说，能够成为人类某种榜样的人物，必然具有"神性"，在爱情叙事领域，同样如此。

这与现实主义作家对待人物塑造的客观严酷精神显著不同。现实主义"原教旨主义者"如巴尔扎克，自然主义作家如左拉，致力

于创作真实的人物,笔下极少有魅惑力的理想人物,他们的创作倾向是神话精神的反面。

一般现实主义作家、现代主义作家,对情感教育都不是很在乎,为爱情增魅更是他们鄙视的。在巴尔扎克、乔伊斯、卡夫卡、鲁迅、茅盾、曹禺、萨特、加缪、马尔克斯等人各个时期的作品中,很容易找到对现实社会问题和精神问题的思辨成果、文学观念的创新,以及现代性范畴的社会焦虑、荒诞、疯狂情绪的表达,给读者带来单向度的极致的不适情绪体验。在他们的作品中,有带着精神疾病的男女,有对资产阶级爱情虚伪性的揭露,有爱情婚姻牵连的社会问题展示,等等,却较少有正面情绪体验的爱情故事。

在郁达夫、沈从文、张爱玲、杜拉、村上春树等情绪作家的作品中,有着迷人的情调,有着欲望的审美化表达,而表现爱情魅力、强化爱情信仰的意识也明显不够,人物只是一种情绪或情调的载体,距离美神和爱神形象距离很远。

这是不是一种缺憾呢?

人类依靠男欢女爱繁衍后代,所以需要对男女爱情抱有信仰之心、喜悦之心。神话以及古典文学艺术对美神、爱神的赞美,对爱情的歌颂,正是人类在自发地为爱情增魅,强化男欢女爱为基础的爱情信仰,强化对男欢女爱繁衍后代方式的信仰,这是人类文明中的核心。

我们知道,人类对自身生存、发展和繁衍相关的重要事物,都会无所不用其极地为之增魅,人类为爱情增魅而创作爱神与美神,已经极尽全力了。

在人类文明史上,从前、现在、将来,人们都会随时为某个重要事物增魅,这根源于人类的一种机能:当人们需要某个事物来解决自身面临的问题时,就会在心理活动中高估这个事物的价值,美化其形态,赋予其充沛的精神意义,使得人类甘愿付出更多代价,以动员身心力量去体验它、掌握它、得到它,将生命情感与之结合,如愿以偿就会感到幸福,愿望不能达成就会感到痛苦。

增魅机制在人类精神活动中扮演着化妆师、动员师和安慰师的作用。当社会群体一致认为某个事物极其重要,就会通过社会组织力量赋予其特殊的魅力,阐释其社会文化价值,固化其社会仪式,作为一项精神传统,传至后代,并通过社会动员、社会仪式,令社会成员获得对该事物富有意义富有高潮感受的体验,对其意义与价值确信为真。只有社会成员普遍地确信为真,成为信仰或者类似于信仰的真理、公理,这个被增魅的事物才能真正起到作用。

比如爱情的对象、婚姻的仪式,都是人们随时会为之增魅的事物。因为人类繁衍后代的本能或根本愿望,会诱发人类把与之有关的一切事物美化,高估其意义,甘愿受之诱惑,从中得到激情体验。不如此,人类男女就不能甘心承受繁衍后代的沉重责任,人类种群就难以繁衍。

如此就需要我们在神话、文学艺术中创造出爱神和美神,创造出爱的祭祀仪式或激动人心的爱情故事,以激发人类爱的激情、爱的信仰,为婚恋行为充值——使人认为婚恋是具有神圣价值的事情。所以爱情文学的魅力就与神话魅力是一致的,创作目标也是一致的,就是创造爱神、美神或情圣。而为爱情祛魅,让它变得可确切计算,就不是可取的生存繁衍后代的策略。

所谓爱情故事,就是对爱情每一个过程进行仪式化叙事,创造有魅惑力的情感体验效应,让爱情和爱侣充满魅力。人类的爱情文学一直保持着神话叙事形态,但人们对爱情叙事的造神活动太习以为常了，以至于不能觉察爱情叙事的神话叙事性质。如《梁祝》《罗密欧与朱丽叶》，人们会视之为美好的爱情故事、爱情悲剧，但其实就是神话叙事，相伴终生、同生共死的信念驱使着主角殉情而死。这违逆了人的生存本能，是一种绝对力量决定了故事走向，但这是人们设想的一种爱情理想，而不是日常生活逻辑使然。

文学艺术中理想的力量就是对神力的模拟，理想驱策行为的故事范式就是神话的范式。一切新创的文学范式，也就是新的神话范式。爱情文艺同样如此。

时至今日，以创新的艺术表达为爱情增魅具有前所未有的迫切性。我们必须清醒地意识到，发达社会、发达地区人口生育率急剧下降，会带来历史性灾难，要通过社会制度安排鼓励生育，还必须把对男欢女爱的抑制性文化，扭转为更明确地、欢欣地歌颂男欢女爱、歌颂爱情的文化。我们要把文学中的爱情体验和爱情教育提升到更高位置。

鼓励生育的文化的核心，要么是爱情信仰及与此相关的亲情信仰，以及相关联的人文精神，使人类热衷于生育、照顾、教育后代，对婚配、繁育后代产生使命感、神圣感，要么是某些封闭的宗教或意识形态理念强制性地让人类不得不生育后代，但是你必须忍受由此带来的文明的溃散、社会发展的停滞乃至后退。而在今天，对于严重少子化的社会，爱情婚育信仰更加具有神圣意义，爱情对于人类来说前所未有的重要，也面临前所未有的严峻考验。

今天，我们要重建中国文学中的情感教科书体系。

在二十世纪八九十年代的纯文学领域，也曾经展现过神话叙事中的生命和爱情意识、神话叙事的狂欢传统的身影，如：张贤亮的《绿化树》中，男性主角把女性当作拯救自己的春之女神；叶梅的

《花树花树》则把女性生命比拟为自然神,是树神崇拜传统的显现;莫言的《红高粱》中,红色高粱地里的野合狂欢显现了酒神精神;贾平凹的《废都》中,男主角在男欢女爱体验中自我拯救,男女人物互相欣赏和互相成就,带着远古仲春狂欢节的范式。这些作品中既能见到希腊神话的爱神、美神和情圣叙事传统的影响,也有《红楼梦》的风流温情态度的濡染及《聊斋志异》的书生的隐秘快乐叙事的启示,它们都是神话叙事传统回归潮流中的浪花。

但中国现代大众文学中的爱情故事更有充当爱情教科书的品格,更有仲春时节的春季祭祀活动的气象。

在中国的近现代文学中,张恨水、刘云若、金庸、琼瑶等人的小说作品,都在有意识地表现爱情的信仰意识,以神话精神塑造完美的恋人形象,创造优美的爱情故事,阅读感受倾向于甜美,显著地为人类爱情增魅,都堪称是情感教科书,是我们紧缺而又被传统文学理论忽视的情感体验资源。

特别是金庸大神的笔下,有着众多美神、爱神般的人物形象和情圣故事,应予充分挖掘。

金庸小说第一主题当然是武士的成长与侠义精神的发育,但人们并不能够从中学会武功,却可以从中学习爱情。金庸大多数小说,都把大量笔墨给予爱情故事,追求爱情常常成为人物的主要行为动机,推动着故事情节的发展。体验爱情也是读者追寻金庸小说的主要原因。芸芸众生的人生中可能很少体验到情感高潮,甚至没有高潮,但是进入金庸作品,却可以体验各种到达极致的情感高潮。

金庸以造神的方法塑造完美的情圣,他们是我们迷恋的对象。他们与凡人不同,在爱情领域不计较私利得失,对所爱一往情深,无私奉献,做到了凡人做不到的事情,也许他们武功还没脱离凡人的境界,但如果把爱情力量当作是一种超自然力,则他们已经成神。古墓派传人小龙女,圣姑任盈盈,仙子王语嫣,是按照美神和爱神的形态和功能塑造的,既具有美神雅典娜、维纳斯的端庄之美,也具有狐仙的妩媚和情深,具有极大的爱的感召力。杨过、令狐冲、萧峰、段誉、阿紫、阿朱是按照情圣的形态塑造的,为了所爱可以一往无前,牺牲奉献。

那些痴情而不可得逞的伤心人形象,同样闪耀着凡人难以企及的神性。如痴情而自守情操的苦恋人形象:苦恋令狐冲的仪琳小师妹,守护陈圆圆数十载的大侠胡逸之;如情根深种、因情变而性格怪异的李莫愁;因家族变故而心性变坏,却爱恋阿紫入骨,对阿紫甘愿奉献自己一切的游坦之。这些人物只是配角,乃至于是反派,却因为"爱情教"信徒一般的奉献精神而打动人心,佐证了爱情信仰之伟力。

金庸的爱情故事不是人间的爱情故事,而是神迹。故事的展开与祭祀仪式相似,爱神们、情圣们充满为爱牺牲的热诚,一旦定情,即忠贞不渝,以命相许,以爱证道,成就爱道圣人。

在《射雕英雄传》主角郭靖与黄蓉的恋爱关系中,郭靖表现出憨厚、忠诚、专一的品行,是传统的好男人好丈夫的形象,而黄蓉既聪慧、机智百变,又忠诚专一,矢志不渝地利用一切资源和机遇扶持郭靖成长。其他人物如黄蓉之父黄药师,风华绝代,武功高绝,却痴情如铁,妻子死去,终身感念妻子情义而不再娶。金国王爷完颜洪烈,位高权重,美貌女子唾手可得,却一生挚爱包惜弱,只有这一位王妃。

《神雕侠侣》中因为遭受挫折而性格偏激的杨过,遇到不食人间烟火的纯情者小龙女,被其柔情治愈,二人为了在一起,排除万难,迭经挫折而不改其志,终于成为一对艳羡天下的"神雕侠侣"。而痴情者郭襄为了寻找自幼爱慕的杨过,走遍天下,最后爱情无望,到峨眉创立门派,终身不嫁。

比较而言,《笑傲江湖》主角令狐冲面临更多的情感困境,为我们提供了复杂局面下的情感体验。令狐冲爱恋师父岳不群的女儿、小师妹岳灵珊,但师妹情有所属,喜欢着师弟林平之。岳不群为权力、力量欲望所诱惑,修炼神功葵花宝典而品行恶化,不断陷害令狐冲,给令狐冲带来巨大的心理磨难。秉性旷达的令狐冲陷入对师妹的爱恋不能自拔,岳灵珊死去,他还遵守对师妹的诺言,照顾着情敌林平之。令狐冲在这种种情感磨难中,不放弃自我,坚守侠义本心,相信爱情,不断自我超越,成为江湖群豪信服的大侠和情圣。完美女性任盈盈,爱上了令狐冲,给予他百般的关爱和呵护,体恤他对小师妹的情感,种种温暖,令人对人性、对爱情的信仰得以验证。

《天龙八部》中萧峰与阿朱、阿紫的爱情故事最有神话悲剧的意味,壮怀激烈,震撼人心,可与希腊悲剧同观。为了救活重伤的痴情的阿朱,萧峰携阿朱前往聚贤庄寻医,明知道自己的契丹人身份已经暴露,会遭遇群雄围攻,却毅然前往,与昔日好友们逐个痛饮烈酒,与之告别,放手厮杀,但是却以厮杀证明了爱之大道。萧峰的豪情与柔情相互映照,情圣和豪杰本色得以充分表现。

《天龙八部》最终的高潮戏,是在爱情、家国情感与复杂的江湖关系相互冲突中展开的。萧峰不愿意率领契丹大军南征大宋,被辽帝囚禁,中原群豪救出了萧峰,却在雁门关外被辽国大军包围,萧峰身为契丹人高官,为了救助中原群豪脱困,劫持结义兄长辽国皇帝,让其发誓终生不得南侵大宋。事后,萧峰折箭自杀,以尽忠尽义。痴爱萧峰的阿紫(阿朱之妹)抠下自己的眼睛,还于献给她眼睛的游坦之,抱着萧峰的遗体跳下悬崖。

此处高潮体验的核心是侠义与痴情的融汇,而且更加诉诸人们的身体感受,用肉体痛楚与死亡,直击人们的生命体验。尤其是阿紫宁可死也要达成所愿,抱着萧峰跳入深渊,实现了永远在一起、永远不分开的夙愿,也是情圣萧峰的最佳去处,这正是对爱情信念的极致强化,其实这已经是一种宗教化的男女殉情共同牺牲的梦想了。

痴情与纯情是一种浅薄吗?爱情信徒不知道人性的真相吗?不,金庸小说的痴情人,是明知人性真伪,而宁可为爱情陶醉。帮助人们为现实生活中的情感对象增魅移情,这正是金庸小说的美德所在。爱到极致,神意自现,那正是人类在寻找、证明的爱的绝对意志和绝对力量。

金庸小说的爱情故事,也充分展现了神话叙事中奖赏和惩罚的神意,深化了宗教神话——大众文艺的传统情感伦理准则。除了对狡猾的韦小宝的结局金庸无力予以惩戒,其他人物在爱情中的表现都予以了伦理安置,强烈、鲜明、层次丰富的情感体验与"赏罚分明"的伦理安置,构成了金庸作品经典性的重要一维。

如在《天龙八部》中,好人有好报,段誉、虚竹等人因为痴情、善良而得到好运,情圣事迹被人们传颂。而作恶者最终会被惩戒,比如阿紫抠下眼睛,跳下深渊,既是一种殉情之举,让萧峰走时不寂寞,让我们对萧峰的死多了一点心理慰藉,同时这也是一种"神罚"的常规手段:用肉体痛楚和死亡,惩戒阿紫曾经的劣迹斑斑。读者阅读至此,有着切肤之痛,既同情、感佩于阿紫的深情,也会把情感体验与伦理认知整合在一起,构成一种混杂着欣快的悲伤与感动。

浪子班头段正淳也受到了惩罚——他四处留情,与诸多美貌情人生下了女儿们,如王语嫣、木婉清等等,纷纷与他的王位继承人、同样风流的儿子段誉结下情缘,看起来将会发生乱伦惨剧,相关人等应被命运惩罚,但是段誉的母亲临终之时却向段誉坦白,他不是段正淳的亲生儿子,不妨把恋人都娶了——对于风流浪荡子的最大惩罚,就是儿子与继承人不是亲生的。而段誉那个生父却是在段氏皇位争夺中受到不公平待遇的皇叔,皇叔的儿子将会登上皇位,这同样是一种情感与伦理的平衡手段,亦是金庸小说伦理表达的创造性所在:这不是现实生活中的人生故事、人生教训,而是把神话的伦理表达机制用在爱情婚配传奇中了。

金庸小说在情感领域所能达到的深度和广度,鲜有对手,为我们留下了爱神、美神、情圣塑造,爱情的极致情绪表达,以及处置情感与伦理困境的充足经验,宜学而用之。

第 十 章

中国三大英雄史诗的神话再造与传播

世界各地的神话、史诗、英雄传奇、民间故事等非物质文化遗产，如希腊神话之主要载体荷马史诗，北欧神话之主要载体诗歌体《埃达》，印度神话之主要载体史诗《罗摩衍那》《摩诃婆罗多》，经过长期的创作、传唱、改编，其神话思维、世界观、故事模式、角色与人物关系构建的原则，深深地影响了全世界的小说、戏剧、电影、电视剧、游戏、动漫等艺术形式的创作，成为人类文明的公共知识。在其知识生产过程中，大众文艺的传播再造之功甚伟。

比如托尔金的《魔戒》等作品借鉴北欧神话再造了托尔金个人特色的神话，成为欧美奇幻小说、戏剧、影视剧创作的源头，也直接影响了中国网络神幻小说如奇幻、玄幻、修真、仙侠、异能等类小说的创作。小说、戏剧、电影、电视剧、游戏等大众文艺把北欧神话故事传遍了世界各地，在此过程中，北欧神话也得到了进一步的生长，每一个神话元素都繁衍出一片森林。

而中国的网络作家们从华夏远古神话、道教神话、佛教神话和《西游记》《封神演义》等明清小说中，汲取世界设定、角色创造、故事情节的资源，创造了神幻小说创作的奇迹，吸附了亿万读者的热情追随，使得年轻人对传统文化迸发了兴趣，并随着网络小说在世界各地的传播，中国传统文化对世界各地的年轻人产生了巨大影响。

中国的三大史诗——藏族英雄史诗《格萨尔王传》、蒙古族英雄史诗《江格尔》、柯尔克孜族英雄史诗《玛纳斯》，是具有世界声誉的史诗巨著，也各自承载着独特的神话系统。但是迄今为止，三大史诗的文化资源在当代文艺创作中还没有得到充分的表现，具有世界影响的相关题材的小说、戏剧、影视剧作品还不多见，一些改编作品可能在创作思维上也未见得适合神话剧的创作。

我们把这三大英雄史诗，在故事模型、神话思维、世界设定、人物塑造等方面的内容，与欧洲神话、欧美奇幻文艺、中国网络神幻类小说进行平行比较，彰显其有意味的异同，以探索三大史诗在哪些方面能够成为中国网络文学的创作想象资源，也探究三大英雄史诗的改编、再造、传播的道路。

这样的比较研究，也应该能够帮助我们进一步认识网络文学的形态与功能。[1]

第一节　《格萨尔王传》故事、人物关系、神话思维

《格萨尔王传》史诗从初生到基本定型经历了千余年波澜起伏的岁月，是世界最长篇幅并且仍在不断生长的史诗，它包含着古代神话的基因，包含着藏民族文化的原始内核。民间艺人在说唱作品时，常常总括为"上方天界遣使下凡，中间世上各种纷争，下界地狱完成业果"，带有佛教伦理的教谕意义。这既是故事主旨，也是故事

---

[1] 本章沿用了拙著《中国三大英雄史诗与网络文学创作》的部分观点，参见《海上牧场——网络文学研究论文集》，作家出版社，2019年版，第163—183页。

第十章 中国三大英雄史诗的神话再造与传播

发展主线,故事的主体与荷马史诗《伊利亚特》《奥德赛》具有相似之处,都是部落国家战争,以争夺土地财富为主线的神话故事。而在神与英雄主宰的战争中,主角与主要人物的"神通""法宝"往往起着关键作用。

《格萨尔王传》故事主线如下:因为藏区天灾人祸,妖魔鬼怪横行,黎民百姓遭受荼毒。大慈大悲的观世音菩萨为了普度众生脱离苦海,向阿弥陀佛请求派天神之子下凡。而降魔天神白梵王之子推巴噶瓦发愿前往藏区,做黑头发藏人的君王,他得到了天界诸神佛的加持,特别是得到了莲花生大士的鼎力相助,为他选择了父母部族,其母乃是龙女,他降生人世,成为神、龙、念(藏族原始宗教里的一种厉神)三者合一的半人半神的英雄。长成青年后,推巴噶瓦在赛马会上夺魁,成为岭国国王(在世界各地的民间故事中,通过比赛夺魁赢得王位比较常见,反映了民间俗人的野望),号为格萨尔王,开始征战大业,与周围各魔国、侵略者交战,取得土地、财富、兵器、牛马、美人无数,壮大了岭国。格萨尔在人间功德圆满后,将王位传给侄子,自己带着母亲与妻子重返天界。[1]

在荷马史诗中,神话人物常常是神的后裔或者是人与神的混血儿,如《伊利亚特》主角阿喀琉斯是人类国王与海神的女儿所生。与此相类,格萨尔是神子在人间投胎而生,故事中其他众多英雄也多是神在人间的投胎之身,反映了佛教的转世观念,他们的神力与诸神护佑的待遇,他们的神性与人性混合的个性,都与此理念有关。同时,半神半人形态,有助于建立主角追逐欲望达成的合理性,以获得凡人的认同。

---

[1] 参见降边嘉措、吴伟编译《格萨尔王传》,五洲传播出版社,2011年版。

格萨尔的角色功能既是统帅、组织者,也是神通广大、变化多端的战神,能够役使鬼神、支配自然,能战胜所有的敌人,跨过所有的难关,并享有主要的胜利果实,获得将士民众的拥戴,荣耀满身。

在围绕格萨尔王构建的人物关系中,格萨尔的妻子珠牡,美丽、智慧,当格萨尔率军前往魔国征战、强敌进犯岭国的紧急时刻,她能团结人民奋起抵抗;在被围困的三年中,她巧施妙计,稳住敌人,等待格萨尔回师;在被俘之后,忍辱负重,信心不失,表现出藏族妇女的优秀品性。导师型人物大总管王绒察查根,具有深谋远虑、洞察真伪、胸怀广阔、顾全大局、忠心为国的秉性。大将贾擦冲锋陷阵,所向披靡,而且赤胆忠心、公正无私;丹玛智勇双全、百战百胜;昂琼敢于冲杀、视死如归;而反派如主角的叔父晁通,自私,怯懦,对内傲慢狂妄,对敌卑躬屈膝,扮演着主角的垫脚石角色;霍尔黄帐王具有贪婪、残暴、愚蠢、胆怯等秉性。这与北欧神话以奥丁大神为中心、网络小说以主角为中心,构建主角——情感对手与助手伙伴——敌人与帮凶这样三足鼎立的人物关系模式是一致的。各种角色以及演绎的情节,都是作者与读者愿望——情感共同体的意图呈现,帮助读者观众代入主角,体验主角经历的跌宕起伏而又精彩纷呈的人生,故事行进的方向始终以这样的心理趋势为依归。

在《格萨尔王传》的故事中,与主角一方发生战争的邻国多是魔国,或者是侵略者,天神多次降临,要求并帮助主角去降魔,杀其首脑而占其土地。把邻国妖魔化,掩饰夺取领土的部落战争性质,这是一个把原始神话伦理化、神圣化的过程。原始神话如北欧神话、希腊神话中,强者占有一切,赤裸裸地为土地财富乃至为一个美女而战;而在圣经神话中,神话已经演变为上帝这一方的势力,为战胜恶魔一方而战,而且若世界过于堕落,与恶魔勾连太深,将会被上帝灭世。《格萨尔王传》的神圣化进程亦复相似。

《格萨尔王传》的神话世界架构，是由藏传佛教的世界观、原始宗教苯教自然崇拜、藏地的社会自然因素混合构成：西天诸佛主宰世界，保佑凡人，观世音菩萨、莲花生大士常为人间奔走，救苦救难；世界上存在魔国与地狱，妖魔鬼怪经常为祸人间；而世间万物有灵，并且依据交感原则，天地万物是互相影响的。

万物有灵论是神话、巫术、民间宗教的核心观念和基本特征。灵魂外寄予灵魂转世，是古代藏地精神生活的关键理念，有着佛教与藏地原始宗教苯教的双重影响。《格萨尔王传》中，神、人与妖魔鬼怪的灵魂可以离开肉体，寄存在植物、动物以及物品上面，有寄魂山、寄魂海的名目。寄魂物不光是灵魂寄存之所，还能为灵魂增添力量，妖魔的寄魂物越多，就越强大，有些强大的妖魔，只有找到并消灭他们全部外寄的灵魂，才能战胜他们。

比如战胜魔王鲁赞，必须把他的寄魂海——他的仓库里的一碗癞子血打翻；用仓库里的金斧子把他的寄魂树连砍三次砍断；用仓库里的玉羽金箭去射死他的寄魂牛；在他睡熟的时候，他的额间会出现一条闪闪发光的小鱼儿，这是他的命根子，鱼儿闪光的时候用箭射中，这样几次消他的魂，才能杀死他。[1]

再比如魔王宇杰托桂的寄魂物有五个：一是黑熊谷中的大黑熊，二是天堡凤崖上的罗刹鸟九头猫头鹰，三是罗刹命堡大峡谷的恐怖野人，四是蒙巴玛玛毒海的九尾灾鱼，五是富庶林海中的独脚饿鬼树。每一个寄魂物都需要特定的人使用特定的武器才能战胜

---

[1] 参见降边嘉措、吴伟编译《格萨尔王传》第 14 回《天母送王妃回岭国 大王降妖魔得胜利》，五洲传播出版社，2011 年版。

它。其中的黑熊十分凶狂，对战中主角一方纷纷败退，女英雄阿达娜姆用山岳宝弓与闪电火焰铁箭向黑熊连射三箭，大黑熊才魂飞魄散，倒地而亡。从黑熊的脑子里取出三块鸡蛋大的弹丸，是天魔神、地魔神、空魔神的魂魄依存处；从心脏里取出精铁的九股金刚杵，是那托桂王的魂魄依存处；从肝脏里取出一个明显的鹫鸟翅膀，是众魔臣魔将的魂魄依存处。可见这个黑熊与寄魂者复杂的神魂关系，以及魔王宇杰托桂是多么难以战胜。[1]

这样的灵魂存在方式的想象，在世界各地的神话、民间宗教、巫术、奇幻文艺中是普遍存在的。北欧神话中，众英雄在战斗中死去，灵魂回到英灵殿瓦尔哈拉，晚上就能像从未受伤一样饮宴狂欢。《哈利·波特》中的大反派伏地魔正是因为有多个寄魂之所，才成为几乎不死的大魔头。网络小说中灵魂存在方式更是花样翻新。但《格萨尔王传》的灵魂想象显然是能够带来很多创作可能性的，藏地是灵魂飘游的圣地。这样的灵魂想象比人体解剖有趣多了，人类正是在各种灵魂想象中脱离物质的宰制而获得精神自由，情感体验更丰富更有美感，人类变得更有趣更有朝气。

故事中的正反双方的人物都有无穷的法术，比如第46回《雪山君臣魂归天界　水晶宝藏贡献岭国》中，岭军进攻雪山国受阻，许多天不能前进，众英雄都很着急。英雄玉拉和玉赤兄弟二人决定造一只木鸟，从空中袭击雪山国大军。不多日，长颈鸿雁的木鸟造好，打一下鸟尾，木鸟就向前飞，打一下鸟背，木鸟就向下落。二人带兵将十人，乘木鸟飞到雪山国大军的头顶，刹那间天昏地暗，雪山国大军

---

[1] 参见降边嘉措、吴伟编译《格萨尔王传》第41回《魔君魔臣失魂待毙 文布达绒论奖争功》，五洲传播出版社，2011年版。

吓得弃关而逃,玉拉和玉赤轻而易举地夺得了这道关隘。第56回《穆军似雪猪守孤城　岭兵如猛虎破敌堡》中,大反派晁通用幻术造了一条水晶飞船,镶有美丽的吉祥花纹,船头装有鳌鱼的头,飞船有隐形罩,可令对方看不到自己。他又变化出三个和自己一模一样的人,又命一百名达绒部的勇士坐进船内,悄悄地飞了出去,悄悄在敌方城头降落,从而攻破了城堡。第58回《岭军挥师远征伽地　魔军受挫连折五将》中的飞船更大,可载大军几十万人。造船者乌朗王子念动咒语,飞船变得硕大无比,岭国大军全部上了飞船,飞船飘然而起,朝大海上空飞去,飞了二十天,飞到伽域的九层长城附近,就这样远程突袭,打下城池。[1]

格萨尔王的故事中,主角不断在"世界"的不同地区与各种类型的妖魔鬼怪作战,各部故事相对独立,而这种故事情节模式与结构方式,为各地的吟唱者提供了自由,他们可以根据观众的需求不断繁衍出故事情节,而仍然是故事整体的一个组成部分。在世界各地的长篇神话史诗中,这都是行得通的自由体结构,各部人物与故事独立发展,却不妨碍、干扰其他各部的自由生长。而网络神幻小说也发展了这种故事情节模式,主角在世界不同区域,"爬地图"式修炼—战斗—升级,故事情节线索相对独立,灵活多变,可长可短,这种弹性结构为写作带来了自由,可以根据读者需求,创造新奇惊艳的故事情节,带来神奇的情感体验效应。这种模式的关键,是"世界设定"的框架对随心所欲的创作能够具有包容性。

《格萨尔王传》的世界架构、灵魂外寄、法宝的种种原型,可以在

---

[1] 参见降边嘉措、吴伟编译《格萨尔王传》第46回、56回、58回,五洲传播出版社,2011年版。

网络神幻小说的创作中，繁衍出许多新的品种，对于网络小说和玄幻类影视剧来说，目前，这还是一个未开发的富矿。

第二节 《江格尔》的故事、人物与世界架构

《江格尔》是蒙古卫拉特部英雄史诗，讲述"宝木巴"地方以江格尔为首的十二名英雄同邪恶势力进行抗争，收复许多部落，建立一个强盛国家的故事。《江格尔》是由数十部作品组成的一部大型史诗，除序诗外，各部作品都是完整故事，可以独立成篇，大多数部集的情节互不连贯。[1]与《格萨尔王传》《水浒传》及凯尔特神话中亚瑟王领导的圆桌骑士们的故事模式相仿佛，在同一个世界、在贯穿性人物的带动下，展开各主要英雄人物自己的事迹。也像《格萨尔王传》《水浒传》与圆桌骑士故事那样，正面角色代表着民间想象中英雄的道德品质。

《江格尔》以结义故事、婚姻故事和征战故事为主体。结识伙伴、获取爱情达成婚配、战胜敌人建立功勋，是常见的英雄史诗与民间故事模式。

《江格尔》结义故事中，江格尔与洪古尔、阿拉坦策吉、萨布尔几位主要英雄结义成长的过程，也是多数部集故事发展的重要线索。婚姻故事中洪古尔的婚姻最为惊艳，他求娶查干兆拉可汗的女儿哈

---

[1] 参见《江格尔》汉文全译本，黑勒、丁师浩译，浩·巴岱校订，新疆人民出版社，1993年版；《江格尔》，色道尔吉译，人民文学出版社，1983年版。

林吉腊,却被其父派人追杀,而公主早已爱上洪古尔,她屡次在关键时刻变成天鹅、鲟鱼等精灵,拯救了洪古尔。

征战故事中征服残暴的西拉·古尔古汗之部最为跌宕起伏。江格尔漫游天下,三十五勇士纷纷出走后,险恶的西拉·古尔古汗便大举进犯宝木巴。雄狮洪古尔只身迎敌,不幸被擒,被拖进下界幽深的地洞,投入血海,受尽折磨。江格尔在外地结婚生子,回到故乡,闻讯闯进地洞,到达七层地狱的血海,把恶魔斩尽杀绝,取回洪古尔的遗骨,用如意神树的叶子复活了洪古尔,他们与众人一道重建家园。

《江格尔》的正面人物大都是半人半神式的英雄,凡人的各种禀性,与天神的智慧和本领相融合,成为角色特征。主要英雄们能够作法,能使用法宝作战,能够死而复生,或者灵魂奔向三十三层天堂,还经常化身为儿童在人间出现。半神人物化身"秃头小子"在人间嬉戏或者战胜敌人,创造奇迹,也是北方草原英雄故事中常见的故事原型。

半人半神、拥有神力的凡人英雄,其实也是世界各地英雄神话、英雄传奇人物的共同形态,反映了人类的共同愿望和共同想象。通过神力去达成人生愿望,创下英雄名头,获得荣誉、权力和爱情,是人类的生存发展欲望的自然延伸。

主角江格尔生而奇异,三岁就能除魔降妖,少年时期就能就任国王,这是英雄史诗常见的人物传奇化处置手段,也与草原神王家族的权力传承惯例有关。江格尔是一个领袖型角色,在故事情节发展中经常穿针引线,起着组织者和领导者的作用,同时也是战神,神通广大,有八十二个变化、七十二种法术,略胜于孙悟空。

《江格尔》创造出一批成功的英雄形象,如洪古尔,身上集中了

"蒙古人的99个优点",是出生入死的草原英雄的代表;阿拉坦策吉和古恩拜是军师和谋士的角色;萨布尔、萨纳拉是冲锋陷阵的先锋角色,他们往往是决定战争胜负的关键人物;赫吉拉干能言善辩,长于宣传鼓动;美男子明彦负责对外交往;江格尔的马夫宝尔芒尼主管后勤事务。

而一些反派角色也特点鲜明,如诡计多端的魔王莽古斯把灵魂寄养在小鹿身上,难以战胜;魔王黑那斯企图吞噬宝木巴以自肥,企图心旺盛。这类邪魔敌人的贪婪恶毒是引发战争的主要原因,为主角设置了许多障碍,这样长期的敌对关系也使得故事发展得曲折漫长。

动物角色特别是马,是英雄们的伙伴,江格尔的阿兰扎尔、洪古尔的铁青马都是雄壮而智慧的,能与主角出生入死,能为主角出谋划策,是马中典范,与《玛纳斯》中主角玛纳斯的神驹阿克库拉可以相提并论。神话与神幻类小说中,通常主角都会有非人类的伙伴,集动物性、人性与神性于一身。《西游记》中有通灵的白龙马;北欧神话主角奥丁大神的坐骑是有八条腿的神马斯莱甫尼尔,肩膀上栖息着两只神鸦,每天为他报告世界各地见闻,脚下还经常躺着两只大狼,增强着主人的威势;网络小说如《佣兵天下》(作者说不得大师)主要人物的骑乘伙伴——骄傲的龙族,各有个性和特长,战力惊人。这些动物既是主角的助手、伙伴,也是故事情节发展的关键角色。

《江格尔》也通行着灵魂外寄予灵魂转世的观念。蒙古萨满教认为人有三种灵魂:一是永久生存的灵魂,人死了它也不死,会帮助子孙后代;二是临时性灵魂,可以离体而独存,可以附体于他人他物;三是投胎转生灵魂。这些观念在史诗中与藏传佛教相融合,有各种表现,特别是大反派莽古斯有多重灵魂,如库尔勒·额尔德尼莽古斯灵魂是深山中的母鹿肚子中的七只小鹿,与《格萨尔王传》中狡猾的魔王相似。

《江格尔》的世界与荷马史诗的世界架构颇有相似之处。荷马史诗中的世界分为三层,天界以宙斯为首的众神居住在奥林匹斯山上,管理着天界,并随时会干预人间事务;人类居住在地上;冥王哈得斯住在地下,管理着亡者的灵魂。《江格尔》与荷马史诗一样,"三界"都是有通道相连,为敌我互斗故事的发生提供了通道。古代神话世界的三界设想是较为普遍的,说明人类的灵魂观与时空观是相近的,但是各个地区的神话在具体的世界架构上又有自己的特色,这是各个史诗的主要区别之一。

在北方草原民族的原始神话与萨满教观念中,宇宙是三界结构,上界——天界是长生天为首的右翼五十五尊天神和左翼四十四尊天神所居之处,中界是人和动物所在之处,下界是死亡者归属之地,鬼与精灵之所在。上界与中界有天门相通,有时候天神会打开天门,来到人间。中界与下界也有通道相连,是下界的"天窗"。

《江格尔》的世界是萨满教与佛教、草原游牧民族的社会自然因素的混合体。《江格尔》的天界住着长生天等天神,但是也住着恶神。神在故事中的直接作用较小,故事多发生在中界与下界。江格尔等英雄们居住的宝木巴为中界人间的主要场景,是妖魔鬼怪处心积虑想吞占的宝地,是主角们誓死保卫的家乡。主角们生活的家园宝木巴四季如春,英雄们长生不老,永久地停留在二十五岁青春,与荷马史诗中的神和英雄们一样,健康漂亮有活力,不死不衰老,这显然是人类的普遍愿望,而不是日常经验。

而《江格尔》的下界,非常具有戏剧性。下界发生的故事较多,英雄们经常到下界与妖魔鬼怪进行搏杀，推动剧情发展的通常是主角等人类英雄。下界的入口在中界地上一个深深的红洞，向下有宽窄不同的七层地方，有大地高山海洋、各种动植物，其实与人间大地相同，具有基础的生存条件，又与人间相异，有下界的区域特色，气氛诡异。下界有神奇的神灵，有被捉来的仙女和人类英雄如洪古尔，有巨人，还有死者的灵魂也会来这里。下界之主是黄铜嘴黄羊腿的老妖精以及各种妖精部众。

连接下界与宝木巴地方的是如意树（来自佛教菩提树观念），江格尔去下界救洪古尔的时候，这棵如意树满足了江格尔的一切要求，他利用如意树的叶子医治了自己的伤，嘴里含着神奇的树叶游到咆哮的红海底下，找到了已经死去的洪古尔的骨骸，用树叶使他起死回生。这个如意树与北欧神话、奇幻文艺中的世界之树作用类似，起到支撑世界和提供生命力、治疗伤痛的作用。

这个以萨满教为基调的下界，与基督教、佛教世界观中的具有道德审判功能的地狱是有区别的。地狱的主宰对世界秩序负责，依据降落灵魂的过往功过对灵魂进行奖惩，对未来进行安置，因此其基本场景、角色、功能设定就比较固化，不能肆意改动。《江格尔》下界中各种族分布与北欧神话更为相似，显示出原始信仰的精神秩序景观还比较庞杂，然而也正是这种庞杂，为现代大众文艺的再造神话提供了自由。很多网络小说的冥界、下界的设定也与此相似，宗教伦理功能退化，下界只是世界的一部分，主要住着非人类的角色种族，是故事主角作战的场所，这里敌人多、盟友少，在故事主角的"敌人""对手"这类角色建构中起着重要作用。

第十章 中国三大英雄史诗的神话再造与传播

第三节 《玛纳斯》故事与角色谱系

《玛纳斯》是柯尔克孜族英雄史诗,广义指八部史诗,狭义指其第一部。与藏族史诗《格萨尔王传》、蒙古族史诗《江格尔》不同,史诗《玛纳斯》并非一个主角、同一批角色的故事,而是英雄玛纳斯及其子孙八代人,带领被奴役的人民共同反抗卡勒玛克、契丹等外来统治的八部英雄传奇,它与历史事件的关系较为紧密。史诗的每一部都可以独立成篇,其中前几部内容紧密相连,前后照应,发育更为成熟。[1]

史诗以第一部《玛纳斯》故事情节最为曲折动人,也流传最广,具有一系列英雄传奇的成长故事模式。玛纳斯诞生前,统治柯尔克孜族人民的卡勒玛克汗王听占卜者说,柯尔克孜族人民中将要降生一个力大无比、长大后要推翻卡勒玛克人统治的英雄玛纳斯。卡勒玛克汗王派人四处查找,把怀孕的柯尔克孜族妇女一一剖腹查看,以便扼杀即将诞生的玛纳斯。但是在柯尔克孜族人民的保护下,玛纳斯平安地降生了。

英雄玛纳斯生有神力,结识了四十个少年英雄,统率柯尔克孜人民向卡勒玛克人开战,一系列的征战取得辉煌成果,十二次大的战役构成第一部故事的主干。通过十四位汗王,结成广泛的部落联

---

[1] 参见《玛纳斯》第一部全四卷,居素普·玛玛依演唱,《玛纳斯》汉译工作委员会编译,阿地里·居玛吐尔地译,新疆人民出版社,2009年版。

盟,形成了庞大的势力,捍卫了被欺凌部族的独立自由。

主角玛纳斯的特异性诞生事迹,是突厥史诗英雄诞生的常见模式,在欧洲、中亚、南亚神话故事中也不少见。一对夫妻年迈无子——向天神腾格里祈祷求子——妻子进树林独居(树林的神秘生命力有助于怀孕)——受孕——胎儿出现特殊迹象——难产——英雄诞生(英雄的人生开头就必然与众不同,为未来的神迹开局)。

比较起《格萨尔王传》的神子主角与《江格尔》的半人半神的主角,玛纳斯与子孙虽然神勇无敌,却不是神仙,而是热情奔放、彪悍不羁的人间英雄,并且带有悲剧英雄的色彩,这是一部低神性的英雄传奇故事。玛纳斯只有穿上巴卡伊老人为他准备的白色战袍或者妻子卡妮凯准备的战裤,才能刀枪不入,正是因为麻痹大意,大胜之余没有穿上神衣,才被宿敌用毒斧击中头颅,重伤不及救治而死。

玛纳斯先后娶了三个妻子,其故事带有草原民族的抢婚故事形态,在草原史诗中那是常见的英雄壮举。最后,玛纳斯花甲之年远征北庭,大胜之际重伤死去,在人生的辉煌处,终结生命和英雄传奇。之后,每当柯尔克孜人民遇到重大危急关头,人们高呼玛纳斯的名字,玛纳斯与四十个英雄的灵魂都会在众人面前出现,鼓舞人民作战。

《玛纳斯》的世界观受到萨满教影响,故事里的人们崇拜上天腾格里,那里是神居住的地方;崇拜大山,那里是仙女住的地方;崇拜大地河湖,河水、湖水、泉水具有神力,特别是有些神泉能治愈伤痛,与北欧神话中的能供养世界之树的生命之泉作用类似。还有动物崇拜活动的呈现,玛纳斯出征之时,就会出现许多动物保护神前来护驾。《玛纳斯》对神奇的战马的吟唱最为有名,战马品种繁多,各类英雄人物都配有不同名称和不同特征的神马,主角的坐骑、猎犬、

第十章　中国三大英雄史诗的神话再造与传播

猎鹰、骆驼都是有神力的。

主角家乡的邻近地区有一座仙山卡依普，上面住着很多仙女，她们帮助主角一方战胜敌人，并嫁给主角的子孙后代，与英雄们并肩作战。她们各具神通，能让战死者起死回生。故事中还有许多萨满举行祭天、祈福祈子、念咒、治病、施展魔法、占卜预测吉凶等的活动，他们是神在人间的代表，是凡人与神沟通的中介。

《玛纳斯》中仙人系列角色中，有一个导师型人物巴卡伊老人，活了三百五十岁，自玛纳斯出生起，一直教导帮助着玛纳斯，玛纳斯死后还照顾帮助着他的后代。这个人物有着萨满教中大萨满的痕迹，与《魔戒》中帮助主角的巫师甘道夫、《亚瑟王》里主角的导师巫师梅林作用类似，其功能是帮助主角成长与达成愿望，其实对应着我们对导师与智者的需求。

玛纳斯的妻子卡妮凯是主角的贤内助，她美丽而忠贞能干，组织能力超群，能未卜先知，还是神医，能起死回生，为玛纳斯缝制的战裤能伸能缩，防水火，刀枪不入。她在玛纳斯去世以后，坚强不屈、忍辱负重、深谋远虑，又辅助儿孙两代成就不凡功业。她与格萨尔王的贤妻珠牡一起代表着我们对完美女性的想象。

玛纳斯子孙的妻子多是身具智慧神通的仙女，能帮助丈夫建立功业，这个仙女人物谱系是系列史诗的重要特点。玛纳斯的儿子赛麦台依的仙妻阿依曲莱克，美貌倾国倾城，能化身为白天鹅在天上飞翔，屡屡帮助丈夫渡过难关；玛纳斯之孙赛依铁克的妻子库娅勒是一位女战神，战力惊人，是赛依铁克的保护神，二人长期并肩作战；赛依铁克之子凯涅尼木的妻子绮尼凯精通魔法，经常战胜会魔法的巨人，使自己一方在战场上立于不败之地。

从神通广大的她们身上，能看到萨满教早期的女巫师形象的影响,其实也反映了男性演唱者与听众的心理需求。这些得到仙女垂青的男英雄与形态各异的仙女们,会令网络小说读者们想起网络小说神作《风姿物语》(作者罗森)与《亵渎》(作者烟雨江南)中那些功能与形态各异的、能贴近主角心理需求不同部位的美女角色。这些人物不是按照生活真实人物来再现的,而是紧贴人类真实愿望而塑造的,神话传奇故事的产生正是根源于人类永不停歇的愿望之河。

第四节 三大英雄史诗的创作特点与改编传播

以上对三大史诗的基本面的端详,令网络小说的研究者感到有很强的亲切感,它们与网络神幻小说的血脉太近了,可以说世界各地的神话、中国三大英雄史诗与网络神幻小说是同源同构的。三大英雄史诗是神、半人半神、得到神仙帮助的英雄主角们创造的神话传奇事迹,网络小说中的神幻类小说(奇幻、玄幻、修真、仙侠、都市异能等)通常是由凡人主角修炼战斗,不断升级而成仙成神,并改造世界、创造世界的故事。显然,三大史诗的想象资源可以很顺畅地移植到网络小说创作中,它们在神话思维、世界设定、角色创造等方面,为不断追求创新的网络小说创作打开了丰富的资源宝库,也为三大史诗改编移植为电影、电视剧、戏剧作品提供了直接的源头,而网络小说再造神话的经验,也对三大英雄史诗的改编再造有着很强的借鉴意义。

中国三大英雄史诗改编为影视剧,或网络小说借鉴其资源进行神话再造,要把握几个问题。

其一，人们应该具有正确的神话观，把握三大史诗的基本创作思维——神话思维，要把它们看作是神话，并再造为新的神话。

神话是神灵的故事，是人类愿望的载体，神是人类愿望的人格化、对象化的产物。神灵主角凭借超自然力和灵魂力量，突破现实障碍的超自然事迹，"实现"生活中不能实现的愿望的故事，这就是神话。神话产生的人性根源，在于人类渴求想象世界对现实世界的超越，精神世界对于物质世界的超越，此事古今皆然。

关于神话，人们有一些成见。人们一方面认为神话是人类文明的源头、是民族文化的重要遗产，一方面又认为神话是原始社会的产物，如第一章所说，神话学者们认为神话是人类在愚昧无知时对世界的解释性想象，是非理性、非逻辑的，比如原始人相信万物有灵、灵魂不灭，灵魂外寄予灵魂转世的观念就是一种"原始思维"，而现代人类已经进入科学思维阶段，抛弃了原始巫术思维，所以就不会再创造神话了。

这种观念会妨碍人们恰当地理解神话遗产，也妨碍人们对神话资源的再创造工作。

在现代人类生活与人文领域中，神话思维与科学思维并驾齐驱、互相渗透才是常态。一个科学家可以白天在实验室中，以科学思维进行工作，而在夜晚或周末与宗教神话、幻想文艺为伴；一个艺术家进入创作情境，是灵性思维在主导精神状态，但是他们也可以掌握现代科技产品，并通晓其工作原理，这其实是正常的现代社会生活图景。

中国三大英雄史诗的自发生长状况，中国网络神幻小说的兴盛，好莱坞奇幻科幻电影、日本动漫、世界流行的神话模式的电子游戏，都不断推陈出新，这说明神话的产生并不是人类社会某一个阶段独有的现象,而是植根于人类无止境的超越现实的精神需求。从前,人类的愿望之河中产生了神,现在和将来,人类仍然会创作神话以实现愿望,并在神话中体验现实生活中无法体验的精神情景。

因此,进行三大英雄史诗的改编或神话再造工作时,要正确对待神话想象的价值。超自然力、万物有灵和灵魂外寄等神话想象是神话的固有成分,同样是人类文明的瑰宝,无须回避。

有些研究者为了强调三大英雄史诗的价值,刻意强调三大英雄史诗中的历史事迹的真实性,把它们当作历史剧、古代生活教科书来欣赏和研究,要求改编工作重视反映那些历史"真实",而避开"迷信"。虽然三大史诗故事中都有历史事件的影子,但是把神话故事当作历史事实,那是对历史、对神话遗产不负责任的外行行为,那就是在为难艺术创作了。

神话叙事的改编工作,恰恰应该把握神话思维、英雄传奇故事的基本精神,无论如何改编再造,都应该按照神话的情理去繁衍故事。神话与历史剧所涉及的历史事实发生的因果律、历史学的治学逻辑通常是对立的。

只有把三大英雄史诗看成是希腊神话、北欧神话、印度神话、凯尔特神话一样的神话叙事遗产,进行创造性的神话再造,才能够真正发挥三大英雄史诗的潜力,让世界各地的人们享受这一份想象—体验知识谱系的文化瑰宝。

其二,三大英雄史诗的改编,既要尊重文化传统,也要保持自由创造的精神,以自由的精神传承自由的艺术,不要被既往的宗教思维的教条观念所束缚。

自由的精神是神话创造生长的基本前提,就如同儿童精神羁绊较少,其主要使命就是生长,所以就能敢想敢干。对笼罩在三大英

第十章 中国三大英雄史诗的神话再造与传播

雄史诗身上的神秘感,也要予以恰当的把握。

三大英雄史诗最宝贵之处,正是不羁的自由创造的精神,是超越现实的肆意想象。分散各地的创作者在整体故事框架中,在特定的神秘思维里,每时每地地让人物、故事、法宝和神迹开枝散叶。在散居各地的现代说唱者们那里,还保持着前辈艺术家的神圣和神秘感,这对于神话叙事是重要的心理氛围的准备。

如《格萨尔王传》说唱者的艺术传授充满了神秘色彩,据说神授艺人们在睡梦中得到神人传授,一梦多日,苏醒后即能滔滔不绝地说唱表演《格萨尔王传》的史诗故事。[1]在新疆卫拉特人地区、蒙古国、中亚等地也流传着天神教会人们演唱《江格尔》的说法,并且认为正月里演唱这部史诗,具有祛除妖魔鬼怪,保佑人民全年吉祥的作用。[2]演唱《玛纳斯》的玛纳斯奇也有神授说,一些玛纳斯奇说是梦见玛纳斯等英雄之后,学会了演唱玛纳斯故事,人们相信《玛纳斯》具有神力。[3]

这是三大史诗创作传播的重要神话意识背景,创作者聚焦于精神的神秘传承,有助于神话叙事的创作。而这在原始社会的宗教—巫术—神话—艺术中也是普遍的现象,演唱诗歌与念咒具有同等的意义,诗人、歌手与巫师、祭司、萨满有时候是一体的。

问题的关键不在于"神授说"是否属实、诗巫共生是否合理,而在

---

[1] 参见杨恩洪《超越时空的艺术传承——揭开〈格萨尔王传〉说唱艺人田野调查的新篇章》,《艺术评论》2008年第6期;央吉卓玛《〈格萨尔王传〉史诗歌手展演的仪式及信仰》,《青海社会科学》2011年第2期。
[2] 参见仁钦道尔吉《萨满教与蒙古英雄史诗》,《民族文学研究》2001年第4期。
[3] 参见郎樱《中国少数民族英雄史诗〈玛纳斯〉》,浙江教育出版社,1990年版,第166–175页。

于这样的创作传播心理对于史诗形态的影响、对于保持神话品性确实是有用的,但是对于现代大众文艺的改造也会形成精神壁垒,人们或许会认为小说作者、电影编剧没有资格进行它们的改编再造工作。

人们应该认识到神话创作的某些规律。在神话发展史上,并不是告别了原始社会或原有文化生态一个神话体系就停止了生长,或者就不会在其基础上产生新的神话体系。

但某个神话被充分伦理化、宗教化后,它就可能停止生长,如圣经神话,故事整体形态在"新约"定本时基本被锁定了,后人只能在局部上进行演绎,如某个天使或魔鬼来到凡间,与人互动。而距离宗教化比较远的神话体系或某个神话元素,如北欧神话,如凯尔特神话之魔法,都会被不断再造重生。

有些神话被神圣化、宗教化之后,在相隔久远的时代或社会剧烈变迁之后,也能被脱敏,重新生长,如道教神话,在网络文学时代被大量改造重生,其神话元素如修炼观念、法宝观念脱离了道教体系,可以在新的神话精神、新的神话体系中重新生长,而且与其他神话体系的元素如平行时空世界观相结合。

所以,人们在改编工作中,也可以把三大英雄史诗与宗教意识、神授意识相脱离,把它们看作是可以通过各种大众文艺形式进行传播再造的神话叙事作品,它们以前是、现在也是、将来还是一些很有才华的艺术家创造出来的文艺作品。这样,三大英雄史诗也将通过现代小说、电影、电视剧等大众文艺创作生长出新的花朵,而不会被固有的神秘传承限制了自己的形状。

其三,当人们改编三大英雄史诗,或移植、借鉴三大史诗的神话思维、世界架构、角色塑造进行小说创作时,还要注意神话内在同一性要求,避免把它们在世界设定、人物性格塑造、情节发展方面的混

第十章 中国三大英雄史诗的神话再造与传播

乱与芜杂带入神话再造。

三大英雄史诗的主要创作者是分散在各地的"神授艺人",他们是最神奇的传播者,往往具有强大的创作能力,在整个故事框架中,自己繁衍出独立的长篇故事,或者在原有传唱故事情节的基础上,演绎出更丰富更精彩的故事情节。而即兴创作的故事之所以被看作史诗自然生长的一部分,是因为它们保持了统一的神话思维、神话故事框架或英雄传奇故事形态。

三大英雄史诗在演唱传播中也一直在发生变化,形成许多变体,使得史诗在整体上越来越长。民间艺人走到哪里,在哪里受到欢迎,就在那里长期驻唱,内容随时有所增减,情节也更加生动。艺人们在文本的搜集整理过程中,也不断添加、修正故事情节,就这样一代一代累积,丰富发展了史诗的故事情节,这与长篇网络小说连载的过程中,读者的体验反应对作品的影响类似,读者的要求决定了故事的发展布局和篇幅,决定了讲故事的方式。自由,即兴创作,容纳各家各派,这是史诗创作的优势所在,《格萨尔王传》是世界第一长史诗,《玛纳斯》被称为世界第二长史诗,《江格尔》也是大型复合史诗,即与此有关。

但是人们要认识到,史诗的规模大并不等于史诗影响力就大,无数作者自由创作的文本必然存在相互矛盾甚至相互颠覆的地方,在整理统合史诗文本过程中,去粗取精,去除自相矛盾、自我颠覆之处,是非常必要的,特别是在世界设定与故事主线等方面,加强同一性的工作可能才刚刚开始。

但这也必然是十分困难的工作,无论如何取舍都会有遗憾。所以最好的改编或再造策略,其实是取其一种文本体系加以大规模再造,形成新的具有同一性的文本体系,依靠作品在未来的影响力决定文本的选择,也就是说在创造性发展中解决老的问题。

北欧神话的再造路径正是如此,不是由某个权威者消灭了浩如烟海的变体,而是经过戏剧、小说、电影、电视剧的再造之后,人们接受了某个影响巨大的新型的"北欧神话","北欧神话"就成了新的模样,它与诗歌体《埃达》已经相去甚远,但是人们依然认为它就是北欧神话,而不管具有同一性的新体系神话是不是电影、电视剧重构的产物。

其四,三大史诗移植改编为小说、戏剧、电影、电视剧的工作,应该注意大众文艺文体的创作特征和传播规律,寻找各自进化再生的适宜路径,也要注意现代伦理观念、现代人的审美趣味对文艺创作的要求。

三大史诗各有自己的文本特点,因为其世界设定、故事模式、人物谱系的不同,所以适宜改编的艺术类型就有所不同。

电影、电视剧、小说、话剧也有着各自不同的艺术特征,对应着不同的人群。对史诗最好的改编传承就是按照现代大众艺术创作的规律,再造神话,而不是亦步亦趋地跟在原有史诗韵体版本的后面。要尊重史诗的基本架构,但是也不能被神话的"经典性"吓住。自由创造才是最好的继承,自由才是神话的本质。

这也是世界很多民间文化传统复兴、再生的共同特点。托尔金小说《魔戒》对北欧神话的改造、再生,是按照现代小说创作的伦理要求和技巧要求进行的。虽然《魔戒》的创世神与职能神的功能,世界架构层级的思路,特别是精灵与矮人等种族、世界树等事物创造,一眼可见是对北欧神话的原型再造,但其故事、神祇角色与世界设定是全新的,人物性格表现、利益和价值观冲突的建构都充分利用了小说的手段。它的整体面貌是一部现代小说,具有统一连贯的情节线索,小说描写和叙说的各色招数,与诗歌体《埃达》的故事散漫、韵体语言节奏的面貌是显著不同的。这就避开了擅自篡改北欧神话的指责,也避免了原始北欧神话的价值观缺陷,与世界设定的混乱粗糙、人物性格的不统一等缺陷。

《魔戒》并不刻意强调神话的民族性、地区性,甚至可以说它是超越民族地区属性的,蕴含着普遍人性和普遍的神话思维。它是人类神话的代表,却又自然带着北欧民族地区的文化基因,引起了世界大众文艺对北欧神话的再造热潮。北欧神话成为欧美奇幻文艺的基石,这当然是北欧文化的荣耀,但其成果是属于全人类的。

好莱坞电影、中国网络小说对世界各地神话的再造之中,也常见这种超越性,消除了原始神话的伦理缺陷和地区局限性。世界各地的史诗传统,神的后裔以现代大众文艺的多种方式继续存活、生长、变形、横移,以适应现代人的价值取向、艺术兴味、艺术方式。

让神话再生,随着生活的改变而不断创新,是文化传承的新的重要途径,形式变了,精神实质恒久流传。为人类社会变迁提供文化思想、文化行为方案,这是文化的根本任务,又何必在意神话和大众文艺的原汁原味的民族性呢?

所以,对三大史诗以及中国传统文化资源的各种移植、扭转、变形、再造的方案都应该是被鼓励的,重要的是把人们的关注热情吸引过来。与希腊神话、北欧神话、印度神话、佛教神话、道教神话对世界文化的影响相比,中国三大史诗的影响力还有很大提升空间,这对于网络文学创作是一个好消息,这是尚未挖掘的富矿。中国各地的民族文化资源,在现在与未来,应该成为影响世界文化发展的人类文明的共同财富,为人类文明的发展,为提升人类的创造性而提供自己的独特芬芳。

参考文献

[1] [加]诺思罗普·弗莱.批评的解剖[M].陈慧,袁宪军,吴伟仁,译.天津:百花文艺出版社,2006.

[2] [英]爱德华·泰勒.原始文化:神话、哲学、宗教、语言、艺术和习俗发展之研究[M].连树声,译.桂林:广西师范大学出版社,2005.

[3] [英]马林诺夫斯基.巫术科学宗教与神话[M].李安宅,译.北京:中国民间文艺出版社,1986.

[4] [美]J.H.布鲁范德.美国民俗学[M].李扬,译.汕头:汕头大学出版社,1993.

[5] [法]克劳德·列维-斯特劳斯.结构人类学——巫术·宗教·艺术·神话[M].陆晓禾,黄锡光,等译.北京:文化艺术出版社,1989.

[6] [美]伊万·斯特伦斯基.二十世纪的四种神话理论——卡希尔、伊利亚德、列维-斯特劳斯与马林诺夫斯基[M].李创同,张经纬,译.北京:生活·读书·新知三联书店,2012.

[7][冰岛]佚名.埃达[M].石琴娥,斯文,译.南京:译林出版社,2000.

[8][德]威廉·理查德·瓦格纳.尼伯龙根的指环[M].鲁路,译.长春:吉林出版集团有限责任公司,2010.

[9][古希腊]埃斯库罗斯,等.古希腊戏剧选[M].罗念生,等译.北京:人民文学出版社,2012.

[10][俄]尼·库恩.希腊神话[M].朱志顺,译.上海:上海译文出版社,2011.

[11][古希腊]赫西俄德.工作与时日·神谱[M].蒋平,译.北京:商务印书馆,2013.

[12]圣经(和合本)[M].上海:中国基督教会出版发行.

[13][英]托尔金.精灵宝钻:魔戒起源[M].李尧,译.南京:译林出版社,2004.

[14][俄]弗拉基米尔·雅可夫列维奇·普罗普.故事形态学[M].贾放,译.北京:中华书局,2006.

[15][美]罗伯特·麦基.故事——材质、结构、风格和银幕剧作的原理[M].周铁东,译.北京:中国电影出版社,2001.

[16][美]斯蒂·汤普森.世界民间故事分类学[M].郑海,等译.上海:上海文艺出版社,1991.

[17]山海经[M].周明初,校注.杭州:浙江古籍出版社,2000.

[18]〔东汉〕应劭.风俗通义校注[M].王利器,校注.北京:中华书局,1981.

[19][古印度]蚁垤.罗摩衍那[M].季羡林,译.南京:译林出版社,2002.

[20][古印度]毗耶娑.摩诃婆罗多[M].黄宝生,等译.北京:中国

337

社会科学出版社,2005.

[21]〔东汉〕魏伯阳,等.参同集注——万古丹经王《周易参同契》注解集成[M].周全彬,盛克琦,编校.北京:宗教文化出版社,2013.

[22]王明.抱朴子内篇校释(增订本)[M].北京:中华书局,1986.

[23]袁珂.中国神话传说[M].北京:世界图书出版公司,2012.

[24][俄]埃尔曼·捷姆金.印度神话传说[M].董友忱,黄志坤,译.上海:上海译文出版社,2002.

[25]范恩君.道教神仙[M].北京:宗教文化出版社,2007.

[26]〔明〕吴承恩.西游记[M].北京:人民文学出版社,1980.

[27]〔明〕许仲琳.封神演义[M].北京:中华书局,2002.

[28][美]戴维·迈尔斯.心理学(第7版)[M].黄希庭,等译.北京:人民邮电出版社,2006.

[29][美]维克托·S.约翰斯顿.情感之源——关于人类情绪的科学[M].翁恩琪,刘赟,刘华清,译.上海:上海科学技术出版社,2002.

[30][美]迈克尔·刘易斯,珍妮特·M.哈维兰-琼斯,莉莎·费尔德曼·巴雷特.情绪心理学(第3版)[M].南莎,译.北京:电子工业出版社,2015.

[31][美]艾伦·卡尔.积极心理学——关于人类幸福和力量的科学[M].郑雪,等译.北京:中国轻工业出版社,2008.

[32][法]列维-布留尔.原始思维[M].丁由,译.北京:商务印书馆,1981.

[33][德]恩斯特·卡西尔.神话思维[M].黄龙保,等译.北京:中国社会科学出版社,1981.

[34] [德]恩斯特·卡西尔.语言与神话[M].丁晓,等译.北京:生活·读书·新知三联书店,1988.

[35] [英]詹姆斯·乔治·弗雷泽.金枝:巫术与宗教之研究[M].徐育新,汪培基,张泽石,译.北京:大众文艺出版社,1998.

[36] [英]理查德·道金斯.自私的基因[M].卢允中,等译.北京:中信出版社,2012.

[37] [比利时]普里戈金.从存在到演化[M].曾庆宏,等译.北京:北京大学出版社,2007.

[38] [奥地利]弗洛伊德.梦的解析[M].高申春,译.北京:中华书局,2013.

[39] [奥地利]弗洛伊德.图腾与禁忌[M].文良文化,译.北京:中央编译出版社,2005.

[40] [奥地利]弗洛伊德.弗洛伊德文集[M].车文博,主编.长春:长春出版社,2004.

[41] [美]埃里克·H.埃里克森.童年与社会[M].罗一静,徐炜铭,钱积权,编译.上海:学林出版社,1992.

[42] [美]埃里克·H.埃里克森.同一性:青少年与危机[M].孙名之,译.杭州:浙江教育出版社,1998.

[43] [美]亚伯拉罕·马斯洛.动机与人格(第3版)[M].许金声,等译.北京:中国人民大学出版社,2007.

[44] [美]亚伯拉罕·马斯洛.自我实现的人[M].许金声,等译.北京:生活·读书·新知三联书店,1987.

[45] [德]汉斯·罗伯特·耀斯.审美经验与文学解释学[M].顾建光,顾静宇,张乐天,译.上海:上海译文出版社,1997.

[46] [美]诺曼·N.霍兰德.文学反应动力学[M].潘国庆,译.上

海：上海人民出版社，1991.

［47］王祥.网络文学创作原理［M］.北京：中国人民大学出版社，2015.

［48］［德］恩斯特·卡西尔.国家的神话［M］.范进，杨君游，译.北京：华夏出版社，1990.

［49］［英］理查德·道金斯.自私的基因（第2版）［M］.卢允中，等译.北京：中信出版集团，2018.

［50］［以色列］尤瓦尔·赫拉利.人类简史：从动物到上帝［M］.林俊宏，译.北京：中信出版社，2014.

［51］［以色列］尤瓦尔·赫拉利.未来简史：从智人到智神［M］.林俊宏，译.北京：中信出版集团，2017.

［52］鲁迅.中国小说史略［M］.北京：商务印书馆，2011.

［53］夏志清.中国古典小说史论［M］.南昌：江西人民出版社.2001.

［54］［德］恩斯特·卡西尔.人论［M］.甘阳，译.上海：上海译文出版社，2004.

［55］［英］约翰·麦奎利.神学的语言与逻辑［M］.钟庆，译.成都：四川人民出版社，1992.

［56］康桥.论网络小说中的穿越、重生、架空问题［J］.中国现代文学研究丛刊，2012（10）.

［57］［古希腊］荷马.奥德赛［M］.王焕生，译.北京：人民文学出版社，1997.

［58］［古希腊］荷马.伊利亚特［M］.陈中梅，译.广州：花城出版社，1994.

［59］仁钦道尔吉.《江格尔》论［M］.北京：方志出版社，2007.

后　记

　　本书的写作是一个累积的过程,并非放手一搏可得。

　　我对神话学研究的兴趣,始自二十世纪八十年代中期。彼时对照中国人视野中的"西学",突出感受是中国古人十分重视人的"灵性"养育,而文学和哲学是灵性的温床,古代诗词歌赋、戏曲、小说、道家哲学、佛家禅宗哲学早就发育出灵性思维的系统观念、程序和领域,这都令人感到"心安"。我们有着美好灵动的精神故乡,处处神思发达,灵性闪烁。

　　我在许多年里,都固执地认为灵性思维与理性思维的差异,就是东方文化与西方文化的差异。我在二十世纪八九十年代开设的课程除了小说创作论,就是中国传统文化课程,强调灵性思维对文学创作的作用,企图用东方式的灵性思维来对抗西方式理性思维的僵硬,保全灵魂的滋润。我甚至经常宣扬要进行一个"东方文明复兴运动",这当然不能算全错,但显然不够中正。我们在建构"东方"和"西方"不同神殿时,做出了许多偏颇证词,所见书籍中呈现的"东方"与"西方"经常是偏颇的,或者我们一直以偏颇的眼光看待所见典籍。

九十年代之后，系统研究西方神话学著作，特别是观摩弗雷泽的《金枝：巫术与宗教之研究》多遍之后，始觉已非。灵性思维或神话思维，是人类共有的思维，发生在《聊斋志异》《西游记》中的超自然力、灵魂、妖魔鬼怪故事，也遍布世界各地的神话——宗教——巫术——民间故事之中，遍布世界文学史，遍布世界电影电视史。若无神话思维，人类的文学艺术即刻被抽掉了灵魂，肉体委顿于地，所有人文殿堂、庙宇、教堂亦即刻崩塌。

所以，文学艺术的研究本来就是离不开神话学研究的，可惜，学界对"活着"的神话创作向来不敏感、不承认，所以对于文学创作与研究，神话学也就没有起到应有的作用。

这十几年来，我阅读了几十亿字的网络小说，参加各种评奖评审活动，都自动负责超长篇幅神幻类小说的阅评，且坚持让神幻类优秀作品获得应有荣誉，做到了人弃我取，吃苦在前，不追逐新闻价值，殊不知我是盯紧了自己的学术目标，有意为之，故甚是快乐，"人类神话"这几个字，在我的视野中越来越清晰。

网络文学的每一个理论问题几乎都离不开神话学研究方法，因为网络文学的主流形态就是神话叙事，主要功绩就是为人类重新创造神话。这本书中的许多观点已经在我既往的论文、专著中表达过，但是归拢在一本专著里，却需要很多重新梳理、重新论述的工作。这是一本反复写作、怎么写也写不完的书，写作过程中，也冒出更多想法。

在我几年前出版的《网络文学创作原理》中，已经有过诸多神话学研究方法的运用，但那本书强调创作的实践性用途，未把神话学理论问题加以展开论述。在这本《人类神话》中，就可以把诸多神话学、文化人类学、文学理论问题醒目地提出来。但要把几十年的所

后　记

思所得，在赶着交稿的几个月里形成统一论述，必然存在诸多粗陋之处。网络文学—世界大众文艺发展一日千里，每年都有诸多佳作涌现出来，故一本书难以说尽神话学叙事问题，案例举证会漏过许多佳作，这恐怕也难以避免，唯待以后修改增补了。

好消息是现代人创作神话的高潮正在到来，网络文学研究的神话学兴趣也必将高涨，神话叙事对人的自我建构的作用也会日益为人们所重视，"人类神话"的研究工作算是开了个头，希望有很多学者在人类文明整体研究上大步向前，造就自己的里程碑。

本书写作进程中，常见我儿王导一边拿着玩具器件组装各种"神殿"，或在屋里走来走去，如同迈着"禹步"（治水的大禹作法时的步伐），一边口述他的超自然力、妖魔鬼怪故事，他娘亲做记录，王导会订正记录的错误，在六岁之前，他已经创作了几十篇神话故事了。我们把这种创作过程视作一个共同成长的过程，于我，这也是最好的神话学研究案例，给我们一个鲜明有力的证明，我们从小到老都需要神话叙事，我们创造的科学和神灵，与我们同在。

这本书的写作获得了中国作协网络文学研究院的支持，谨致谢忱。感谢夏烈先生的鼓励催促，不然可能不会这么快完稿。每一位支持学术研究的人士、睿智成熟的编辑出版者，都是天使，祝他们身体健康，羽翼轻捷，在天空闪闪发亮。

王　祥
2021年3月于北京

图书在版编目（CIP）数据

人类神话：网络文学神话学研究/王祥著．－－宁波：宁波出版社；杭州：杭州出版社，2022.6
（中国网络文学研究名家论丛．第一辑）
ISBN 978-7-5526-4436-4

Ⅰ.①人… Ⅱ.①王… Ⅲ.①网络文学－文学研究－中国 Ⅳ.①I207.999

中国版本图书馆 CIP 数据核字（2021）第 225515 号

中国网络文学研究名家论丛

人 类 神 话 网络文学神话学研究
RENLEI SHENHUA

▷ 王 祥 著

策　　划	袁志坚
责任编辑	陈金霞　夏斯斯
责任校对	秦梦嫄
装帧设计	金字斋　甘巧丽
出版发行	宁波出版社
	（宁波市甬江大道 1 号宁波书城 8 号楼 6 楼　315040）
	杭州出版社
	（杭州市拱墅区西湖文化广场 32 号 6 楼　310014）
印　　刷	宁波白云印刷有限公司
开　　本	710mm×1000mm　1/16
印　　张	22.25
字　　数	278 千
版　　次	2022 年 6 月第 1 版
印　　次	2022 年 6 月第 1 次印刷
标准书号	ISBN 978-7-5526-4436-4
定　　价	70.00 元

如发现印装质量问题，请与出版社联系调换，电话：0574-87248279
（版权所有　翻印必究）